蓝光人

The End of Reincarnation

当末日来临之时，你有没有勇气来拯救一切？当世界倾覆之际，
你是否能和我执手轮回？

庄莎娜　作品

地震、海啸、火山爆发、太阳不再升起，全世界一天三夜处于黑暗之中……人类预测出了真实的末日景象，却没有预测出准确的
末日日期。2012不是人类文明的终结，但末日威胁从未离去！

湖南文艺出版社　博集天卷

图书在版编目（CIP）数据

蓝光人 / 庄莎娜著 . —— 长沙：湖南文艺出版社，2014.10
ISBN 978-7-5404-6856-9

Ⅰ . ①蓝… Ⅱ . ①庄… Ⅲ . ①长篇小说 – 中国 – 当代
Ⅳ . ① I247.5

中国版本图书馆 CIP 数据核字（2014）第 197475 号

上架建议：悬疑小说

蓝光人

作　　者：庄莎娜
出 版 人：刘清华
责任编辑：薛　健　刘诗哲
监　　制：蔡明菲　潘　良
策划编辑：邹和杰
特约编辑：尹　晶
营销编辑：尤艺潼
封面设计：车　球
版式设计：李　洁
内文排版：百朗文化
出版发行：湖南文艺出版社
　　　　　（长沙市雨花区东二环一段 508 号　邮编：410014）
网　　址：www.hnwy.net
印　　刷：三河市鑫金马印装有限公司
经　　销：新华书店
开　　本：640mm×960mm　1/16
字　　数：250 千字
印　　张：19
版　　次：2014 年 10 月第 1 版
印　　次：2014 年 10 月第 1 次印刷
书　　号：ISBN 978-7-5404-6856-9
定　　价：32.00 元
（若有质量问题，请致电质量监督电话：010-84409925）

目 录

CONTENTS

ZHUANG. SHANA
>>>

01. 身世

I AM GUANGREN
蓝光人

01. SHENSHI
>>>

　　大地停止了震动，前一刻的地动山摇终于平息，人们却迟迟无法从惊吓中回过神来，依然保持着同一个姿势，颤抖的双手紧紧捂住耳朵，身子蜷缩着蹲跪在凹凸不平、布满裂痕的地面上，眼中充满恐惧地四处张望，声嘶力竭地哭喊着。

　　"银河"号缓缓升至半空，发出震天动地的声响，然而此刻这声音却显得那么动听。所有人都被这震撼的画面吸引，松开捂住双耳的手，暂时忘却内心的恐惧，战战兢兢地直起身子，充满期望地注视着这艘庞大的宇宙飞船——它载着从死神手里逃脱的坚强生命，它是人类种族延续的唯一希望！

　　远处传来一阵熟悉的声响，但由于被"银河"号的引擎声覆盖，未引起人们注意。所有人的注意力都集中在"银河"号上，并没有注意到周遭环境的变化。

　　不对！

　　这个声音很耳熟！我肯定自己曾经听到过，就在一百年前！我忐忑不安地察看四周，内心有股不祥的预感。

"小心！"

一个巨大的铁块以极快的速度迎面而来，眼看就要砸中站在前面的几个妇女，我回过神来，竭尽全力举起双手，把意志力集中在铁块上。它终于停止移动，平稳地浮在半空中，接着轻轻落地。

轰轰……轰轰……轰轰……

声音越来越近，我身旁的人也注意到了，全都不约而同地注视着同一个方向，没有人说一句话。夜空中出现了一面巨大无比的高墙，大约有五百米高，它不断向上伸展，慢慢地朝我们的方向移动。我终于想起这是熟悉的海浪声，在那一刻才意识到眼前的这面水墙随时有可能倒下来，就跟一百年前的那场灾难一样！

哲羽突然出现在我身边，双手搭在我的肩上，我们的身子瞬间凭空消失，他想要带我穿梭到安全的地方！不到五秒钟，我们又回到原来的位置，海啸的声响依旧近在咫尺。他愧疚地看着我，紧紧抱住我的身子："怎么会……只剩下这里，没有别的地方了……"

"就待在这儿吧，大家都在一起。"我抚摸着他的脸庞，挤出一点儿笑容。

水墙终于破碎倒塌，肆无忌惮地吞噬着地球仅存的土地，惊涛骇浪卷走了一个又一个逃命的人，哭喊声渐渐被淹没在海浪声里。我的双腿因失血过多早已完全麻痹，没有办法走动，身子不受控制地发抖，全身冰冷得仿佛置身于冰库中。

人们都说在临死前，脑子里会重现自己一生中经历过的点点滴滴，或者看见上帝、佛、神等。这是我第十八次死亡，轮回了整整十七世，从清朝初年到两次鸦片战争，到八国联军侵华、两次世界大战、"文化大革命"、世纪大灾难……什么都经历过，老实说，我早已对"死亡"二字感到麻木了。

此时此刻的我，不知道什么原因，脑海中不断重复着第一次轮回的画面，那已经是将近五百年前的事了，直到如今，当年心里那份恐惧和疑惑，依然清晰。

我在1656年出生，那时候是清朝顺治帝统治的年代，没想到在我出生后的第五年顺治帝就驾崩了，随之是顺治帝第三子清圣祖玄烨（史称康熙帝）统治的时期。而在1686年8月8日，我第一次面临死亡，那时候我才三十岁，不幸患上不治之症，那是我第一次因为自己快要逝去而感到害怕。而在我去世的那一刻，某处的某位母亲刚好产下一名健康的女婴，那是我的第二世，也是我第一次轮回。

八岁那年的一天，上一世的记忆像开了闸的洪水一般，瞬间涌进我的脑海，那种感觉难以形容，陡然间我觉得自己当下的生活毫不真实。从那天开始，我能够清晰记得上辈子经历过的一切，比如那一世的童年、抚养我长大的养父养母以及逝去的原因和死亡当天的种种细节。自从恢复记忆以后我反复回顾自己的前世，尝试推测一切可能性，但怎么也得不出结论：如果回忆里的自己真的存在过，那为什么我现在却在另外一具躯体里？

当时我没有跟任何人提起过自己的经历，因为我知道不会有人相信，更加没有人会理解我在说什么。我感到彷徨无助、迷茫害怕，直到八年后我遇到了她，才得知原来自己远远没有想象中那么孤独。

那时候的萝亚是清朝叶氏商人家里的养女，当年十六岁的我是她们家的丫鬟，专门服侍萝亚。第一次见到对方时，我们两个都惊讶得说不出话来，意外之余还感到无比庆幸——终于发现世上存在跟自己一样的同类。

"你的头顶……有着跟我一样的蓝光！"萝亚惊讶地指着我说。

"我……"我很害怕，说不出话来。

"你叫什么名字？"萝亚镇定地问我。

"安……安颖馨。"

"这是你的第几世？"萝亚追问。

我一时回答不出来，那时候我对于轮回转世一点儿概念也没有，根本听不懂她在说什么。

"不用害怕。这是我的第四世，在此之前我只见过一个我们的同类，你是第二个。"萝亚见我还是没有反应，就加以解释，"简单来说，我死亡了三次，这是我的第四世，前几世全都记得一清二楚，你听明白了吗？"

"我……"这番话一下子就解答了我这八年来一直憋在心里的疑问，我迫不及待地想要知道更多，"这是我的第二世……这究竟是怎么回事？我……我们是什么？"

萝亚四处张望了一番，确保没有人在周围后，轻声对我说："轮回，不断延续的生命。你还有别的能力吗？"

我愣了一下，没想到她连这个都知道，既然已经暴露了身份，也就没有什么好隐瞒的了。我一言不发，站在原地一动不动，全神贯注地盯着桌上的茶壶，不到两秒钟，茶壶自己上升悬在半空中，缓缓向前倾斜，接着散发出怡人的茶香。

"我的天……这太不可思议了！"萝亚盯着眼前的场景，脸上带着笑容感叹道。

"请问……大小姐您也有不一样的能力吗？"我胆怯地问道。

"预言的能力，我能够看到未来。我知道下一任皇帝将会是当今皇上的第四子，爱新觉罗·胤禛，雍正帝。"

"真是惊人的能力！"我开心地说。

"如果我现在告诉你，以后，我们每个人都可以乘坐巨大铁块在天上飞翔，你相信吗？"萝亚一脸俏皮，轻声细语地对我说。

"大小姐……我听不懂你在说什么。"我听得一头雾水。

"算了。可惜啊，我却看不到自己的未来。颖馨，能够遇见你真是太好了，以后你也不用再那么客气地叫我大小姐，我们就是彼此的依靠，一定要相互关照。"

很庆幸那时候遇到了萝亚，有太多未知的事情，要不是有她告诉我，真的不知道自己什么时候才能发现这一切。萝亚说她在第二世的时候遇见过一个男人，名叫哲羽，头顶上有着跟我们一样的蓝光，那个男人已经轮回了好几世，知道的比我们多得多。

他告诉萝亚，世上存在上千个跟我们一样的同类，但是碰面的概率很低，能够相遇是难得的缘分。他说我们头顶上的蓝光是身份的象征，普通人完全看不到，只有同类才看得到，目的是让我们能够轻易辨识对方。除此之外，哲羽还提到过一个叫龙毅的男人，据说他是我们种族的领袖，是一个从来不曾衰老和逝世的男人。听说等到时机成熟，这位领袖就会主动召见我们，但没有人知道那一刻会什么时候来临。

"像我们这样能够不停轮回又有特异功能的人，事实上布满了世界的每一个角落，他们有不少都跟哲羽一样，是'零'的人。"萝亚压低声音，神秘兮兮地对我解释，"听说过'零'吗？是一个地下组织，世界各地共有上百名成员，很多成员都比我们多轮回了好几世。我们在每一世都只能生存到一定的年龄，一旦到了指定的岁数就会死亡，投胎转世，展开下一轮生命。组织叫'零'就是这个原因，每次轮回皆是由起点从头开始。你在上一世是几岁去世的？"

"三十岁，得了重病。"回想起上一世，我还是感到难以置信。

"我跟你差不多，每一世只能活到三十三岁，哲羽说这是我们种族独特的生存规律，为的是不想让我们对什么特别的人或事有太浓厚的牵挂或留念，听起来有些残酷吧？"萝亚苦笑了一声，看来她也难以认同这个理由。

"照你这么说的话，再过十四年，到了三十岁，我还会像上一世那样突然死于重病吗？"对于这个假设我不禁感到心寒。

"不一定会得病，但一旦时间到了，那一天一定会发生一场天衣无缝的'意外'来结束你的生命。我曾经被马车撞倒、忽然得重病、在水中溺毙。哲羽说组织里所有人都是这样，就算没有什么特别的事情发生，只要时辰到了，还是会没有任何缘由地突然死去。更奇怪的是，在到达限制年龄以前，每位成员都像被默默守护着一样，发生再大的灾难都能够幸存。"

"照你这么说的话，难道我们拥有不死之身，永远都不会死去？"

"那倒也不是，听说遇到了什么严重的事故或是被人杀害，我们还是会提前死亡的，那么也就会提早投胎转世。"

我沉默了一会儿，尝试消化吸收这些内容，这实在是太难理解、太难接受了，听起来简直是天方夜谭。毕竟那时候我只是个普通的清朝老百姓，根本没听过超能力之类的故事。

萝亚见我一副不知所措的样子，轻轻把手搭在我的肩上："没事的，别怕，你不是还有我吗？"她露出诚恳的笑容，顿时令我感到安心，她接着说："我们俩能够相遇也是种缘分，今后的每一世我们都要尽全力找到对方，一起生活下去！"

萝亚的友善让我大为感动，我一时说不出话来，只是对着她开心地点头微笑。虽然她已经解答了很多问题，但还有一件事我始终搞不清楚："有件事我一直觉得有些奇怪，不知道是不是我自己想得太多了，如果可以的话，大小姐，不，萝亚，你愿意帮我分析一下吗？"

"当然可以了。什么事？说来听听。"萝亚的声音非常温柔，我很快放下所有戒心。

"我在上一世一直不清楚自己的身世，养父养母从街边把我捡回家，一手把我抚养长大，他们说从来没有见过我的亲爹亲娘，当时我并不觉得有什么稀奇。但奇怪的是，我这一世的经历也是如此，同样是孤儿，没有人知道我的家人是谁，你觉得这会是巧合吗？"我满心期待着她的回答。

萝亚先是愣了一愣，接着露出无奈的笑容："不瞒你说，我跟你的经历一模一样。不只是我，听哲羽说，我们种族的所有同胞皆是如此，每个人每一世都是被遗弃的孤儿，因此记忆一旦恢复便会毫无牵挂地离开当时的生活，没有人知道自己的身世来历。其实这件事，我自己也很想得到答案。"

我们到底是什么？五百年了，这个谜底始终没有揭开。

我带着这个遗憾疲惫地闭上双眼，紧紧牵着哲羽的手，我们的身体慢慢在深不见底的海里下沉。渐渐地，四周一片寂静，我吃力地睁开眼睛，尝试多看一眼陪伴了我几个世纪的地球。一丝微弱的光射进海中央，照亮了周围漆黑的一片，我伸直了胳膊，想要触碰那一丝温暖。

那是阳光吗？

我们还能再次见到太阳吗？

02. 同类

LAN
GUANGREN
蓝光人

　　第一次见到哲羽是在我第八世的时候，1881 年 7 月，在大上海的码头。九年前的这个时候，中国有史以来第一批官派留学生，就在这个地方登船起程赴美，这三十位梳着长辫子的小学童，我们从小就听长辈们讲述关于他们的事情。据说他们去的时候全部身穿长袍马褂，没想到到了异国他乡之后，居然自己把辫子给剪了。由于平时也都只用外语交谈，中国话也说得不地道了。这群留学生当时被朝廷的官员认为"无耻"，因为他们拒绝向朝廷官员行叩头之礼，甚至还开口要求实践西方的民主和平等，于是赴美仅仅九年就被朝廷要求马上回国。

　　在上一辈人看来，这群崇洋媚外的留学生也许是坏榜样，但那时候的我对他们却充满了兴趣，因为他们见识过不一样的世界、文化，知识比我们丰富许多。对于我这种普通小学童来说，虽然清楚自己的身世跟别人不同，但是对于外界的知识，我知道的实在太少，而我想了解的却太多。虽然不受好评，但终究是我国第一批留学生，回国那天，码头上挤满了迎接他们的人，我也是其中一个。看到船靠岸时，每个人都按捺不住内心的兴奋，开心地拍手欢呼。

隔了九年才回归祖国，想必这群留学生内心百感交集。他们有的落泪，有的笑容满面，一个个在拥挤的人群中消失了。最后一名留学生缓缓踏出船舱，在看到他的那一瞬间，我的身体不禁变得僵硬起来，笑容慢慢从脸上消失，目不转睛地盯着他——那位头顶有一道蓝光的高大留学生。

他似乎也注意到了我，走到一半突然驻足朝我这边凝视。不知道为什么，我顿时觉得很害怕，也许因为到目前为止，我唯一接触过的同类只有萝亚，所以到现在我还是对"他们"感到很陌生。我连忙转过身，飞快地离开，一路上不断胡思乱想，不敢相信那三十位让人感觉遥不可及的留学生当中，竟然有一位是我的同类！

不知不觉我走到了一条陌生的小巷子里，周围一个人也没有，非常安静，我开始放慢脚步，尝试整理自己凌乱的思绪。就在这时，那位留学生像鬼魂一样无声无息地出现在我眼前，我完全反应不过来，只觉得胸口不知道被什么压着，完全透不过气，跟着眼前一片漆黑，接下来的事情，我就记不清楚了。

"你是谁？"清醒过来的时候，眼前出现的人竟然是那位留学生。

"请冷静一点儿，我不会伤害你的。我叫哲羽。"他小心翼翼地朝我走过来。

"这是哪里？你对我做了些什么？"我掩饰不住内心的不安和害怕。

"这是我的住所，你在这里很安全，请放心。"

我什么话也没说，只是大口喘着气，充满敌意地注视着他。他非常高大，五官也很清秀，鼻子特别挺，长得还真像别人口中的"洋人"。我们虽然不断地轮回，但每一世的外貌都非常相似，不会有太大分别，他长得如此英俊，辨识度一定很高。

"你叫什么名字？"他再次尝试跟我沟通。

"安颖馨，第八世。"我决定放下戒心。

"你是组织里的人？"

"不是。我不愿意加入他们。"

"认识别的同类吗？女孩子孤单一人，最好有个依靠。"

"只有一个……萝亚，你认识她吗？"

"萝亚！能够预知未来的女孩。我跟她见过几次面，她现在可好？"

"我从第二世就跟萝亚相依为命，但这次怎么也找不到她。我很担心……不知道她会不会出什么事。"

"她可能只是身在离我们很遥远的国度。如果你真的想要找到她，可以去找龙毅。你见过他了吗？"哲羽耐心地给我解释道。

"龙毅？他怎么会知道？"我到现在还是对这个名字很反感。

"龙毅跟我们不一样。你有什么特殊的能力吗？"他好奇地看着我。

我快速观察了一下周围的环境，很简陋的住所，我决定来个下马威，让他见识一下我的能力，这样他才不会以为我好欺负。我让桌上的水果刀凭空升起，急速朝他的方向飞过去，又及时在他的眼珠前停下。我还以为他会吓得冒汗，没想到他只是笑了一声，然后突然从我眼前凭空消失了！我不敢相信眼前的这一幕，一个活生生的人，居然就这么不见了。正当我摸不着头脑的时候，突然有人从背后拍我的肩，我转过身去，是一脸得意的哲羽。也不晓得是什么原因，我们两个竟不约而同地大笑起来。

"看起来斯斯文文的，没想到下手这么狠，还拿刀对付我。不过你的能力，真的很惊人，甘拜下风！"哲羽笑着对我拱手。

"彼此彼此。你这招到底是什么？"我开玩笑地向他鞠躬。

"瞬间转移。我们每个人都有一项超能力，这你应该知道。但龙毅不同，他就像是我们所有人综合起来的精华一样，他有好几样异能，其中最不可思议的是，他只要闭上眼睛，就能清楚地看到世界上每一个人的所在地、他们的一举一动，甚至能够看透他们的想法。"

"这……太可怕了。原来是这样，难怪那时候他会知道……"我低下头喃喃自语。

"知道什么？"哲羽发现我的神情有点儿异样。

"没什么。我自己可以找到萝亚的，不需要那个人的帮助。"我冷淡地说道。

"你跟龙毅之间是不是有什么误会？"

我没有回应他，只是低着头，闭上眼睛，尝试平复自己的情绪。已经有好长一段时间，我不愿意想起龙毅这个人，以及以前跟他的过节，还有……我从前的那段回忆。

03. 回忆

　　要说我生存了这么长时间，犯下的最大的错误，也许就是真正地放下顾虑，毫无保留地爱着一个人：茜茜，我的女儿。

　　我的第三世，1736 年，二十岁的我被许配给了一名当地的大夫，虽然对他没有什么特别的感情，但生活平淡快乐，于是我为他生下了一个健康的女婴。那时候的我年少无知，根本没有想过后果，也没有考虑过我只剩下十年的时间来养育我的亲生女儿。

　　茜茜的诞生彻底改变了我，轮回了两次，我从来没有对任何人有过什么强烈的感觉，一直觉得身边的每个人，都只是我这漫长又无止境的一生中路过的角色罢了。但当抱着茜茜时，我第一次体会到如此浓烈的情感，看着怀中的小生命，我觉得自己是最幸福的人！她成了我生命中最重要的人，我甚至认为我的存在就是为了她。我每天的生活都围着她转，喂她进食、帮她洗澡、哄她入睡……天天都过得非常满足，很享受每一刻的美满。

　　萝亚是个烹饪奇才，做饭特别好吃，那时候她在我们村里开了家面馆，每天歇业后就带吃的来看我和茜茜。跟我情同姐妹的萝亚，一直把茜茜当亲生女儿看待，对茜茜百般呵护。

萝亚说我们种族由于基因问题，能够怀孕的概率极低，除非两个人都是轮回人士。她说茜茜的诞生是奇迹，是上天赐给我的礼物，因此她对茜茜的爱也跟我一样强烈。我想要是萝亚也有自己的孩子，她一定会是位非常无私伟大的妈妈。不过，虽然萝亚跟我一样疼爱茜茜，但她依然能保持理性，一而再，再而三地斥责我，说我生下女儿会永生都忘不了她，将来会后悔很久很久。

"你真傻，生了个这么可爱的女儿，如此毫无保留地疼爱她，等到你要离开的那一刻，会有多痛苦，你想过吗？唉，别说是你，连我这个干妈每当想起要离开这孩子的时候都觉得心痛。你只剩下七年的时间了，可怜的茜茜以后会是个没有妈的孩子，你呀……"萝亚常这么跟我说，每次说到一半就会忍不住抽泣一番，然后深深吸一口气再继续说，"到了下一世也忘不了孩子的，我们都会尝试寻找她，但茜茜不可能知道我们的真实身份，那种感觉……我光想想都觉得难过。可怜的孩子，以后该怎么办？"

每当萝亚说这番话时，我都不知该如何回应，这一切我都很清楚，只是现在并不想面对，现在只想好好珍惜我和茜茜拥有的短暂时光。我不后悔，要不是有了她，我永远都不可能知道真正投入感情是什么滋味，我不希望一直活得这么冷漠无情，对什么都没有感觉、无所谓，有了茜茜，我终于觉得活着是有意义的，人生是美好的。

光阴似箭，茜茜很快就十岁了，也到了我必须和她离别的时刻，躺在病床上的我虚弱地抚摸着她小巧的脸蛋儿，看着她哭泣的样子，我第一次体会到痛不欲生的滋味。为什么我的人生如此悲哀？难道我就注定不能够好好地爱一个人吗？上天为何如此捉弄我？我只求一段简单的人生，平平凡凡地陪伴我的孩子成长，为什么我连这个权利也没有？

"茜茜乖，妈妈只是累了，需要睡一会儿。你一定要好好照顾自己，知道吗？妈妈会一直留在你身……边的……"

我只记得，那天晚上屋外下着倾盆大雨，茜茜不断地喊着妈妈，拉着我的袖子，她的哭声越来越弱，到后来完全消失了。

当我回忆起这一切的时候，我已经是某位地方官家中八岁的小女儿了，我第一个反应是：一定要找到茜茜！

费了好大的功夫，终于打听到茜茜在萝亚当初经营的面馆里打杂，我满怀期待地前去探望她，看到她时我简直说不出话来。亲手抚养至十岁的女儿，如今居然已经亭亭玉立，成了美丽的十八岁的姑娘，看得我百感交集，忍不住落下喜悦的眼泪。她注意到我，朝我走来，蹲下身子，亲切地看着我问道："小妹妹，迷路了吗？"当然，我不可能告诉她我真实的身份，眼前我的女儿，居然比我大了整整十岁！这种感觉实在很难形容，我不知道该说什么，只是静静地看着她，然后趁她不注意时匆匆离去。

萝亚说得对，明明已经找到女儿却不能和她相认，还要假装不认识，实在痛苦至极。为了不扰乱茜茜当下的生活，我决定不再直接跟她接触，但只要一有机会，我就会偷偷跑去看她，确保她过得安稳健康，只要能够一直这么默默地守护她就够了。

有一次我去面馆的时候，却不见茜茜在那里，向店小二打听，他说茜茜闯了祸，被判死刑，已押赴刑场。我不清楚他在说什么，但一想到茜茜正身处危险中，我就紧张得不知所措。我拼了命地朝大街上跑去，发了狂似的到处寻找茜茜的踪迹。街上非常拥挤，老百姓不知道在凑什么热闹，全部朝着同一个方向指指点点。

"茜茜！难道是她？！"我朝他们指的方向跑过去。

看到刑场上被绑住双手的茜茜，我的心脏仿佛停止了跳动，思绪完全被堵住了，我不知道该做什么，那是我的女儿，他们竟然打算结束她的生命！我歇斯底里地大叫着茜茜的名字，周围的喧哗声完全淹没了我的声音。我目不转睛地盯着茜茜，她一边哭泣，一边喃喃自语地重复着几个字，花了好长时间我才听懂，她不断重复说着："我是被冤枉的。"

我用尽全力试图挤出人群，向茜茜的方向走去，但当时只有十岁出头的我身材娇小，力量非常有限，时不时被众人推倒在地。此时茜茜的头已经被压低，眼看身后那壮硕的刽子手双手举起一把粗重的刀，就要朝茜茜颈上砍下去！我屏住呼吸，全神贯注地凝视着他们。就在那把刀差点儿砍到茜茜的那一刻，它突然凭空弹起，掉落在地上。在同一时间，刽子手就像被透明人推了一把似的，身体向后倾斜，摔倒在地。这是我第一次在公共场所施用异能，完全顾不上可能被别人发现。

喧闹的人群顿时变得鸦雀无声，每个人的脸上都露出极度疑惑、害怕的神情，对眼前的场景完全不能理解也难以接受，接着他们全都疯狂地大叫起来："有妖孽！此女子是妖孽！快把她消灭！"刽子手再次站起身，一脸愤怒地拿起地上的刀，朝茜茜的头挥下去。正当我再次尝试用念力阻止他的时候，身后突然有人用布捂住我的脸，我怎么也挣脱不了他有力的手臂！我的意识渐渐变得模糊，只是隐约记得我最后看到的场景，是我亲生女儿的头颅被生生地斩下，滚落在地。

清醒过来的时候，我的双颊全是泪水，口中不断喊着茜茜的名字。我迷迷糊糊地看看四周，什么也没有，只有一片漆黑，全身被铁链拴着，坐在椅子上动也动不了。我的内心充满了难以形容的痛苦、愤怒和哀怨，我大吼起来。这时候我面前有一道门打开了，一个身形瘦长、脸色苍白的男人慢慢走进来，拉了把椅子，然后在我面前坐下。

"你是谁？就是你捂住我的脸？"我尝试挣脱身上的铁链，却仍被拴得死死的。看到这个男人完全没有要帮我解开的意思，我决定用念力帮助自己逃脱，可没想到竟然完全不管用！这是我第一次运用不了我的能力。

"超能力这种东西，不能随便使用，你明白吗？"他终于开口了，声音非常低沉，讲话的时候显得特别威严，让我有点儿害怕。

"你到底想怎么样？为什么阻止我？刑场上的女孩……是我的女儿啊！"我对着他大吼。

"我是龙毅，你们的领袖。"他冷冷地说道，"你的超能力对任何东西都有效，除了我。清楚了吗？"他态度依旧冷淡："你刚才的举动实在太大意了！"他突然把身子向前一倾，睁大双眼凶狠地盯着我，跟我只剩一厘米的距离，我吓得说不出话来。他看我不说话，接着说："在那么多人面前使用超能力，很容易暴露身份，一旦被发现，可是会连累我们所有的同胞，后果不堪设想！"

"我只是想挽救我的骨肉，却被你阻止！让我目睹亲生女儿人头落地，你简直是恶魔！"我毫不客气地指责他。

"我们本来就不应该生儿育女！投入这么多感情对谁都没有好处，你现在应该同意了吧？"他冷冷地说道。

"凭什么？难道我们就必须听你的？你知不知道这样永无止境地活着，目睹身边每一个亲人慢慢逝去，是多么残忍的事？我恨这种生活！我一辈子也不可能服从你！"我怒视着他。

他盯着我看了很长一段时间，然后叹了口气："我们存在于这个世上，是背负着非常重要的使命，时间久了你就会明白。我只求你不要再鲁莽地暴露自己的身份，如果连累了大家，我在别无选择的时候，只能结束你的生命。"

"我求你现在马上结束我这悲哀的人生！"我对他说。

"我说过了，我们的存在，是有原因的。"他说完后默默离开了房间。

接下来的几天，我被这位叫龙毅的"领袖"关在这栋大得难以想象的楼房里。他不再用铁链拴着我，反而带我参观这个陌生的地方。他说这里是组织的所在地，我不想懂他说什么，只想尽快逃离这个鬼地方。有一天他让我换上一套奇怪的衣服，然后带我到一间宽敞的房间里，那里面挤了许多人，每个人头上都有蓝光。

"这……是什么？"眼前的一幕，让我难以置信。

"欢迎来到我们的组织，他们全都是你的同胞。"龙毅微笑着说道。

这些所谓的同胞，有的长得很普通，跟我没什么差异，但有些拥有一身漆黑的皮肤，还有些头发是金色的并拥有蓝色的眼珠，我从没见过像他们这样的人，觉得很新奇，凝神注视着他们。他们看似在比武，但不是普通人进行的那种，每个人打斗的方式和技能都不一样，毕竟他们都是超能力者。仔细观察，有一位金发女孩居然拥有一对像小鸟一样的雪白的翅膀，正在自由自在地飞翔！有从口中喷出火焰的男人，长着鱼尾在水里游动的人，贴着墙壁爬行的怪异小孩儿，还有身体颜色不断变化的女人，等等。虽然是同类，我却对他们感到无比陌生，觉得他们就像是从另外一个世界来的人，跟我完全没有关系。

"有兴趣加入组织吗？我们可以保护你。"龙毅向我伸出手。

"我说过，我不会服从于你。"我一口回绝了他。

"他们每个都很有才，独一无二，同意吗？在这里可以接受正式的训练，让你们变得更加强大、团结。你非常有潜力，如果经过培训，将来一定会有出色的成就。"他继续说道。

"我不跟同类在一起也活得好好的，请你让我离开，我也不想再回到这个地方。"我只是随口说说，没想到龙毅并没有阻止我的意思，反而指着出口的方向，冷静地说："我知道现在勉强你没有用，等你需要我的时候你会再回来的，到时候我会在这里欢迎你，再会了。"

照哲羽这么说，当初龙毅一定是见识到我在人群中施展超能力，然后运用瞬间转移的能力及时赶到现场阻止我，而他最后跟我说的那句话，难道……他也有预知能力，知道我最终还是会投靠他？到现在已经过了这么长时间，我对他的反感还是丝毫没有减退。而茜茜……那段我花了整整一个半世纪尝试忘记的回忆，如今想起来，心痛的感觉还是那么清晰、真实。想起茜茜在众人面前被处死的场景，我控制不住情绪，流下了眼泪。哲羽似乎对我这个举动感到很意外，顿时变得不知所措，手忙脚乱地想要安抚我，却又不知道该如何开口。

"哲羽，你试过付出真感情吗？"我哭着问他。

"什么意思？"他一脸疑惑地看着我。

"我是说，抛开一切拘束，真正地去爱一个人，那种真挚的感情。"

"没有。那样对任何人都没有好处。你想到了什么人吗？"他问。

"我恨那个叫龙毅的男人，若不是因为他的自私自利，我一定能够救出我的女儿！"

　　从那时候开始，哲羽变成了我以后的人生中除了萝亚以外最亲密的人。自从他留学回来，我们就经常聚在一起谈天、玩耍。跟他在一起的时候，我能够毫无保留地诉说任何事情，就好像萝亚跟我之间的相处方式一样，让我觉得非常自在。我很喜欢哲羽的性格，他心思细腻，成熟稳重，很懂得照顾人，虽然认识的时间不长，但跟他在一起时就是有种莫名的亲切和安全感，我非常享受他的陪伴。

　　哲羽经常跟我说他在美国留学的事，他说在那边待了九年，最让他兴奋的就是在当地遇见了我们的同类。

　　"美国人大多数拥有一头金发和蓝色的眼珠，外貌跟我们差别可大了！但没想到我们居然有不少同类是洋人，这个组织还真是让人难以捉摸……那个洋人看到我的时候跟我一样意外，但毕竟是同类，后来我们还成了好哥们儿。你知道吗？他的身体就像钢铁一样刀枪不入，而且一受伤身体马上就能自行复原。他还告诉我，世界各地都有我们的同类，但是很少有机会能够聚集在一起。你想想，如果打仗的时候，我们每个成员都同心协力一起战斗，那该有多强大？光是想想就觉得兴奋！"

哲羽总是异想天开地认为有那么一天，我们所有同类会聚集在一起战斗，保卫地球，我倒觉得他的脑袋被洋墨水浸坏了。

"虽然加入组织的时间不长，但我肯定组织的意义不只是保护我们同类那么简单。我经常看到几位固定的长老级人物神聚在一起开会，然后龙毅会带着他们穿梭到别的地方去做些什么。我觉得他们一定一直在私底下执行什么秘密任务，不然怎么可能没事组成一个这么大的组织，对吧？"看得出来哲羽对组织非常忠心，一聊到这个话题他就十分兴奋，仿佛身为组织成员是他最大的骄傲。

我对组织的话题没什么兴趣，反而经常跟他聊关于萝亚的事和我们经历过的一切："不知道是什么原因，就好像冥冥之中注定我和萝亚必须要在一起似的，不管在哪一世，无论我变成什么身份，她总是会那么巧地成为我身边的人。她要是当了主子，我就是她的贴身丫鬟；我当了少奶奶，她就是我的管家……反正就是永远也离不开对方。所以我才这么担心……哲羽，我这次花了好长时间寻找萝亚，但是一点儿消息也没有，你认为她……会不会消失了？"

虽然哲羽在国外留过学，对我们种族的知识比我丰富许多，但对于萝亚的下落，他也毫无头绪，只是一而再，再而三地劝我应该忘记过去，释怀跟龙毅的恩怨，毕竟只有他才能够帮我找到萝亚。眼看我这一世剩下的时间也不多了，要是不赶快找到萝亚，恐怕难以实现当年跟她的约定：每一世都要在一起。虽然内心是千百个不愿意，但我已经无计可施，最终只好拜托哲羽带我去见他——我最恨的人。

我不清楚哲羽是怎么做到的，只记得他双手搭在我的肩膀上，然后我们就突然从他的住所里消失，又马上在另外一间大房子里出现，只有一瞬间。他的这项技能还真是方便，真不知道他那时候为什么要花那么长时间搭船去美国，其实他用几分钟就能环游世界了吧。

仔细看看四周，这个地方看起来非常眼熟……果然！是那时候龙毅禁锢我的地方，隔了这么长时间，没想到他现在还待在这里。我怀着忐忑不安的心情，默默地跟在哲羽身后，刻意放慢脚步，一路上不停在纠结到底该不该见他，不知道见到他的时候应该说些什么，也不确定自己是否能够心平气和地请求他帮助我。哲羽看到我踌躇不安的模样，转过身朝我走来，然后牵起我的双手，看着我的眼睛告诉我："不要怕，有我在。"

见到龙毅的时候，虽然还是难以原谅他，但也许是因为过了太长的时间，对他的怨恨居然不那么强烈了。他跟我印象中的一样，完全没有衰老的迹象，简直就像僵尸一样。

"很高兴再次见到你，颖馨。"他礼貌地对我笑了笑，伸出双手欢迎我。我没说话，只是冷漠地看着他。"记得我上次说过，你需要我的时候会回来找我的。有什么我可以帮忙的吗？"龙毅继续笑着问我。

在我的印象里，这个人明明就是个只顾维护自己利益、无情无义的恶魔，不知道为什么现在居然变得……有些温柔。

我还是不说话，只是一直打量着他，尝试不去想一百多年前我和他的恩怨。哲羽看到我这个样子，似乎有点儿尴尬，最终决定帮我开口："龙毅，是这样的，颖馨有个非常好的朋友叫萝亚，也是我们的人，她说每一世她们两个都会在一起生活，这次却毫无她的消息。颖馨担心萝亚出了什么事，想请您帮忙找寻她的下落。"

"萝亚是你的伴侣吧？"龙毅思考一番后，心平气和地转过身问我。

"什么意思？"我开口回话。

我和哲羽对看了一眼，明显我们都不太明白他是什么意思。龙毅来回走了几步，最后坐在一张造型怪异、椅背高得离谱儿的金色椅子上。

"你们每个人都有一至两位伴侣，每一世都会在一起度过，那位伴侣一定会跟你在同一个地方出生、成长，最后成为你身边比较亲密的人。你说的那位萝亚，是这样的吗？"龙毅看着我说。

"是的，从我的第二世到上一世都是。为什么会突然在这一世销声匿迹呢？"我急切地想知道答案。

"有可能是因为哲羽的出现，你们是这一世才认识的吧？"龙毅问我。

这个假设让人有些难以接受，难道他是说我和哲羽的相遇，代表萝亚跟我的道别？哲羽似乎也在跟我想同样的问题，神情尴尬地看着我。

"有这个可能。但也有人是有两位伴侣的，说不定你就那么幸运地跟他们两位都那么有缘分呢。"龙毅一脸悠闲地说。

"你就不能快点儿帮我找找萝亚吗？不是说闭上眼睛就能看到她吗？"我开始着急起来，完全顾不上他是什么领袖。

"颖馨，不得无礼！"哲羽低声提醒我。

龙毅忽然收起笑容，深吸了一口气，然后慢慢闭上双眼，头向上仰，口中不知道在念什么。隔了一段时间，他仍然闭着双眼，却张开口，低声说："萝亚啊萝亚，可怜的女孩。"他说完这句话，又开始喃喃自语，我按捺不住内心的焦急，想要上前去问个清楚，却被哲羽阻止了。过了一会儿，龙毅睁开双眼，表情沉重地看着我们。

"萝亚一直在你附近，只是她从小就落入恶人手里，一直逃不出来，才当了一辈子的奴隶。她现在身子非常虚弱，已经被虐打得不成人样，快去救她，我跟你们一起去。"

听了这番话，我眼前一片漆黑，差点儿就昏厥过去，这个感觉，就好像当年失去茜茜一样。幸好有龙毅，不然我们根本不会知道萝亚的所在地。他一手搭着我的肩，另一手搭着哲羽，不到几秒钟的时间，我们又到达了另外一个空间。

看着被关在笼子里的萝亚，我简直不敢相信我眼前看到的是一个人！萝亚从前漂亮的脸蛋儿，如今变得像骷髅头。她遍体鳞伤，耳朵居然没了一个，衣服破得根本无法遮掩身体，身体虚弱到连眼睛都睁不开。到底是谁做出这么残忍的事？把一个好端端的姑娘关在这种笼子里，给她的食物看起来简直就是馊水！不只是我，连哲羽都看得心酸，他小心翼翼地走上前去抱起可怜的萝亚。正当我们准备离开时，突然听到门外传来急促的脚步声，我知道一定是虐待萝亚的凶手，我必须替她报仇！龙毅和哲羽都知道我在想什么，他们对视了一眼，决定跟我一同留下来。

一下子就跑进来十几个凶神恶煞般的男人，全身上下都极度肮脏，每个人手中都持着把大刀。他们看见我们的时候，丝毫没有害怕或紧张的样子，反而得意地笑起来，其中一个看似是老大的男人开口道："怎么，英雄救美呀？"

"到底是为什么？"我不能理解，为什么会有人做出这种事。

"不为什么呀，本大爷我喜欢！她就是个贱坯子！你们还胆敢闯进老子的地盘？今天把你们所有人的皮都剥了！"

我闭上双眼，用尽全力集中精神，睁开眼睛时，十几把大刀分别卡在了他们每个人的脖子上。哲羽惊讶地看着我，我却完全没有要退缩的意思。那群男人脸上害怕至极的表情，居然让我觉得很痛快。我一步一步地向刚才开口的那个男人走过去，他身上的气味熏得我想吐。我凶狠地盯着他，让大刀再压紧他的脖子一寸，看到一滴滴鲜血慢慢流下，然后冷漠地对他说："跪下，道歉。"

话刚出口，他们就听话地乖乖跪下，一边发抖一边哭喊着："您大人有大量，饶了我吧！小的知错了！"我不想再见到他们的嘴脸，转过头朝哲羽和龙毅走去，刹那间，身后的那些男人的身体接二连三地喷出一道道鲜红的血柱，求饶声一个接一个停止了。哲羽和龙毅什么都没说，静静地带着我和萝亚离开了现场。

"谢谢你刚才没有阻止我。"我对龙毅说。

“本来就没有让他们活着离开的打算。”他回答我。

萝亚一直处于昏迷状态，我和哲羽天天守在她身旁帮她换药疗伤，龙毅也时不时地来探望她。萝亚脸色是好转了，但一直昏迷不醒，根本没办法进食。这段时间哲羽对我的态度有很大的转变，不再像从前那样跟我打打闹闹了。

“你那天到底是怎么了？”有一天哲羽忽然问我。

“萝亚是我很重要的亲人，你看看她现在这个样子！虽然这只是她轮回好几世中的一世，但有过这么可怕的经历，她永远都会留下阴影。我替她教训教训那群男人，这有错吗？”

“帮萝亚出气是对的，换作是我也会教训他们。但那是你第一次亲手杀人，为什么你丝毫没有害怕，反而好像乐在其中？”哲羽觉得很不可思议。

“我……”我清楚自己并不是会乱杀人的冷血动物，但那一刻，我真的控制不了自己的情绪，我深吸了一口气，说，“我只是不能忍受他们对萝亚造成的伤害，一想到他们曾经那样虐待萝亚，我的内心就痛苦得难以负荷。萝亚就像是我的亲姐姐，看见她这个样子，你知道……你知道我有多难受吗？”

哲羽露出珍惜的神情，温柔地抚摸着我的脸颊：“颖馨，我很在乎你，我希望你能学会控制自己的能力，一定要适可而止，否则有一天你也许会迷失自我，后果不堪设想。我以后一定会好好保护你，不会再让这种事情发生在你或者你身边的人身上。”

那是哲羽第一次对我说这么深情的话，我非常诧异，却又觉得无比感动。其实有时候在半夜忽然想起那群男人死前的哀号，我的内心会有些不安，不敢相信自己居然亲手杀了那么多人。但是一想起萝亚被关在笼子里的场景，我就忍不住想象他们曾经如何对待我最亲爱的萝亚，如何虐打、欺凌、侵犯她……想到那一幅幅恶心的画面，我就恨不得再次把他们千刀万剐！

半个月后，萝亚终于苏醒了，意识完全恢复，但她的身子还是非常虚弱，一看到我就露出了笑容。

"颖馨，你终于来救我了。"她吃力地说道。

"对不起，萝亚，我来迟了。"我忍不住流下了眼泪。

"哲羽，是你吗？你怎么会在这儿？"萝亚注意到哲羽。

"萝亚，别说了，好好疗伤吧。"

她不再说话，只是不断地哭泣，身体不停地抽搐，我真的不敢想象她到底经历了什么。

"好了，萝亚……别哭了，都过去了。"我尝试安抚她的情绪，自己的泪水却不停地流下双颊。

"你知道吗？那个男人，他是我亲爹。"萝亚哀怨地看着我。

我和哲羽陡地一惊，停下手中的一切活动。我杀的那个男人是萝亚的父亲？他怎么忍心这样对待自己的亲生女儿？！

"我娘因为生我难产死去，从此以后我爹就怪罪在我身上，每天都喝醉，虐待我，把我关在笼子里，从不让我上街。我好痛苦，虽然对他一点儿感情也没有，但我不能理解他怎么能这么对待自己的亲生骨肉？你知道他们是怎么对待我的吗？他们……我……他们把我……"萝亚露出极度痛苦的神情，泣不成声，闭上双眼，似乎不想再回忆。

我气愤地握紧拳头，想要放声大叫，发泄内心的愤怒！我气自己没有早点儿找到萝亚，把她从他们手中救出来，让她受了这么多年的苦，我更气自己那么轻易就把那群人渣杀死，应该慢慢折磨他们，让那群人多吃些苦头，以弥补他们对萝亚的伤害！

"萝亚，对不起。要是我早点儿找到你的话，这一切就不会发生了，都是我不好……我……"我忍不住放声大哭，跟萝亚紧紧相拥在一起。

"别这么说，要不是你，我早就自尽了。我知道你会来救我的，我看到你把他们全都杀死的画面，所以我才能够支撑那么久，就是为了等待这一刻。颖馨……你……你为我杀了这么多人，我过意不去。"萝亚愧疚地看着我。

"杀了他们算是便宜他们了，我真希望自己还能多为你做些什么！"我的呼吸变得急促，愤怒的情绪导致我心跳不稳。

"我好害怕，怕我以后再遇上这样不堪的人生！颖馨，你说我们为何如此悲哀？对于我们的下一世毫无选择的余地，却又必须这样不停地轮回，到底何时何日才能解脱？"萝亚无助地抓紧我的手，眼神充满绝望。

我不知道该说什么，因为我也问过自己同样的问题。哲羽见我说不出话，只好主动开口："萝亚，一切都会好起来的。至少我们都有异于常人的技能，这一点也值得庆幸。"

"能看见未来有什么用？对我自己一点儿好处也没有！看得到即将来临的灾难，预言身边的谁就要死去，这种话有谁会相信，又有谁会想要听？"萝亚的情绪有些激动。

我思考了一番，虽然萝亚是我的伴侣，但如果以后再像这样，我们其中一人落到了别人手里，而我们又毫无反抗能力，那要怎么生存下去？因此，虽然是不太愿意，但为了萝亚和我的安全，我决定投靠龙毅。

"萝亚，我们一起加入组织吧？他们不但会照顾我们，还会给我们提供锻炼能力的方法，让我们变得强大，能够保护自己，那以后就不用担心再落到坏人的手里了。等你完全恢复以后我们就去找龙毅，你说呢？"我抓起萝亚的手。

"但是你跟他之间的恩怨……"关于我的事，萝亚一清二楚。

"放心吧，我已经释怀了。"我笑着对她说。

　　1911 年冬天，十五岁的我随着萝亚一起正式加入了组织，那是我的第九世。龙毅慷慨地负责我们两个的起居饮食，接下来的几十年，每一世只要记忆一恢复，龙毅便会亲自前来带我们回组织生活。萝亚就像是我和龙毅恩怨的解铃人，因为那次一起寻找并救回她，化解了我们两人之间的仇恨。

　　龙毅是个心思细腻而且很会照顾人的领袖。他似乎完全看透了我的想法，知道我从杀死了虐待萝亚的那十几个男人以后，时常会半夜做噩梦，害怕因为自己的能力而迷失自我，盲目地大开杀戒。加入组织不久后，有一天晚上，龙毅邀请我去他的房间用餐，一路上跟我讲他自己的故事。

　　我已经觉得自己活得够久了，没想到龙毅更可怕，他比我多活了整整三个世纪！他自有记忆以来就没见过亲生父母，对自己的来历也完全不清楚，只记得是被农村里一对年长的夫妇抚养长大的。龙毅五岁的时候就发现自己跟别的孩子不一样，他看得见未来；能够随意在空间里穿梭；有自我愈合的能力，所以从不担心受伤；拥有排山倒海的巨大力量，能够随手摧毁一座山丘；除此之外，别人脑子里的想法他全都一清二楚，也明白村里每个人都认为他是会带来噩运的妖怪。

儿时的龙毅完全不懂得控制自己的力量，有一次跟别的小孩儿起了争执，他只是轻轻推了其中一个男孩，却导致他粉身碎骨，当场死亡。村民们听闻此事后怒火冲天，相约一同前去龙毅的住所，不停朝他们家扔石头和火把。收养龙毅的老夫妇让他躲在床铺底下以免受伤，两人却不幸被石头击中头部，后来被大火包围，未能存活。情绪失控的龙毅刹那间像走火入魔一般疯狂嘶吼，引起天摇地动的猛烈震动，无意中杀死了全村村民。

从此以后，为了避免再伤及无辜人士，龙毅决定远离人群，开始独立生活。他隐居在无人居住的高山上，夜以继日地自我修炼，后来终于学会完全掌控自己的能力。没想到活到四十岁以后，他居然再也没有衰老过，而且从未得过任何疾病，也没有办法结束自己的生命，一直到现在。

活了那么长时间，龙毅到了 15 世纪初才找到跟他经历雷同的人，那些头顶带着蓝光、不断轮回的奇异种族的人。他第一个找到的人叫庞德，是一个力大无穷，可以轻易用单手拔起一棵大树的高大男人。他并不排斥龙毅的投靠，两人结为伙伴，四处寻找同类。同类是找到了，可是像龙毅一样的人，却始终只有他一个。

"你老是觉得自己很不幸，但至少世上有上千个像你一样的同类，你还有两个这么亲密的伴侣。我活了多少个世纪都找不到像我一样的人，到现在我也搞不清楚自己到底是什么，这才是真正的孤独。"龙毅面带忧愁地感慨道。

龙毅与庞德花了好长一段时间，最终成功聚集了上百位轮回人士，他们全都建议龙毅当领导，毕竟他永远不会逝世，也从来不会失去记忆，这样一来可以一直照顾和团结他们所有人。除此之外，龙毅又能够利用自己的技能去寻找更多的同类，没有人比他更适合担当这个职位。

"当一个人拥有无穷的力量时，往往会变得目空一切、得意忘形，认为能称霸，因而对他人造成不必要的伤害。记住，千万不要让自己成为那样的人，要学会好好运用你的能力，不能利用它来发泄自己的仇恨。"龙毅严肃地指点我，然后低头沉思了一会儿，又接着对我说，"记得那时候我跟你说过，我们在这世界上存在，是背负着重大的使命吗？"

"记得。但我到现在也不懂到底是什么神圣的使命，需要这样一直让我们轮回。"

"组织里面存在时间最长的成员，除了我和庞德以外，就是赤义、武雄和吴韩，这你知道的。但你知道吴韩拥有一项极为可怕的超能力吗？"龙毅看着我。

"什么？他能摧毁世界吗？"我讽刺地笑了一声。

"他确实有这个潜力。病毒可以说是世界上最强大的生物武器，规模够大的话，甚至能够摧毁全人类。一般来说病毒无法独立生长或复制，只能够借用宿主的细胞系统进行自我复制，但吴韩身体里的细胞就像是一个个活生生的宿主，能够产生以及大量复制出各种不一样的病毒。"龙毅说得有声有色。

"听起来好恶心。但是，不会传染给别人吗？"我不禁露出反胃的表情。

"这就是他特别的地方，吴韩能够自由控制身上的任何病毒，让它们不会散播出去，他同时也是全世界最出色的医学和病毒学家。吴韩完全献身于研究各种疫苗，因为没有一个人比他更加了解病毒，所以只要是他研发出来的疫苗都一定是最奏效的。他第一次接触大规模的病毒传染，就是 14 世纪散布全欧洲的黑死病，又称鼠疫，当时在短短的八年内就夺走了欧洲三分之一的人口，可以算是人类历史上最严重的瘟疫之一。"

"吴韩研究出对抗的疫苗了吗？"我听得越来越投入。

"那是他第一次尝试研发疫苗，花了几个世纪、在自己的身体上做了无数次实验，到了 1670 年才终于发明疫苗。我带着吴韩抵达欧洲，但当时的人思想极为封闭，神官们都认为既然传播这个病毒的元凶是黑鼠，那么只要大量繁殖猫，老鼠的数量就会自然减少。很明显那只是暂时的措施，不能从根本上解决问题。我们花了好长时间证明给他们看吴韩发明的疫苗的作用，他们最后才勉强接受，那时候黑死病才算是完全消失。"

"吴韩之后一直从事这份工作？"

"只要是在吴韩能力范围内的，他都会尽可能地做出贡献。16 世纪的天花、麻疹、伤寒等传染性疾病，疫苗都是吴韩研究制造，再发布给世界各地的政府官员的。至于 19 世纪初首次爆发于印度的霍乱，到现在还存在，吴韩发明的疫苗虽然有效，但无法完全阻止病毒的传播。"

"所以你的意思是说我们存在的使命就是抵制瘟疫？那吴韩一个人执行就得了啊，我们有什么用处？"我还是有些不理解。

龙毅没有说话，只是低着头，专心地把桌子上十几块骨牌一个个向上摆起来，摆好了以后抬头看了我一眼，仿佛是叫我认真看的意思，然后又低下头，一手把摆好的骨牌推倒，散落在桌上。

"你这是干什么？"我问他。

"用你自己的方法，以最快的速度把骨牌摆起来，就像刚才我做的那样。"

这对我来说简直是小事一桩，连身子都不用动，利用念力在几秒钟内就把散乱的骨牌有条理地摆好了，而且比龙毅弄得整齐多了。完成以后我得意地看了他一眼，想要得到他的赞赏。

　　"想象这堆骨牌是栋高楼，当它散落一地的时候，就代表着楼房遇到灾难后被摧毁的形态。一直以来我们都尽可能地在私底下为人类尽一份力，因为我们清楚自己的能力比一般人强大。天灾这些事情超出我们的能力范围，根本不可能阻止得了，但是灾难过后的重建工程，只要我们齐心合力伸出援手，对人们的帮助其实非常大。"龙毅的语气越来越激昂。

　　"你的意思是我这项能力可以帮助人们重建家园？但我们不是不能在公众场所展现异能吗？"

　　"我和庞德他们每次都选择在夜晚出动，我能够轻易探测到当地的情况，所以这点不是问题。武雄的能力其实跟你很相似，但是他只能够控制一切由木头组成的东西，钢铁和水泥类的他都控制不了，所以能力非常有限。而你不一样，颖馨，这世上除了有生命的生物以外，没有什么是你控制不了的，对吧？"龙毅笑着对我说。

　　"没错……所以这就是我的使命？这就是我存在的原因，为了拯救地球？"我恍然大悟，尝试理解这一切新颖的信息。

　　"我相信这是我们整个种族存在的意义。我希望等你和萝亚做好心理准备，训练有成之后，跟我们一起去不同的地方执行任务。"龙毅诚恳地看着我的眼睛。

　　"原来私底下执行秘密任务指的就是这些……哲羽不知情吗？"我回想起刚认识哲羽时，他曾经告诉过我组织成员的行为。

　　"并不是所有组织成员都知情，我们只选择最有能力的人，要是大家都知道了可能心里会不平衡，产生不必要的纠纷。哲羽虽然很有潜力，但他的能力我已经具备了，所以暂时还不需要他。"

　　"可是我和萝亚怎么可能比组织里面其他成员更有能力呢？我们才刚刚加入组织。"我对自己并没有什么信心。

　　"颖馨，你的能力是我见识过的最惊人的能力中的一项，而萝亚的能力更是对我们大有帮助。我虽然也有少许预知能力，但跟萝亚相比逊色许多，她甚至能预知一百年后的事，而且那么详细。你想想，如果萝亚学会熟练地掌控她的技能，而每一次瘟疫即将爆发时她都能够先告诉我们，那么吴韩就能够提早开始研究药物和疫苗，这样就有可能大大减少死亡人数。"龙毅耐心地对我解释。

"那么灾难呢？为什么不可以事先通知人们，然后疏散他们？"我问他。

"不是没试过，只是这根本是无效的策略，我只能说人类不是轻易相信他人的动物。如果有一群游客正悠闲地在海边玩耍，突然出现一群陌生人告诉他们即将有灾难发生，让他们尽快离开，但又没有办法证实给他们看，你认为有多少人会听劝？难道我们要说'我们是超能力者，请相信我们'吗？只怕会被笑话。"龙毅无奈地摇头叹气。

龙毅说得没错，换作是我，如果一直以来都没有这方面的认识，一定也不会相信在同一个地球上存在着拥有超能力的人。以前觉得自己只是因为活着而活着，就算轮回了那么多次，人生也还是没有什么意义，但如今清楚自己其实拥有帮助别人的能力，那么这种人生，也不是那么令人反感。

"龙毅，开始正式训练我们吧！我一定会成为一名出色的超能力者，我想要为地球尽一份力！"我兴奋地对他说。

龙毅看着我，竟然笑了起来："哈哈！说出如此情绪高涨的话，你以为在演戏吗？别着急！在训练你的能力以前，首先要增强你们的体力，要学习基本的武功，一定要学会自我保护，特别是萝亚。明天就开始，先去好好睡一觉吧，接下来的日子够你累的。还有，关于那几个男人的事就忘了吧，我知道你的内心是善良的，不要再担忧了。"

06. 亲情

LAN
GUANGREN

蓝光人

06. QINQING
>>>

　　所谓的培训，其实就是锻炼我们的体能，教导我们学习拳术和剑术，做好可能遇到危险的准备，确保我们能够保卫自己、击败对方。哲羽加入组织比我们早，功夫当然比我们高超许多，对于我和萝亚这样的弱女子来说，这其实是一件很困难的事。运用念力去控制物体轻而易举，但要使用自己身体的力量去打倒敌人确实不简单。

　　萝亚常说："颖馨，你不用担心，我已经预测到你以后是个功夫异于常人的女子，谁都不是你的对手！至于我嘛，我也不清楚，只能加把劲儿了！"我一直认为她这么说是为了激励我更加努力，于是我每天都不允许自己偷懒，必须锻炼到筋疲力尽为止。日子一天天过去，我们两个的体能和武术明显提升了很多，自我保护已经没问题了。不知不觉中，我们两个已经加入组织两年多，认识了不少成员，还经常一起比较超能力、研究武术，慢慢地，我觉得自己真正融入了这个大家庭。

　　经过这两年的魔鬼特训，我和萝亚终于成功通过体能测试，在武术方面的成绩总算是合格了。接着就是超能力培训，龙毅派武雄和虞依指导我们，他们两位前辈是我见过的最热情豪迈的人。武雄跟庞德一样十分壮硕，除了能够控制一切木头构成的东西以外，整个组织里就属他的武功最强大。我们俩的技能如此相似，武雄自然而然地成了我的贴身导师。至于虞依，之前在组织里见过她不少次，虽然没有怎么交谈过，但对她的印象却非常深刻。她是位永远只穿白色衣服，拥有一头乌黑长发的高挑女子，还拥有一张倾城倾国、美丽得连女人都不禁着迷的脸。

虞依也算是组织内最资深的成员之一，我觉得她的潜力是组织里面最惊人的。听龙毅说，虞依具有起死回生的能力，但是必须在对方死后的一小时之内让她帮助，一旦超过一小时就不奏效了。不过龙毅说虞依每次救回一条生命，她自己的体力就会大量消耗，会连续昏迷几个星期甚至几个月，而且这一生中只有能力救活几个人，不然她自己也生存不了，因为如此庞大的能力，难免会有负面影响。

武雄第一次见到我，就激动地握着我的手说："我的好徒弟，师傅我一定会好好培养你的！"而虞依也深情地抱着萝亚说："哦，我的好妹妹！师姐我一定好好照顾你！"这令平时对谁都冷冰冰的我有点儿别扭，却又很庆幸他们让我们有家人的感觉。

接下来的两年里，武雄和虞依夜以继日地培训我们运用超能力的技巧。除了他们两个以外，庞德和赤义这两位组织内最资深的前辈以及哲羽也常常跟我们在一起，久而久之，我们七个人变成了最亲近的家人。

哲羽常说他跟赤义之间的友情就像我跟萝亚一样，比亲兄弟还要亲。自从加入组织以后，他们俩不管做什么都在一起，所有事都告诉对方，一个眼色就能够轻易知道彼此在想些什么。庞德是组织里面最年长的，平时也比较正经、严肃，因此大家都对他万分尊敬，平时都不太敢接近他，除了赤义。赤义在很小的时候被庞德召进组织，从那时候起，庞德就一直把他当弟弟看待，到现在也就只有赤义一个人敢时时开庞德的玩笑、捉弄他，庞德也一直拿他没办法。庞德的伴侣是我的师傅武雄，他们俩就像我跟萝亚一样，每一世都一定会出现在对方的生活里，什么事情都一起经历，早已是有福同享、有难同当的好兄弟。武雄说，他跟庞德还有另外一个共同的地方，就是对虞依的爱慕，从他们第一次见到虞依开始，一直到现在。

"那天下着倾盆大雨，我和庞德在荒山野岭里迷了路，走了好长时间才终于遇到一个当地人，那个身穿白衣、头顶蓝光的天使。我跟庞德第一眼看到她都傻了，这世上怎么会有这么美丽的女孩？我当时就告诉自己，她一定要成为我的女人。她刚开始对我们非常警惕，可能没见过别的同类吧，为我们指路以后转身就跑，我们连问她名字的机会都没有！"武雄每次提起第一次见到虞依的情景，脸上都露出甜滋滋的笑容，"那天雨下得特别大，稀里哗啦的！我们哪里舍得让这么漂亮的女孩淋湿身子？庞德这家伙为了炫耀自己的才能，居然单手把一棵百年老树连根拔起，当成雨伞替虞依遮雨！我当然也不甘示弱，连手都不用动就聚集了几十根大树，并在一起变成一块大型的平板遮在虞依头上。她瞪大了双眼、张大嘴，惊讶得一句话都说不出来，一副不知所措的傻样子，哈哈！我永远忘不了她当时的表情。"武雄笑得眼泪都快要滴下来了，接着说："她不只是我见过的最美的女孩，还是最心地善良、最善解人意、最温婉柔顺、最性格开朗、最可爱的人。你知道吗？我真的愿意为她做任何事，甚至为她死——相信庞德也跟我一样。"

"真看不出来你们两个平时那么霸气，为了虞依居然变得这么痴情！哈哈！太可爱了！"我忍不住取笑他。

"是啊，虞依的出现为我们两个无趣男人的生活增添了许多色彩，我们兄弟俩天天围着她转，老是争着对她好，虞依有时还嫌我们幼稚呢！几个世纪皆是如此，天天陪在她身边已经觉得很幸福了。

后来……"武雄突然露出失落的神情,深深叹了口气,"唉,虞依最终还是选择了庞德。她说从第一眼见到庞德就已经爱上了他,但一直不敢说出口,怕影响我们兄弟俩的感情。当时我受的打击可大了,几天几夜都说不出话,伤心欲绝,觉得人生变得没有意义了。庞德虽然开心,但是看我那副要死不活的模样也觉得过意不去。我有什么办法?他是我最好的兄弟,难道我要为了女人跟他反目成仇吗?我只能在背后默默祝福他们,叮嘱庞德一定要代替我好好照顾虞依。说实话,到现在我还经常在想,要是当天第一个抢先替虞依遮雨的人是我而不是庞德,她的选择会不会改变?"

我很同情武雄,也很敬佩他能够那么大方地祝福最亲的兄弟跟他最爱的女人在一起,已经几个世纪了,到现在依然对他们两个那么好,武雄真的是一个非常讲义气的好男人。

调皮的赤义老爱开玩笑说:"要是我啊,我一定选择武雄!你看看他,身材魁梧,武功高强,心思细腻,活泼开朗,简直是绝品!连我这个大男人都快要被他吸引了!哪像庞德那家伙那么闷骚,老是板着脸。唉,可惜啊!"

赤义永远像个长不大的小孩儿,老是爱捉弄别人,搞得别人哭笑不得是他最大的乐趣。他知道萝亚脾气最好,永远不会生任何人的气,于是老喜欢捉弄她。有一年萝亚生日,我们大伙儿一起为她庆祝,赤义第一个把准备好的礼物送给萝亚,她兴高采烈地打开盒子,居然跳出来一只萝亚生平最害怕的癞蛤蟆!她吓得大叫出声,没想到蛤蟆一跳就跳到她的头顶,萝亚一下子就被吓哭了。赤义刚开始对自己的杰作非常满意,站在一旁捧腹大笑,但他万万没想到会把寿星弄哭,自己都吓傻了,马上变回一本正经的样子,手忙脚乱地把蛤蟆抓走,事后还惩罚自己围着萝亚做青蛙跳一百下,搞得萝亚又哭又笑。从那次以后,赤义再也不敢捉弄萝亚,变得对她百般呵护,走到哪儿都陪着萝亚。他说为了弥补上一次犯的错,要一直当萝亚的贴身保镖，不再让任何癞蛤蟆跳到她身上。

其实我们都看得出来，赤义故意三番五次用这种无聊的把戏吸引萝亚的注意，为的就是讨她的欢心，打从一开始最爱欺负萝亚的就是他，但同时对她最好、最在意她的人，也是赤义。

"你觉得你有可能喜欢上赤义吗？"我常这么问萝亚。

"他只懂得捉弄我，谁要喜欢他！"萝亚每次都红着脸这么回复我，脸上带着害羞的笑容。

"赤义那家伙那么幼稚，当然只懂得用那么无聊的把戏来逗你开心啊！哪像我，浑身都散发出成熟男人的魅力。"武雄把我们俩当成他的妹妹看待，经常陪我们聊天。

"要真那么厉害，虞依当初就选择你了。"庞德得意扬扬地看着武雄，他们俩之间的关系已经熟到连这种事都能拿来开玩笑。

"你……我只是看你可怜，这么久以来就只有虞依这么善良的人肯对你好，不像我走到哪儿都那么受女孩子欢迎！"武雄反驳他。

"好了，你们两个，跟赤义一样幼稚！不过萝亚，说句真心话，赤义真的很不错，很少有男孩像他那么单纯可爱、活泼开朗又有正义感，跟他在一起的话一点儿也不会无聊，他每分每秒都会想办法逗你开心。"虞依跟庞德一样非常疼爱赤义，当然希望她最心疼的徒弟能跟赤义开花结果。

这时候，赤义跟哲羽突然出现在我们面前，赤义皱着眉头说："你们几个在这儿聊些什么？神秘兮兮的！"

"她们三个女生聊天，你们两个大男人凑什么热闹？"哲羽轻轻朝武雄挥了一拳。

"就是！肯定是聊些婆婆妈妈的无聊事。走吧！喝酒去！"赤义一手揪起庞德的衣服，匆匆忙忙地把他跟武雄带走了。

我跟萝亚和虞依三人对望了一眼，同时笑了出来，赤义一定是听到了什么，才会这么紧张。他们四兄弟几个世纪以来固定每天一起喝酒、谈天，彼此之间完全没有任何秘密，不管大事小事都一起面对，所有难关都共同渡过。哲羽说他们四人虽然没有血缘关系，但一直以来都像是亲兄弟一样，无论发生什么事都不会影响他们四人之间的友情。

他们四人的性格非常不一样，但不知道什么原因就是非常合得来，四人之间的默契好得不得了。庞德一向成熟稳重，最有责任心和正义感，无时无刻不在照顾别人，但老是一本正经的样子，组织里的人都对他万分敬畏；武雄则是最热心、豪迈的，他那直爽开朗的性格非常讨人喜欢，跟他相处很轻松自在，大家都把他当大哥哥一样看待；哲羽则是他们四人里面最聪明机智、心思细腻，而且最冷静的人，大家一遇到什么难题或者有心事，第一个就找哲羽倾诉，他总是能给予最缜密的分析，是个很好的聆听者；赤义是我们组织里的活宝，只要有他在的地方就会有欢笑，虽然他喜欢捉弄别人，但同时也对所有人很友善，因此组织里人缘最好、最受欢迎的人，非他莫属。

他们四个就像四兄弟，而我跟虞依和萝亚三人则像是三姊妹。萝亚跟虞依的性格颇为相似，她们两个都非常温柔体贴、善解人意，做什么事都会为他人着想，但虞依相对来说比较热情开朗，跟谁都能成为好朋友，而萝亚则比较内向文静、多愁善感，赤义老爱笑她是爱哭鬼。跟她们俩比起来，我的性格更加顽固、争强好胜而且我行我素，绝对不允许自己或者身边的人受别人欺负，也不受制于其他人。我跟萝亚本来就已经像是亲姊妹，认识了虞依以后，她也逐渐变成我跟萝亚的知己，我们三个早已成为无话不谈、亲密无间、彼此依赖和信任的好闺密。

哲羽经常私底下带我们六人穿梭到世界各地，去一些平凡人不能够轻易抵达，风景如画、美不胜收的自然风景区，让我印象最深刻的是青藏高原南巅边缘的喜马拉雅山、非洲的维多利亚瀑布、塞舌尔的伯德岛和柬埔寨丛林里的神秘古城……我们每次都只会在一个地方短暂停留，看一看风景，尽情地玩耍一番，之后就悄然离开，以免待久了遇上其他人，难以解释。要不是有哲羽的能力，我们几个根本没有机会亲身到访那么多处人间仙境。

这些年来，我、萝亚、虞依，加上哲羽、赤义、庞德和武雄，我们七个每天都有说有笑地聚在一起，什么事情都一块儿做，特别的节日一定一起庆祝，我们已经变成彼此生活里最重要的伙伴。我真心认为他们六个就是我真正的家人，很庆幸自己当年加入了组织，这才感受到这个大家庭的温暖。

07. 任务

"1918 年，两场大灾难将降临。二月在广东南澳将会有里氏七点三级的地震，伤亡者大约一万。另外，西班牙将会爆发大规模流感瘟疫，全球死亡人数接近……两千五百万。"萝亚笃定地汇报着，脸上带着哀伤的神情。

经过虞依两年的精心栽培，萝亚对自己的预知能力越来越有把握，能够准确地提供详细数据，可是到现在还是没有办法掌控如何选择想要看到的预言，未来的景象每次都不受控制地突然出现在她的脑海里，而不是她想要看到什么就能够确切地筛选出来。也就是说，实际上是这项超能力在控制着萝亚的脑袋，而萝亚却没有能力掌控这项超能力，毕竟我们每个人都有一定的弱点。

龙毅认为我跟萝亚的进修已经完毕，是时候参与执行任务了。这是我们第一次正式参与组织的会议，只有龙毅、庞德、武雄、吴韩、虞依以及我们两个新手。虽然私底下经常跟他们几个在一起，但第一次在气氛这么严肃的情况下交谈，还真有些紧张。

"两千五百万……这怎么会……难道我的疫苗这次不起作用了？"吴韩忧心忡忡地问。

"这我不能肯定，但我预计这将会是人类史上最致命的传染病，也很可能成为结束世界大战的原因之一。可是……"萝亚欲言又止。

"可是什么？"吴韩很着急。

"据我所知，没有药物能够完全阻止这场流感，在未来的一百年里，它甚至会在亚洲不同地区多次出现。"萝亚看起来很难过。

"到底是什么样的流感？你有一丝头绪吗？"吴韩急迫地追问她。

"我不清楚，只知道是普通流行性感冒引起的。对不起，我知道的就只有这么多了。"萝亚难掩低落的情绪，似乎已经不想再用脑力寻找更多的数据了。

"没事的，萝亚，别太勉强自己了。"虞依手搭着萝亚的肩轻声说道。

"怎么会……感冒导致死亡，一定是流感病毒造成的，会不会是猪流感？如果死亡率这么高，一定是遗体还残留着具有传染性的病毒，但要是摧毁所有遗体，又该如何做研究？伤脑筋……"吴韩一边喃喃自语，一边起身朝他的实验室走去，完全没有继续参与会议的意思，似乎想要马上开始研究疫苗。

"龙毅，没有别的办法了吗？"我转过身问他。

"我们再如何强大，也没有办法重写历史，更加不可能改变未来。该发生的，再如何阻止都无济于事，一切都是天注定。"龙毅看起来也有些气馁。

有整整一分钟，没有人说一句话，全都低着头，想象这场在三年以后即将发生的可怕灾难。虽然在场的每个人都拥有异于常人的能力，但在拯救人类生命方面却无能为力，这实在令我们过意不去。

"龙毅，广东的地震该如何处置？"庞德开口，终于打破了这可怕的沉默。

"难道我们真的不能提早过去提醒他们，帮助疏散吗？"我还没等龙毅开口就急忙问。

"颖馨，不要老是提这些荒唐的想法，要是这么做有用的话，我们早就前往世界各地阻止一切灾难了。"武雄毫不客气地指责我。

"先散会吧，让我再考虑一下。"龙毅一时拿不定主意，我们也不想再多说什么。

萝亚从会议一开始就看起来情绪特别低落，散会以后我急忙前去安抚她："没事吧？头又痛了吗？去休息一下吧。"

萝亚皱紧眉头闭目养神，双手揉着额头。萝亚一旦用脑过度就会头痛欲裂，而她又一向十分感性，每当预见到这些残不忍睹的场景就会伤心。她缓缓睁开眼睛，无助地看着我，然后低下头用双手捂住脸低声悲泣，虞依、庞德和武雄连忙走过来安慰她："发生了什么事？怎么哭了呢？"

萝亚抽泣片刻后，吃力地开口说："虽然还没发生，我却觉得自己已经目睹了整件事情的经过，那一处处惨不忍睹的场景深深印在我的脑中，就好像我也亲身经历了那场灾难一样，只有我……只有我一个人看得到。"

我们几个都不具备预言能力，自然不能完全体会萝亚的感受，但光是想象她这样经常看到那么多即将发生的凄惨事故就知道那样的确容易精神崩溃。

虞依心疼萝亚，轻轻抱着她安抚她："可怜的孩子，精神压力一定很大吧？"

"看来这两场灾难的规模都非常大，居然会死那么多人……唉，不知道龙毅打算怎么办。"武雄满脸忧愁地叹了口气。

"如龙毅所说，该发生的终究还是会发生，我们改变不了未来。"庞德牵起虞依的手对她说，"先带萝亚回去休息吧，这两天让她好好休养，还是身子要紧。"

"是啊，萝亚，大家都会陪在你身旁，没有什么是要你自己一人承受的，我们都是一家人嘛！不要想太多了。"武雄刻意用开朗的语调说道，"你跟颖馨都是第一次参与任务，别太勉强自己，提供这么多数据已经非常了不起了！"

看到大家对她的关心，萝亚总算是好过了一些，拭干眼泪后站起身，挽着我和虞依的手臂一起回房。才出会议室门口，就碰上赤义和哲羽，哲羽目前对这些任务还不知情，我突然感到一阵心慌，我从来没有对他隐瞒过什么，但龙毅吩咐过不能让任何别的成员知道组织的行动。

"爱哭鬼怎么了？又哭了？"赤义紧张兮兮地看着萝亚，走上前用手托起她的脸，"眼睛这么红，肯定是哭了吧？谁欺负你了？我去教训他！"赤义握紧拳头，看起来很心疼的样子。

"最会欺负我的人就是你，你要教训就打自己吧！"萝亚一见到赤义就露出了笑容。

"什么嘛，好心没好报，那我不管你了！"赤义涨红了脸，噘嘴说道。

"你们刚才去哪儿了？还有武雄和庞德呢，怎么都不见人影？我跟赤义刚才上街买了好多好吃的回来，要给你们吃。"哲羽面带笑容地看着我。

"我们……刚才……"我支支吾吾不知道该如何回答，实在不想欺骗他。

"我们几个在聊女生的事！先回房换衣服了，待会儿再见吧！"虞依连忙帮我回答，接着带我跟萝亚离开了。

等到哲羽跟赤义离开了我们的视线，我才算松了口气："这种感觉真奇怪，我们几个就像一家人，却不能把这事告诉哲羽。赤义以前参加过行动，所以他知道这种情况，只有哲羽一人什么都不知道。"

"颖馨，你喜欢哲羽吧？"虞依压低音量，一脸俏皮地对我说。

我瞬间说不出话来，害羞地低下头，脸涨得通红。

"脸都红了，被我说中了吧？"虞依一脸得意。

"我只是……不想隐瞒他，毕竟哲羽也是我们的一分子啊！而且……"

"干吗那么紧张？"虞依打断我道，"我从一开始就发现了！哲羽对你也特别好，你们两个又那么合得来，要是在一起的话一定很开心！"

"哲羽是很好，但是我们就像是一家人一样，没有……"

我还没说完，萝亚突然看着我大笑起来，然后摇摇头说："颖馨，你真是嘴硬！你跟哲羽啊……唉……算了，你以后自然会知道的。"

"什么意思？你看到了什么吗？"我突然紧张起来，心跳加速。

"我看到什么并不重要，这一切都是缘分，是天注定的。"萝亚开心地笑着，就是不肯把话说清楚。

一眨眼就过了三年，这段时间里，龙毅一直没有提起过萝亚当年预测到的灾难，我们也很快恢复了平常的日子，尽量不去想这件事，直到有一天，龙毅突然召开紧急会议。

"我已经先去考察了一下环境，情况非常糟糕，需要多点儿人手帮忙。颖馨，明天就出发，你今晚好好休息。还有，这次参与的人比较多，我需要哲羽帮我一起带人，你帮我转告他一下。"隔了这么长时间，大家还以为龙毅早就打消了这个念头，没有想要前去广东救援的意思。

这次一起前去的有龙毅、虞依、庞德、武雄、吴韩、我以及哲羽，七个人一同前行，感觉就像是一支特殊部队。参加了几次会议，但之前一直没有告诉过哲羽，他很久以前就对这些秘密任务很好奇，如果知道我和大家一直隐瞒了他这么久，不知道他会有什么反应……

"今天很忙吗？都不见你人影。"我对他说。

"来了批新的成员，比较忙。"他伸了个懒腰，很疲倦的样子。

"哲羽，有件事要跟你商量一下。"我突然认真起来。

"怎么了？那么正经的样子。"他坐直身子看着我。

我把自己所知道的一切都一一告诉了他，还以为他会因为我没早点儿跟他透露消息而感到懊恼，没想到他听得那么投入，看起来很兴奋的样子。

"我就知道他们一定在私底下执行什么重要任务！不过他们先前不需要我也是可以理解的。武雄他们几个全都参与过吗？"哲羽丝毫没有生气。

"全都参与过，但是这次龙毅没有通知赤义，可能暂时不需要他。"

"救灾的话，赤义的能力确实派不上太大用场。这是你第一次出任务，害怕吗？"哲羽突然搭上我的肩。

"嗯。从没试过用自己的能力去做什么重大的事，老实说真的有些紧张，不知道自己是不是能够成功，要是……"我还没把话说完，哲羽就打断我："别想那么多，有我在你怕什么？而且大家会一起去，没什么好担心的。"然后笑嘻嘻地看着我。

如此简单的一句话，却让我完全安下心来。

没过多久，哲羽突然收起笑容，一本正经地看着我："你亲身经历过什么灾害吗？"他见我摇摇头，接着叹了口气说："灾难过后的场景是非常可怕凄凉的，你要做好心理准备。"

08. 执行

08. ZHIXING
>>>

也许是我比较幸运，存在了这么长时间，从来都没有经历过什么大灾难。可面对眼前的场景，大家都说不出话来，安静地观察着四周的环境，想着到底该从哪里下手。

没有一栋楼房是完整无缺的，几乎全都倒塌在地，就连几栋最为高大的领事馆建筑也倾塌一片。很早建的一座石塔也抵挡不住地震，倒下了半截。最令人感到悲凉的，是一具具被压在废墟下一动也不动的苍白尸体。已经是夜半时分，一阵阵吹来的风卷起地上的尘埃，构成了白茫茫的一片，使眼前的景象显得格外凄凉。

我一直站在原地，害怕自己的一举一动会不慎对周围的环境造成更多不必要的影响，几乎忘记我来这边的目的是什么，直到哲羽走过来牵起我的手，小心翼翼地带着我走上前去跟上队员们的脚步。

"有生还者！庞德、武雄、颖馨，快跟我来！"龙毅一直闭着眼睛寻找幸存者。

这句话就好像给每个人打了支强心针，给了大家一丝希望，我们二话不说，随着他飞奔而去，一心一意只想马上救出所有生还者。

"就在这座塔底下。"龙毅指着倒塌在一边的九级塔说道。

"这……该从何下手？"庞德有些不解地问道。

很难想象居然有人能够在这种环境下存活，被几层楼高的石塔压着，倒下的塔上面还压了几根巨大的树，实在是一幕令人心惊肉跳的景象。我带着沉重的心情仔细观察情况，正考虑该如何下手，上空忽然传来一阵雄浑低沉的巨大声响，犹如山崩地裂的轰鸣，一棵巨大无比的老树正慢慢朝我的位置倒下！我呆望着迎面扑来的庞然大物，顿时四肢僵硬，脑袋变得一片空白，身体做不出任何反应。

"颖馨！"

大伙儿从后方大声喊我的名字，我紧紧闭着双眼，害怕得叫不出声。就在大树快要砸到我的那一刻，哲羽及时出现在我身旁紧紧抱住我，在一秒钟内迅速转移到一旁的空地上。我大口喘着气，缓缓睁开眼睛，远处那棵大树像被隐形的力量扶着一般，悬挂在半空中。

"没事吧？受伤了吗？"武雄吃力地举高双手控制大树的去向，转过头紧张地看着我，"还好哲羽反应够快，这棵树……太……重了！"大树再次缓慢地往地上倒，武雄看来就快支撑不住了，他求助地盯着庞德看。

这时龙毅突然出现在半空中用双手接住大树，再轻轻把它放在地上，大伙儿总算是松了口气。虞依飞快地朝我跑过来，双眼含泪地紧抱着我："吓……吓死我了！就差那么一点点！"

"大家小心一点儿，情况还不太稳定，也许还会有余震，快动手吧！"龙毅说罢便带着武雄和庞德走向生还者的位置。

武雄先仔细把情形探测了一番，然后使出浑身解数，慢慢把树干一根一根抬起，庞德担心他劳累过度，站在一旁帮武雄把浮在半空中的树干平放在空地上。虞依一直忧心忡忡地盯着忙碌中的庞德

　　和武雄，生怕他们的身体会负荷不了，直到龙毅吩咐她跟随吴韩去寻找别的生还者，她才依依不舍地把视线从他们身上移开。

　　片刻过后，倒在塔上的树干已经被全部清空，武雄和庞德气喘吁吁地瘫坐在地，转过身看着我："颖馨，接下来靠你了。"

　　我顾虑重重地看着眼前的场景，用力吞了下口水，心跳加速。从来没有试过移动如此巨大的物体，好害怕一不小心又把石块摔回原地，影响被压在塔底下的幸存者。我不敢肯定自己的超能力已经达到这么高超的地步，要是搞砸了，我一定不能原谅自己！

　　哲羽一眼就看出我在想什么，走过来双手捧着我的脸颊对我说："别害怕，你一定可以的。"

　　"没事，就照我平常教你的那样，什么也不要想，完完全全地集中注意力，尽你所能就好。别太勉强自己，慢慢来！"武雄站起身子，揉着我的双肩为我打气。

　　"我们三个都站在这儿陪着你，别担心，开始吧。"庞德对我点了点头。

　　我深吸了一口气，整理好思绪，然后睁大双眼，用尽全身的力量集中精神，锁定第一块石板。的确比平时困难许多，需要用到比一般时候强大好几倍的念力才能够令它移动。眼看它缓缓向上升起，只要移到庞德能够接住的位置就可以了，我一定做得到！

　　太好了！

　　按照这个趋势，很快就可以把被埋着的人救出来。我、武雄和庞德就这么分工合作，终于成功地把一半的石块都移开了。就在一块石板还在半空中时，我突然一阵眩晕，难以集中精神，眼看石板即将掉落，而离庞德还有那么大一段距离，我被吓得叫不出声。在同一时间，哲羽从我身旁消失，又出现在半空中，用手接住石块，然后把它扔向庞德的方向。还好这块石板相比之下比较小，哲羽勉强承担得了，最终成功让庞德接住，才算是躲过这一劫。

　　终于，我们成功移开了所有障碍物，清楚看到一个娇小的身躯躲藏在塔底下。

　　"找到了，是个小女孩！"哲羽独自上前把被压着的小女孩抱起，然后马上带她来到空地上。她全身都是伤，看起来很虚弱，要是不快点儿救治恐怕就来不及了！我着急地察看她身上的伤口，自己的意识却越来越不清晰，到最后连视力都变得模糊了。

　　"快去把虞依带来。"我虚弱地对哲羽说。

　　虽然被救了出来，但小女孩身上受的伤太重，失血过多，随时都有断气的可能。哲羽用不到五秒的时间就把虞依带了过来，我如释重负地微微一笑，眼皮却感觉越来越重，慢慢闭上了双眼。

　　"颖馨你怎么了？不要吓我啊！"哲羽惶恐地搂着我动弹不得的身子。

　　"没事，我需要休息一下。"我吃力地说出这几个字，接着眼前一片漆黑，后来的事就记不得了。

　　"哲羽，萝亚……大家……我睡了多久了？"清醒的时候已经躺在自己的房里，六张熟悉的脸围着我。

　　"几小时，好一点儿了吗？"哲羽一直握着我的手，神情痛苦。

　　"那个小女孩呢？救过来了吗？龙毅呢？"我已经觉得很精神，完全没有眩晕的感觉了。

　　"她很安全。我们的任务完成了，你再好好休息一会儿吧。龙毅和吴韩正忙着安置被救出来的人呢。"虞依贴心地安慰我。

　　"一共救了多少人？"我着急地询问他们。

　　"十三个人，龙毅探测到的所有生还者都被成功救出来了。"庞德笑着回答。

　　我低着头说不出话，第一次出任务，竟然只参与了一项救援工作就昏迷了，还需要别人照顾，怎么会这么无能！为什么那时候身体会变得那么软弱，完全控制不了自己的意志？我猜这就是我的弱点……虽然有这项超能力，但是体质这么虚弱又有什么用？

"怎么了？脸色这么难看！"萝亚担忧地看着我。

"麻烦你们了，还要这样照顾我，我真是……太没用了。"我皱紧眉头，握紧双拳，懊恼地责备自己。

"要不是有你在，凭我们几个的力量根本救不出那个小女孩，你可是她的救命恩人，怎么能这么说自己呢？"哲羽拭去我眼角的泪水，轻抚我的头。

"拥有如此强大的能力当然会大量消耗体力啦，我要是用力过度也会像你这样，没什么好难为情的！"武雄拍拍我的手臂笑道。

"每个人都有自己的弱点，提早认知也是件好事，以后这方面多注意就好了，千万不要跟自己过不去。"庞德收起平时严肃的语气，难得见他这么温和。

"好了，不要再想别的了，现在最重要的就是好好疗养你的身体，不要让我担心。你们先出去吧，让她好好休息，我留在这儿照顾她就好。"哲羽突然站起身，吩咐大家离开。

"嘿！好小子，我们平时生病怎么不见你这么紧张？还自告奋勇要待在这儿呢！就不怕颖馨嫌你碍眼？"赤义还是跟平时一样爱闹，搞得大家哄堂大笑，我和哲羽顿时害臊得说不出话来。

"少啰唆，快出去！"哲羽把他们几个都轰了出去，房间里就只剩下我和他。

"哲羽，谢……"还没等我把话说完，哲羽突然凑过来，双唇紧贴着我的嘴，一手捧着我的脸，另一只手温柔地拨弄着我的头发。我完全没有心理准备，瞪大眼睛傻愣愣地看着他，心扑通扑通地快速跳动。他温暖的双手触碰到我的肌肤时就像一股电流经过，我举起右手，轻轻抚摸他的脸颊，无法自拔地亲吻着他，完全沉浸于这种亲近中。

"以后不要再这么勉强自己了，知道吗？"哲羽抚摸着我的脸，表情很认真。

我抚摸着他贴在我脸颊上的手，一股暖流随着他的微笑钻进我心中，我不由自主地露出笑容。哲羽突然一手把我用力拉近，我的头就贴在他温暖的胸膛上，仔细听着他的心跳声，他低下头在我耳边轻声细语道："颖馨，你是我在这个世上最重要的人，这辈子都好好待在我身旁，好吗？"

哲羽的这句话让我感动得有种想哭的冲动，我没有开口回应他，默默贴在他的胸口用力点头，不由自主地露出甜蜜的微笑。

我跟哲羽……我们俩的关系……萝亚当时说的那番话，我终于明白了。内心的喜悦难以形容，那一刻，我觉得自己是全世界最幸福的人。

09. 反抗

LAN
GUANGREN
蓝光人

09. FANKANG
>>>

　　1924 年 2 月，那一年的冬天异于往常地冷。一晚，我们七个照常在武术室里练习，萝亚突然停下来，眼珠一动也不动地注视着前方，看起来好像连呼吸都没有了似的，不禁令我们几个都紧张起来。我们不停地问她到底发生了什么事，她就好像灵魂出窍了一样，神情茫然，一句话也不说，完全无视我们的存在。持续了好长一段时间，她才陡然回过神来，仍没理睬大伙儿的追问，只是喃喃地道："要马上通知龙毅。"

　　"怎么了？这么紧张！"龙毅平心静气地问我们。

　　"龙毅，我看到了，未来！"萝亚大口喘着气，神情十分认真。

　　"看到了些什么？"龙毅虽然也有预言能力，但他只能预测短期的事情。

　　"我看到了，一百年后的今天，也就是 2024 年 2 月 4 日，世界各地将会发生全球性的大灾难！"

　　在场的人全都听得全神贯注，只有对未来没有太大担忧的我，并不觉得这有什么好紧张的，毕竟那是一百年以后的事情，现在瞎操个什么心呢。

"接着说。"龙毅的表情却很严肃。

"到那时将会有三天三夜完全不见阳光，到处都有谁也阻止不了的巨大天灾，全球人口可能会减少一大半，组织的人……也会被影响到。"萝亚露出痛苦的表情。

我听得一头雾水，对萝亚说："怎么可能影响到我们？我们有可能死掉吗？"

"有可能。如果在我们死去的那一刻，这世上刚好没有任何新生儿诞生的话，那么我们的生命就延续不下去了。因为这个可能性很低，所以通常不会影响到我们。但要是照萝亚所说，全球人口减少一大半，那就对我们很不利了。"虞依解释道。

"那我们应该怎么办？"武雄着急地看着龙毅。

"天灾这种东西，再强大的人也难以对抗。我们唯一能做的，就是尽力减少它对人类造成的伤害。"龙毅说完转过身，思考一番才说，"是时候召集所有人了。"

龙毅带上庞德、武雄、赤义和哲羽，五个人踏遍了世界各地，花了好几个月，才顺利把大家找齐。剩下的部分人年纪仍然太小，记忆还没有恢复，所以暂时没有邀请。那天组织的大楼里比平时吵闹了许多，宽敞无比的武术室里挤满了跟我们一样的人。没想到世上居然有这么多我们的同类，至少有几千人！有些看起来才十来岁，有些看起来比较年长，但每个人脸上都带着一丝疑惑和焦虑，似乎对自己被召集到此地的原因毫无头绪，也或许因为同一时间看到这么多同类而感到惊奇。

龙毅与庞德一行人快步走到大家面前，在庞德洪亮的嗓音下，所有人都停止了交谈，全把注意力集中在他们身上。这么一看，龙毅和他身旁的几位前辈看起来就像是整个组织的首脑，非常有魄力，令人不得不对他们毕恭毕敬。

　　"今天是组织有史以来第一次召集全体成员，你们当中或许有些人根本不知道其他同类的存在，请仔细看看你们的四周，这是一支多么庞大的队伍！今天邀请各位前来此地，是想要告诉诸位一件要事：我们已经证实在 2024 年，世界将会面临巨大天灾，全球人口会大幅度减少，这对我们种族的生存也会有一定的影响。为了确保大家的安全，我诚心邀请你们加入组织，接受正式的训练，等时机成熟了，一起为地球尽一份力，尽全力确保人类的延续！"

　　听起来多么激昂的一段陈述，但龙毅说完以后，四周一片寂静，大家一点儿反应也没有。隔了段时间，人群中传出声音："你是谁？我们为什么要听你的？"然后接二连三地，越来越多听起来充满敌意的叫嚣声响起。

　　"为什么带我们来这里？"

　　"一百年以后的事有必要现在操心吗？"

　　"人类的生存跟我们无关！"

　　"要是能够结束这种生命，我求之不得。"

　　"快放我们出去，否则别怪我不客气！"

　　…………

　　听着这些吵闹声，龙毅的神情跟我们一样惊讶，没想到竟会从同胞口中得到如此负面的响应。龙毅尝试解释，却好几次被大家打断，到最后根本没有人听他在说什么，大家的注意力也早已从他身上转移，开始四处观察楼房，似乎在寻找出路。

　　没想到同样是轮回了好几世的同胞，彼此想法的差异却这么大，目前为止组织里的固定成员只有三百多位，面对着眼前这两千多位陌生人，完全不觉得我们之间有什么相似之处。为了控制场面，组织的成员站成一圈，包围着这两千多人，想要再次尝试跟他们沟通，达成共识，没想到这一举动却激怒了不少人。

"你们这算什么？突然把我们召集到此地，就要求我们必须服从你们，现在又把我们包围起来，根本就没打算征求我们的意见吧？"其中一名男子嚷嚷道。

"哲羽，到底怎么回事？为什么他们对组织充满敌意？"我对眼前的一幕感到很意外。

"我也不清楚，也许他们只是害怕吧。突然见到这么多同类，又听闻即将有大灾难，也许一时接受不了这么多信息，也有可能完全接受不了群体生活的概念。"哲羽的分析能力一向很高，经他这么一说，倒是比较容易理解。加入组织以前，除了萝亚以外，我一直跟别人保持距离，不愿意加入任何团体，或许他们只是像我一样一时接受不了这种团体的概念。

龙毅突然摧毁身后的一面墙，剧烈的声响终于暂时止住了一切吵闹，让他得到所有人的关注。当他准备再次开口的时候，霎时间在他身旁出现了一道巨型冰柱，有人想要伤害他！龙毅一眼就找出了动手的人，一秒钟就出现在他面前。我从没见过龙毅那么恼火，实在令人毛骨悚然。没想到出手的竟然是个十岁出头的小男孩，虽然大家都知道他的实际年龄不止十岁，但还是没办法对一个小孩儿动手，龙毅也束手无策，只好转身离去。

这时人群中开始产生剧烈的变化。

原本被包围在中间的人，有几个身体突然升至半空，有些贴着墙壁快速离开，也有人拥有青蛙一般的弹跳力，一下就跳到天花板上。而依然被包围在中间的人也开始分别施展超能力。具有隐形能力的瞬间消失了，让人再也找不着他的踪迹。先前偷袭龙毅的小男孩跟赤义斗在一起，他一喷出水柱就被赤义用手掌心喷射出的火焰吞灭，真正的水火不容。武雄和庞德尝试不跟任何人起冲突，只是竭尽所能地维持现场秩序。哲羽手忙脚乱地尝试以转移能力把逃离的人再次带回现场，到最后居然单枪匹马地跟几个人打斗起来。

面对眼前如此混乱的场面，我跟萝亚、虞依都有些不知所措，是应该加入战斗还是离开现场？当我回过神时，突然注意到一名身穿红衣的长发女子手持匕首，正朝哲羽的方向走去！想到哲羽正处在危急关头，我顿时吓得喘不过气来，既然无法马上前去阻止，只能站在远处运用念力把她手中的匕首抛开。她似乎非常惊讶，但马上就注意到了我的存在。

红衣女子高傲地露出笑容，一步一步慢慢走向我。在组织里接受了那么长时间的训练，我丝毫不受威胁，已经摆好应战的姿势，可就在那一刻，我的四肢竟完全不听使唤，双腿突然急速弯曲，膝盖着地，我居然低头跪在那名女子面前，身体完全动弹不了！

一直以来，我都认为自己能够随意掌控任何对象是一项比任何人都要强大的技能，因此抱着高人一等的优越感。不料眼前这个红衣女子居然有控制人体的能力……眼看自己被迫对她下跪却无能为力，心里实在不是滋味！虽然可以移动物体，但如果周围没有任何武器，那么这项超能力也不是天下无敌。再这么下去不是办法，我能感觉到她使的力越来越大，渐渐连呼吸都变得困难，头昏脑涨。就在我快要失去意识时，注意到萝亚从一旁拾起掉在地上的匕首，朝我的方向抛过来。

我用尽全力凝视着凌空飞行的匕首，就在我快要断气的一瞬间终于成功掌握了它的去向，让它朝着红衣女子所站的地方急速飞去。而就在那一刻，全场的吵闹声静止了，只听到龙毅震耳欲聋的怒吼："颖馨！千万不可……"匕首在红衣女子脖子上轻轻擦了一下，立马被一股隐形的力量推开，掉落在地上。匕首的柄是木头做的，一定是武雄！要不是他阻止我……

"颖馨！你怎么回事！"武雄第一次这么严厉地跟我说话。

"我……对不起，一时控制不住……"我低下头，愧疚地说。

武雄没有理会我，急忙上前去把红衣女子扶起来，一直跟她道歉。红衣女子看起来似乎吓坏了，一句话也说不出来，脸色非常难看，一直盯着我，眼神中掺杂了恐惧与不平。不只是她，在场的人全都停止了争执，静静地看着我和红衣女子，连龙毅的神情看起来也十分不安。

"我听说要是被同类杀了，我们的生命就会永远终止，不会再轮回，不知道是不是真的？"

"我也听说过，好像这世上唯一能够彻底夺走我们生命的，就是自己的同类吧？"

"哼，口口声声说要我们团结，却差点儿把自己的同胞杀死，这算什么组织！"

"我看待在这里根本一点儿好处也没有，还是快点儿走吧。"

…………

人群中传来窃窃私语，在如此安静的环境下显得特别响，从而引起更多人的不安与不满。我低着头说不出话来，眼看同胞一个接一个缓缓离开大楼，再也没有组织的成员尝试阻止他们，反而全都低着头，侧过身子让他们走。只有哲羽朝我走过来，轻轻搂着我试图安抚我的情绪。

"龙毅……是真的吗？我要是杀了她，她就会彻底逝去？"我胆战心惊地问道。

"唉……我说过多少次，要学会控制你的能力，不要迷失自己闯大祸！刚才要不是武雄及时阻止你，那个女孩就没希望了。要是发生这种事，外面的同类肯定要跟我们组织宣战，到时后果不堪设想啊！"龙毅一边焦急地来回踱步，一边责骂我。

"真的很对不起……是我太大意了。我愿意接受一切惩罚。"听了他这番话，我自行下跪，低着头诚恳地认错，眼眶里含着后悔的泪水，用尽力气不让它滴下来。

"颖馨……"哲羽看到我这样很不舍。

"这……唉……你先站起来吧。"龙毅难为情地说道。

"请问……"不知道从哪里来的一个小男孩，出现在我和龙毅身旁。

"有什么事？"庞德习惯性地提高警觉，及时挡在小男孩面前质问他。

小男孩看似很惊恐，被庞德吓得说不出话来，站在原地一动也不动。龙毅示意庞德放松一些，然后面带笑容地朝小男孩走去，弯下腰看着他，心平气和地问："有什么问题吗？"

"同类……是什么意思？为什么你们所有人的头顶也都有蓝光？"小男孩一脸匪夷所思的表情，问道。

大伙儿都愣住了，怎么会问出如此无厘头的傻问题？

"请问，这是你的第几世？"龙毅问他。

"第几世？什么意思？"男孩继续一脸疑惑的神情。

原来还没轮回过，当然对这一切感到既陌生又难以理解，相信每个人第一世的时候都有这种感觉。这个家伙，居然是个实实在在的小孩儿，还真让人有些羡慕。

"小弟弟，你有没有什么比较特殊的能力呢？"虞依走上前来，温柔地搭着男孩的肩膀问道。

"妈妈说我是大夫，能够用双手令生病或受伤的人痊愈。"小男孩一脸稚气又得意地说道，他看起来应该只有十来岁。

"能示范一下吗？"庞德刚说完，就拿刀割开自己的手腕，我们都被这个举动吓了一跳，大声叫了出来。

小男孩收起笑容，朝庞德走过去，闭上双眼，然后将双手放在庞德的手臂上，不到半分钟，庞德手上的血不再流了，而伤口，居然在这么短的时间内复原了！不过此时小男孩的脸色却变得苍白无比，跟刚才相比显得虚弱了许多。这项超能力跟虞依的极为相似，简直就是牺牲自己，造福他人。

"小弟弟，你叫什么名字？"龙毅弯下身问他。

"小凯，今年十岁。"说完他就昏倒在虞依的怀里。

"怎么回事？小凯？没事吧？"虞依看起来有些不知所措。

"看来在愈合别人伤口的同时，他自己的能量也会消耗不少，真是个伟大的孩子。"龙毅感慨道。

因为小凯的出现，不知不觉中大家好像忘了我刚才闯的祸。虞依和庞德他们几个把小凯抬进一间房里等他苏醒，一个个都紧张兮兮地守在床边。龙毅没再提起对我的惩罚，大家也都刻意不去讨论这件事。片刻之后小凯终于慢慢睁开眼睛，气色好了很多，躺了一会儿就自己站起来，活蹦乱跳的，真是个活泼的小孩儿。

"好些了吗？"虞依轻声问他。

"没事了！刚才只是有点儿累。"小凯的声音听起来充满精神。

"小凯，你从来没有遇到过像我们这样头顶有蓝光的人吗？"萝亚好奇地问他。

"没有啊。为什么我们会有蓝光呢？爸爸妈妈都没有。这到底是什么东西？"小凯天真地看着大家，不禁让我们想起自己第一世的时候，就像小凯一样充满疑问却又不知道该如何寻找答案。

"其实我们头顶上的蓝光代表了……"虞依和庞德把来龙去脉解释给小凯听。我默默地站在那儿，尝试从旁观者的角度去聆听关于我们的信息。对一个普通人来说，这一切听起来实在是荒唐无比，不知道小凯能不能够接受。

"原来如此，哥哥姐姐们都有超能力呀！真是太神奇了！那么所谓的轮回，什么时候才会在我身上发生呢？"小凯看起来神采飞扬，完全没有担忧的表情。

"这……很难说。不过，小凯，如今已经很少有同类是像你这么年幼的了，有没有想过加入组织，让哥哥姐姐们照顾你？"虞依亲切地搂着小凯的肩膀。

"好呀！能认识这么多同类真是太好了！我以前还以为自己是怪胎呢。"小凯二话不说就答应了。

虞依耐心地向小凯解释在接下来的几世该如何找到我们，小凯的神情看起来非常兴奋，的确是个讨人喜欢的小孩儿。就在龙毅要离开房间的时候，我拉住了他的手臂，歉意地看着他。

"过去的事就别提了，你以后小心一点儿就好。"龙毅已经恢复了平时心平气和的样子，接着转过头喃喃自语，"唉，希望她不要带那些人过来找麻烦。"

自从两年前为了救哲羽而差点儿杀死红衣女，我经常独自一人坐在后山的花园里反省，生怕自己有一天真的会像龙毅所说的那样，因为控制不了自己的能力而闯下大祸。哲羽时常来后花园陪我，有时我们只是静静地坐在那儿，享受彼此的陪伴；有时聊天喝酒，谈到半夜三更；有时累了我就把头搁在他的肩上，一句话也不说地感受着他身体的温暖。

有一天晚上，我照常自己在花园里发愣，身后突然传来一群人的欢呼声："生日快乐，颖馨！"

我陡地转过身，一脸错愕地望着眼前几张熟悉的脸，久久做不出反应。哲羽左手捧着一大束玫瑰花，右手拿着一个首饰盒，虞依和萝亚则一起端着生日蛋糕，武雄、庞德和赤义笑嘻嘻地看着我，一行人围着我齐声唱生日歌。

"你们……"我的眼眶灼热，内心充满感动和喜悦。

"好了，不准哭，今天是你的生日。"哲羽用手擦掉我眼角的泪水，轻轻把嘴唇贴在我的额头上，然后打开他手中的首饰盒，笑着对我说，"喜欢吗？"

"这……你从哪儿弄来的？太贵重了。"我望着首饰盒里晶莹温润的玉手镯，受宠若惊。哲羽没有回答我，只是帮我戴上。

"我们几个兄弟陪他去街上逛，他看到卖玉手镯的就说一定要买给你。款式是我选的哦，眼光不错吧？"赤义搭着哲羽的肩，一脸得意地看着我。

"少臭美了，送礼物还不是我的主意？最大的功劳还是归我！"武雄开玩笑地推了赤义一把，然后对我说，"怎么样？我这个师傅不错吧？"

"可是……"我吸了口气，待情绪平复了才开口，"可惜只能戴几个月，下一世就没了，多浪费。"我虽然嘴上这么说，但心里暗自高兴，还从来没有人送过我这么贵重的礼物！

"就知道这是你这一世的最后一年，所以要买个礼物给你，下一世我再买个一模一样的手镯给你，下下一世也是，然后下下下一世……每一辈子都给你戴上。"哲羽笑着抬起我的手腕。

"你们两个好肉麻，我快看不下去了。"赤义压着胸口做出想要呕吐的样子，让我忍不住开怀大笑。

"笑了就好！自从那次之后，大家好久都没见到你这么开心了，所以萝亚建议我们这次做些特别的事情为你庆祝生日。开心吗？"虞依搭着我的双肩说。

"你看看，有这么多关心你的人，还有什么不开心的，对吧？"武雄看着我说。

"就是啊，还有一个长得如此玉树临风又对你这么痴情的男人，多幸福啊！羡慕死我了！"赤义拍了拍哲羽的肩膀。

"颖馨，那件事就算了吧，都已经隔了这么长时间，龙毅也没有责备你。再说了，你也不过是为了保护哲羽而已，实际上根本没有对她做出任何实质性的伤害，别再闷闷不乐的了，我们几个看了都难受。"萝亚牵起我的双手安慰我。

我一一看了他们一眼，不禁露出笑容，用力点了点头："谢谢你们，我很开心！"

"许个愿吧。"哲羽把点好蜡烛的蛋糕递给我。

"我不求什么，只希望我们一大家子永远平平安安，每一世都在一起，这就够了。"我扣紧双手，闭上双眼说出了我最大的愿望。

我发自内心地笑了，觉得自己实在太幸运，能够有两个如此亲近的伴侣，还有一群这么关心疼爱我的家人。

突然回想起从前，想起第一次见到哲羽是在人头攒动的码头上，第一眼就被他高大英俊的外表吸引，从那之后就处处得到哲羽的关照，只要跟他在一起就觉得安心、快乐，早已习惯他是我生命中最重要的人，不能没有他。还有萝亚，陪伴了我最长时间的就是她，大大小小的事情我们全都一起经历过，她是全世界最了解我的好知己，也是我最珍惜的好姐姐。还有虞依、庞德、武雄和赤义，他们几个就像我的亲生兄弟姐妹，每次在一起都那么开心，大伙儿之间完全没有秘密，不知不觉中，他们也成了我生命里不可缺少的亲人。

从前我一直觉得自己跟平常人不同，认为拥有如此特殊的身份是孤独的，因为不能够融入正常人的生活，但自从加入了组织，认识了这么多亲密的伙伴，我终于找到了归属感。

记得萝亚曾经说过，关于我跟哲羽的恋情，她早在一个世纪以前就预言到了。

"你早就知道了？那你怎么不告诉我！"我有些哭笑不得地问她。

"这种事当然要慢慢来，顺其自然啊！不用任何人帮忙或提醒，你们两个是注定会在一起的，以后也一直都是如此。"萝亚笑着对我说。

听了她这番话，我发自内心地喜悦。

"那你跟赤义呢？"我一脸好奇地看着萝亚，"你们两个的未来又如何？"

萝亚难为情地看着我，脸颊通红地说："他只懂得捉弄我，谁要理他。"

"你们两个的进展还真是慢，看得我们这些旁人都快要急死了！"我推了推她的身子，两人同时笑出声来。

萝亚突然收起笑容，一本正经地看着我："你很爱哲羽吧，会永远都这么爱下去，只爱他一人，是吗？"

"那当然了，怎么这么问？"我对这个问题感到莫名其妙。

"我们是一家人，我当然希望看到你们两个一直这么相亲相爱。"萝亚露出无奈的表情。

"难道你看到我跟哲羽之间有什么变数吗？"我有些不安地看着她，不知道她是不是预知到了什么我不想知道的事。

"那倒不是。只不过……"她支支吾吾地不知道该不该继续说下去。

"只不过什么？"我越来越紧张。

萝亚犹豫了一会儿，然后百般不情愿地对我说："在不久的将来，你的生命中将会出现另一个……对你非常重要的男人。"

11. 决策

11. JUECE
>>>

组织里执行机密任务的成员到目前为止主要分成两组：吴韩带领的成员全都有跟医学有关的超能力，长期以来都在研究不同种类的疫苗；而我和哲羽则是随着庞德带领的队伍，四处执行灾难过后的拯救和重建工作，小凯、萝亚以及虞依和龙毅则是两边都参与。每次成功救出生还者，不管多艰难多辛苦，我们都有难以形容的欣慰，所以从来没有产生过放弃的念头。

距离第一次前往广东参与地震过后的救灾工作，已经相隔了整整八十六年，如今十八岁、处于第十二世的我，还清晰记得上一世在面馆用餐时被射杀的情形。现在是 2004 年夏天，到现在为止我已经存在了三百多年。生于清朝，亲身经历过悠久的历史，又亲眼看见世界的急速变化，最大的感慨就是社会的发展和人类思想的进化。

我们的生命如此漫长，想要在这般变幻莫测的世界里生存，最重要的就是得学会适应新的生活方式，接受崭新的观点理念，追上社会急促的脚步。记得当初萝亚说过未来会出现在天上飞的巨大铁块，其实指的就是我们现在常见的飞机，在那时候听起来简直是天方夜谭，如今却是司空见惯。人类的想法不一样了，从前只想着要打仗争天下，如今人人都追求国际化，尝试学习不同国家的习俗和文化。一切都要求创新，思想完全不像以前那么保守，也因为如此，世界才发展得这么繁华。变化如此之大，大得有时候我都反应不过来，难以相信当下的世界跟我以前所认知的竟如此不同。

龙毅说从明代开始，组织的基地就设立在香港，最初的香港只是个地瘠山多、居住人口极少的小渔村，因此龙毅和几位前辈才选择在此地建立组织大楼。不料在19世纪末的数十年间，在英国的殖民统治下，香港逐渐变成一个转口港，成为欧洲各国与中国乃至整个东方自由贸易的枢纽，当时居港人口已经高达十二万。如今的香港是中国的特别行政区，人口高达七百多万，已发展为重要的国际金融、服务业及航运中心，更被喻为全球最安全、最富裕、生活水平最高的国际大都会之一。

香港境内山多平地少，平地只占了陆地总面积的百分之四十，其余全是山坡。我们组织的大楼位于香港最偏远的郊区，四面八方都被高山环绕，非常隐秘，普通人几乎没有机会发现我们的所在地。就算看到了这栋庞大的建筑物，从外观来看也只不过是一间平凡无奇的普通工厂，大楼内的一切设施和房间，全都设置在地下，必须穿过无数条隐秘的地下通道才能到达大楼的内部，组织外的人完全不可能进来。

组织一路默默观察着这个城市的发展，对香港这个地方难免有着难以形容的亲切感。当年龙毅意识到香港的人口密度将变得越来越大时，曾考虑过转移组织大楼，以免日后暴露身份，但经过长时间的耐心观察，龙毅最终还是决定继续留在此地。

一个规模这么庞大的组织，要顺利生存几个世纪，自然需要足够的资金。香港这个发达繁华的金融都市方便组织里的成员创业、培养管理能力和进行各项交易。组织里面有几个固定的成员每一世都到世界各地创业、做生意，有好几位都获得了非凡的成就，最终成为举世闻名、有钱有势的大企业家，长时间为组织提供其所需的资金，包括吃的住的穿的用的，让组织里的每一位成员都永远不用为生活犯愁。

龙毅曾经带我去过组织大楼的密室，那里面放置着组织存了好几个世纪的金钱、珠宝和各种名车等，乍看像是某位超级富商家里的金库，但为了保持低调，组织一向不提倡成员奢侈挥霍，平时的生活都非常俭朴。

几个世纪以来，我们除了确保组织维持正常运作以外，每一位成员都尽职尽责地做好自己的本分，为人类的生存尽一份力。每一次回想起这八十多年来曾经参与过的救援工作，以及当时在现场目睹过的景象，都有深深的悲伤，多么希望一切天灾能够有终止的一天。

眼看距离 2024 年世纪大灾难来临的那天，就只剩下二十年了，却还有一个很重要的问题，我们到现在都还没有解决。

组织里我每一世都是最先转世的。如果是在正常情况下，我要到了这一世的三十岁才会自然去世，而之后又需要八年的时间才能完全恢复记忆和能力。那样的话，虽然能刚好赶在 2024 年顺利回来，但比我晚轮回的成员，包括哲羽、萝亚和虞依他们，就来不及赶在 2024 年恢复超能力了。也就是说，如果要保证大家能够聚集在一起共同渡过 2024 年这场灾难的话，我们必须提早转世。

要达成这个目标的话，就意味着在这一世中，我们每个人都必须在到达限制年龄以前丧命。大家已经商讨过，也都达成共识，决定在 2004 年这一年全体提早结束这一世的生命。既然我们一贯都难以死于天灾或疾病，那么最好的办法，就是自我了断。

龙毅虽然不认同，但他也清楚这是最合理也最简单的方式，没有理由等到灾难发生的时候，"零"的成员分散在世界各地，又不能运用超能力保护自己，那样将非常难以保证每个人的安全。另外，目前地球每天新生儿的出生率依然极高，我们所有成员都能够顺利轮回，没有什么风险。

最痛苦的人一定是龙毅，眼睁睁看着"零"的所有成员集体自尽，又不能来阻止我们。虽然大家八年后还会再次相聚，但我们从来没试过像这样约在同一时间地点，用同样的方式自我了断。

吴韩是个理性的人，做什么事都从科学的角度思考，他建议我们选择最古老而传统的人体生理学自杀方式：割腕放血。吴韩说只要能够精确切断动脉，使鲜血迅速向外喷，而且短时间内不得到强力有效的治疗，那么这个方法铁定是最有效率的。而且只需运用简单的薄刀片，伤口小，跟其他选择相比，这个方式也是痛苦最小的。吴韩还说，这个方法唯一的缺点就是血不断外流，导致死亡之前身体会感到无比寒冷，如同置身冰室。因此为了确保大家难受的程度减到最低，他认为我们应该先浸泡在热水里再采取行动。

龙毅为我们寻找到一个位置偏僻、天然形成的地下温泉，他跟哲羽把我们大伙儿一一带去目的地。周围一点儿生物的气息都没有，静得只听得见流水声。每个人手中都拿着一个薄薄的刀片，一个接着一个，缓缓走进温热的水池内。泉水的高温带来浓浓的烟雾，弥漫在四周，气氛极其诡异。我紧靠哲羽，身体忍不住微微颤抖，虽然面临过无数次死亡，但这是我感到最害怕的一回。

龙毅不愿意亲眼目睹整个过程，已提前一步离开。我们大家对望了一眼，谁也没有开口说话，每个人的神情都非常凝重，连平时嬉皮笑脸的赤义也变得沉默，这是大家第一次集体面对死亡。

庞德忽然走到大伙儿的正中间，看了所有人一眼，深吸了一口气，然后对大家点了点头。大伙儿在沉默中取得共识，一一举起拿着刀片的手开始行动，手腕传来一阵刺痛，清澈的泉水顿时被染成鲜红的一片，同伴们一个接一个倒在温热的泉水内。

虽然已身置温热的泉水中，但我依然感到冷得快要窒息……呼吸越来越微弱，视线慢慢变得模糊……身体渐渐失去知觉……到最后，手腕上的伤口不再痛了，而周围的景象，不再是白茫茫的一片。

12. 虚惊

LAN
GUANGREN
蓝光人

12. XUJING

据统计，世界各地受灾的次数和严重性每一年均有显著的增加。1960 年全球的严重灾害只有十六次，而在 2011 年，全球各地总共发生了三百三十六宗自然灾害，造成三万多人死亡。即使人类没有预言能力，一定也意识到地球目前的状态已经相当不好，照这个趋势下去，2024 年的大灾难自然是不可避免的。

除了接二连三的天灾以外，动植物界近年来的变化也明显体现出地球的环境已逐步恶化。据统计，从 16 世纪至今，世界各地已经有高达两百多种动物绝种，不是被人类灭杀的，就是栖息环境遭受人类活动的破坏而无法生存，另外，全球气候的反常变化也是其中一大原因。除此之外，萝亚还说在接下来的几十年，许多平时我们较熟悉的动物也将濒临绝种，包括我最喜欢的老虎和雪豹，还有外貌讨人喜欢的北极熊、大猩猩等。虽然与确切发生的时间还相隔一段距离，但想到我们将亲眼看见全世界动物种类慢慢减少，却没有办法保护它们，就觉得很难过。

组织成功召集了大量新人，我刚加入的那一年，"零"只有两百多位成员，如今已经高达上千位，居然连我都成了一名训练员。组织规模变大，能力也理所当然地变得更加全面，除了陆续不断的救援工作以外，龙毅还开始执行新的计划，长期培训固定的成员成为社会上有号召力的预言家和科学家，对外界公开发布关于 2024 年大灾难的消息。

当然，我们不能直接告诉世人："各位，我们拥有超能力，所以我们得来的数据一定是正确的。"这种方式根本不会有人接受或相信，因此龙毅千方百计地想了不同的方法，最终决定通过科学的渠道把这些消息放出去。

我们组织里的几位天文学家每一世都持续不断地做研究，最终发现地球附近一颗名为阿波菲斯的小行星，将会在 2024 年撞上地球。这颗行星的直径有二百七十米，一旦进入地球的大气层，将以时速五万英里的速度冲向地面，其威力等同于三万颗原子弹同时爆炸开来，将造成一个相等于上海市面积的大坑洞。阿波菲斯的坠落将会引起大型暴风雨，导致全球气温急剧上升，并引发世界各地的大海啸，侵蚀所有沿海地区，建筑物也将会被夷为平地，地球甚至有可能进入冬眠状态。

极少数科学家探测到 2024 年的这场灾难，可普通民众反而坚信要是真的有世界末日，那么将会在 2012 年发生。某些科学家发现太阳在 2012 年的时候会达到一个二十四年周期的高峰，将会对地球释放一道极其强烈的光线，他们认为这将会引来一场空前浩劫，甚至有可能导致全球毁灭。

科学界很快公布了这则消息，引起了媒体的注意，此事件后来成功传播到世界各地，家喻户晓。不知不觉中，外界陆续散播各种预言，例如玛雅人的长计历、所谓的网络机器人工程预言以及冥外行星碰撞论等，全部都推测 2012 年地球将会面临前所未有的大灾难。不少民众认为，既然那么多不同来源的预言都预测 2012 年将会是地球的末日，那么就铁定不会有差错。也就是因为他们已经持有这种观念，所以我们更难说服他们真正的世纪灾难其实是 2024 年，而不是 2012 年。

但是最让我感到意外的是大众对此事件持有的态度，网络上几乎到处都能看到关于此预言的讨论，但是许多评论都带有讽刺以及怀疑的意味，从比例上来说，不相信的人占大多数；而就算接受这则消息的人，也丝毫没有什么害怕或者想要防备的意思，反而很多人都只是悠闲地幻想自己在世界末日那一天应该做什么，计划在地球毁灭以前想要完成哪些心愿。最离谱儿的是竟然有人愚昧地希望世界末日可以快点儿到来，那样目前生活里的一切琐事烦恼都不用再面对。看到这些言论，我真的无话可说。

但是从他们的角度想想，就算有这些科学证明，那也不代表真的会有世界末日，只要世界不毁灭，还能正常运作，那有什么好担心的？反正日子照过，地球照常运转，万一真的发生了什么事，至少也是跟全世界的人一起面对。我想他们是这么认为的。反而是我们这些一直以来都知情的人在私底下干着急，却没有办法令他人提高防备，也许在灾难真正发生的那一刻，我们才能看到人们之间的团结。

2012 年，地球上有不少人一整年都提高戒备，忧心忡忡地准备应付末日的来临。美国好莱坞甚至提前几年推出了一部讲述 2012 年世界末日的电影，场面拍得非常逼真，特技也做得很出色，让不少人更加肯定 2012 年的灾难是难以避免的。

各式宗教人士多次呼吁世人要预先购买天然气、矿泉水、干粮和防毒面罩等用品，他们预测说到 2012 年 12 月将会有几天全球空气污染指数严重超标，导致所有人都必须待在屋中。

然而，一些科学家听闻宗教人士的这些预言后，纷纷出面反驳，说 2012 年和接下来的几十年地球根本什么事也不会发生，在近期也不可能有什么世界末日。面对这么多种关于 2012 年末世论的说法，世人也难以坚定自己的立场。

有些人相信科学，也有些人是虔诚的宗教信徒。大多数人什么行动都没有采取，照样以平常心过日子；也有的人提前做好准备，预先购买了灾难发生时可能派上用场的所有日常用品。

事实是 2012 年 12 月 21 日那一天，世界各地什么事都没有发生，太阳照常升起，空气污染指数也没有什么异常。本来就不支持末世论的人们那一天也没有什么特别的表态，上班的上班，上学的上学，晚上各自回家吃饭睡觉，正常生活。那些家里囤积了满屋子灾难应变用品的人，最终也只能接受灾难并不会到来这个事实。

2012 年虚惊了一场后，人们开始对一切有关末世论的预言心存怀疑，甚至讥笑那些散播消息的人还没有取得确切数据就信口开河，因此对我们的 2024 年灾难论完全不当一回事。政府不愿意听取我们的预言，拒绝查看我们提供的数据；而那些拥有巨大影响力的知名宗教人士唯恐再次传扬关于世纪灾难的消息会遭世人唾弃，也不肯跟我们合作。

实在想不到有什么办法能够促使人们信任我们，我想 2012 年以后，任何有关世界末日的传言应该都不会再有人相信了吧，也许人们到灾难发生才会恍然大悟，后悔当初不听取我们的警告。

13. 灾难

13. ZAINAN
>>>

"颖馨，快醒醒！你听得到我说话吗？快醒醒啊！"

是萝亚的声音，虽然听得一清二楚，我却没办法移动我的身体，全身都好沉重，连视线都变得极为模糊。四周在激烈地摇动，墙壁一堵接着一堵倒塌，天花板上的吊灯急速砸向地面，玻璃碎裂的声音那么刺耳，再这么下去，一定会被活活压死，根本没有办法靠自己的力量逃离，要是萝亚一直在这里陪我，肯定会连累她……

"颖馨，萝亚，终于找到你们了！"是哲羽，还好他及时赶来。

哲羽瞬间就把我们两个带到外面的空地上，又瞬间在我们眼前消失，回到大楼里继续找人。每次对抗这么大规模的灾难，只要使用能力一段时间就会像现在这样眩晕片刻，全身动弹不得。终于慢慢恢复意识了，我四处打量一番，眼前正在慢慢崩裂的巨型楼房，竟是我们居住多年的组织大楼！

"萝亚，发生什么事了？"我急切地问她，尝试拼凑自己零碎的记忆。

"刚刚你跟武雄他们一起尝试挽救大楼，你中途昏倒，武雄他们也不知道跑到哪儿去了，大楼里面一片混乱，就只有龙毅和哲羽几个人一直在进进出出地救人。还好哲羽找到我们，你好点儿了吗？"萝亚的神情很慌张。

"我没事。虞依和小凯呢？"我坐起身子紧张地看着她。

"刚才就没看到他们，我也很着急！还有赤义……"萝亚露出不安的神情，额头不断冒汗，皱着眉头喃喃地道，"千万不要出事。"

看着萝亚担心的样子，我握紧她的双手安慰她："赤义那么强壮，不会有……"

我还没来得及把话说完，四周再次猛烈地震动起来。身旁的地面出现了一条细细的缝隙，我伸手上前试图弄清楚是怎么回事，还没碰到地面，细小的缝隙在一瞬间就像被什么撕开了一样，变成一道宽大的裂痕，大地就这么轻易地被撕裂了！向下望去，裂痕深不见底，前一刻还坐在平坦的土地上，此时却仿佛身处悬崖边缘。地面没有停止分裂，几道裂痕之间就像是在比赛一样，不断急速地向两端伸展，其中一道极深的裂痕，居然延伸向组织大楼！

"轰……轰……轰……"

突然传来轰然巨响，此时组织大楼底部的支柱开始倒塌，再也支撑不住楼身，已经到了无法挽救的地步了，被困在里面的成员要是还没救出来的话，恐怕已经……就在那一刻，一个魁梧的身影急速跑向楼房底部，单腿跪在地上，双手撑起倒塌下来的组织大楼！看到这一幕，我和萝亚同时惊恐地大叫出声，我们心里都清楚，能拥有这般强大力量的只有一个人：庞德。

"庞德……哲羽！快去救庞德！"我跟萝亚用尽全力大声呼喊，我的体力已经差不多完全恢复了，正用念力帮庞德撑起担在他肩上的大楼残骸，但我心里清楚自己的体力很快又会消耗完，一定维持不了多久，必须得有人先去救他。

哲羽带着浑身是伤的小凯和虞依刚出现在我们面前，地面的裂痕就在那一刻，把组织大楼仅剩的躯壳从中间分开。组织大楼就像被一把隐形的刀切开了一样，我们的家园就这么轻易地被分割成了两半！而就在同一时间，庞德仰首发出一声咆哮，接着身体倒下，彻底被埋在白茫茫的瓦砾堆下。

震天动地的巨响激荡不休，然而在那一瞬间，我的脑海一片空白，什么也听不见，脑中不停重复播放着前一刻庞德倒下的画面。萝亚用力抓紧我的手，我们俩的身体都不受控制地发抖，想要嘶喊却叫不出声，泪水模糊了视线。

"庞德！！！"虞依歇斯底里地大叫，眼球布满血丝，双手不停地颤抖，精神恍惚地朝着庞德的方向跑过去。她柔软白皙的双手发了狂似的在瓦砾堆里寻找庞德的躯骸，手指被尖锐的石块割得鲜血淋漓，她却丝毫感觉不到痛，双眼完全失去了神采，仿佛灵魂已经离开了她的身体。

武雄和赤义僵在原地，眼神呆滞地望着前方，两个人都说不出话来。萝亚朝赤义跑去，颤抖的双手抚摸着他的脸颊，赤义却丝毫没有反应。萝亚突然抱紧赤义，把头埋在他的胸膛放声大哭，赤义面容绷紧，双手握紧成拳，一滴眼泪悄悄滑下他的脸庞。

"别站在这儿，快帮忙找人！"我拉着眼神空洞的武雄朝大楼的方向奔去，跟着哲羽加入虞依的行列一起寻找庞德。大伙儿已经翻遍了每一个角落，但就是找不到庞德的踪影。

"虞依。"武雄拉起虞依满是鲜血的手，露出不舍的眼神，"冷静点儿，这里就交给我们几个吧，你的手……"

"你放开！"虞依第一次用这么愤怒的语气跟武雄说话，情绪失控地大喊，"世界人口已经少了一半，要是他死了就再也回不来了，我一定不允许他这么离开我！只剩下一小时的时间救回他，你们快帮我找啊！"虞依气愤地甩开武雄的手，继续埋头寻找庞德。

"虞依，交给我们吧，这里的情况不稳定，可能很快又会有余震，你还是先离开吧。"龙毅突然出现在我们几个中间，严肃地看着虞依，神情看起来很悲伤。仔细想想，对他来说，庞德也许是他认识最久也最亲密的同伴，失去他，龙毅一定比我们更痛心。

2024年2月4日，我们等待了整整一百年的噩梦，终于降临了。

先是全球性的猛烈震动，令大地绽开一道道巨型的裂缝，就像是深不见底的悬崖，南极和北极的冰川也接连崩裂，世界各地的气温变得反常，连热带地区都开始下雪。接着是大海肆虐，奔腾不息的滔天巨浪无情地吞噬大地的一切，令所有生物连逃跑的地方都没有了，几百年来都毫无动静的火山也接二连三地爆发，喷腾出炙热的熔岩，红滚滚的火山岩石就像从地外空间坠落的陨石一样砸向四面八方，随着龙卷风散播到每一个角落，慢慢形成一条条庞大的火龙，引发惊天动地的连环爆炸。火山带来的烟尘急速扩散，到处白茫茫的一片，令原本已经不见阳光的世界变得更加朦胧，能见度几乎为零。

世界各个地区都已百孔千疮，完全找不到任何一个完好无损的地方，到处是哀号声以及恐惧的眼神，人们似乎已经失去了求生的意志和希望。这是有史以来最激烈的战场，这是我这一生看过的最惨不忍睹的场面，这场人类与自然界的战争，将不会停止。

"虞依……节哀顺变吧。"萝亚抱着哭泣不止的虞依，自己也泪流满面。

赤义、武雄和哲羽三人从头到尾都没有开过口，片刻不停地在瓦砾堆里找庞德的身体。时间一分一秒过去，庞德幸存的希望越来越小，大家的心情都很沉重，谁也说不出话来。

庞德是我们组织里除了龙毅以外最有地位的前辈，虽然平时看似严厉，却一直都毫无怨言地牺牲自己，为组织成员默默付出。从最初加入组织开始，庞德就一直像个大哥哥一样对我和萝亚很照顾，他无时无刻不替他人着想，刚才要不是为了给龙毅和哲羽多一些时间把组织成员救出来，也许庞德就不会这样离开我们。想到这里，我的胸口像是被什么东西堵住了一样，难过得透不过气来。在我们七个人里面，庞德一直是最成熟稳重的中心人物，他是虞依的恋人，是武雄的伴侣，也是我们几个的好哥哥，少了他，一切都会变得不一样。

组织大楼已经被完全摧毁，我们的家园就这么消失了，而组织的成员，至少也失去了上百人，全都被埋在那堆无情的瓦砾和海水里面。面对如此巨大的天灾，就连我们这些拥有超能力的人也毫无反抗的能力，只能听天由命，默默地承受一切煎熬。

"各位，这只是灾难的开始，还有很多个小时必须面对，要赶紧想办法撤离，这里很明显不能再待下去了。能飞的就先飞走，能在水里快速移动的也赶快逃命，其他人跟着我们走，等危机过去以后我会再把你们聚集起来的，大家千万要保重！"龙毅匆忙地吩咐我们，接着就转过身去面对环绕着我们的高山，一口气把它们摧毁，让我们有逃离的出路。

"武雄、赤义、哲羽，你们三个带领大家先走一步，我要回去把庞德找回来，待会儿会追上你们，要小心！"龙毅交代完就落下泪来，第一次看他落泪，我好心酸。

"我一定要待在这里等你找到他，求你千万要抓紧时间，我哪儿也不去！"虞依坚定地对龙毅说。

"我也要留下。"武雄、赤义和哲羽齐声说道，语气非常坚决。

龙毅踌躇地看了他们一眼，然后向他们三个走去，压低音量说："听着，我跟庞德不在，组织就靠你们几个主持大局了，大伙儿需要你们，我保证一定会找到庞德的，快走吧。"

既然龙毅已经这么说了，大家也不好再说什么，他们三个无奈地对视一眼，默默点了点头，口中低声说道："兄弟，平安回来。"

哲羽突然走过来用力抱住我，一手紧紧抓住我的发尾，庞德的遭遇对我们的刺激都很大，我把脸埋在他的怀里，放声大哭，多希望所有已逝的同伴都能够安息。

"小心！"萝亚大声尖叫出来，指着前面，一道刺眼的光芒出现在我们面前。是闪电！居然会打到离我们这么近的地面上。

"大家小心一点儿，远离所有路灯、水管、煤气，要加快脚步离开了！"武雄终于调整好情绪，站在前方带领着大家。

经过很久很久的长途跋涉，终于找到一个看似比较平静的地方，让我们可以暂时停下脚步。歇息了片刻之后，龙毅终于带着虞依出现在我们面前，而他肩上扛着的，是庞德僵硬的身体。

见到这一幕，萝亚一时控制不住情绪，瘫倒在地上哭出声来，赤义也四肢无力地跪在地上，双手捂住脸，发出一声哀痛的号叫。我紧抱着哲羽，泪水渗透了他的衣服，他大口喘着气，呼吸有些困难。武雄迈着沉重的步伐，慢慢朝龙毅的方向走去，从他手中接过庞德的身体，再一步一步走向远处，然后把庞德放在平地上，蜷缩着身子，不停哆嗦着。虞依跟随在武雄身旁，一点儿反应也没有，静静地盯着庞德的身体，不叫也不哭，一直守在他的身旁。

漆黑的天空没有一颗星星，四周特别安静，武雄把木头堆起，龙毅小心翼翼地把庞德放置在上头，赤义深深吸了一口气，然后点燃了火。"零"在场的全体成员围绕着木堆，全神贯注地注视着那团熊熊的烈火，慢慢吞噬我们最尊敬的前辈。

"太迟了……如果给我多一点儿时间，你也许就不会离开我了……庞德……"虞依盯着火焰喃喃自语，眼泪顺着脸庞流了下来。

火势越来越弱，忽然刮起一阵狂风，顷刻间下起了暴雨，雨水一下子就把火熄灭了，眼前顿时变得一片漆黑，黑茫茫的一片使得身边的一切景象看起来倍加凄凉。风大得离谱儿，比一般的台风还要强烈，每个人都站不稳，仿佛随时会被吹走，要不是有哲羽紧紧拉着我的手臂，我真的觉得自己快要被这股飓风吹走了。隐隐约约听到大伙儿在喊叫，却完全听不清他们在说什么。还以为今晚可以在这块空地上休息养神，现在看来真的毫无去处可言了。

"你们看！"小凯指着天空大声叫道。

不知道从哪里飞来几千只甚至几万只不同种类的小鸟，发了狂似的大声叫着，令原本已经一片漆黑的天空显得更加阴森。虽然此时的能见度极低，但还是能够注意到天空中的小鸟也抵挡不住狂风的袭击，一只接着一只被吹落在地。这时候我们四周的大地忽然又轻微地震动起来，但是感觉不像是先前经历过的地震，而是好像有什么东西在用力踩着地面。大家还没反应过来，突然看到迎面奔来密密麻麻几万只动物！

"快跑！"武雄大声喊道。

所有同伴在同一时间一起快速地向前跑，可惜我们的速度还是没有这些动物快，连平常只能在动物园见到的老虎、狮子和豹子也在我们身旁奔跑。看到这些凶猛的动物，我们吓得连声尖叫，还以为会被它们猎杀，没想到这些逃跑中的肉食动物完全无视我们的存在，就好像此时此刻对它们来说没有什么比逃难更重要的了。到底是什么东西令这些动物之王害怕得落荒而逃？

我按捺不住内心的好奇，在慌乱中停下脚步，回头看到底发生了什么事。黑暗中冒出了一道看似有六十多米高的墙，正在不断向上伸展，并朝我们的方向逼近。海浪声越来越响亮，明明处在森林里面，怎么会有这样的浪涛声？仔细一看，是海啸……一道巨大无比的水墙！海水中居然卷着一辆只剩下几节车厢的火车，发出比凶猛动物还要可怕的嘶吼声！面对眼前的景象，我心里不禁产生前所未有的恐惧感，身体僵硬得动不了，海水还没有扑上来，我就觉得自己已经溺毙，无法呼吸了。

"颖馨，你在干什么！"哲羽不知道从哪里出现，突然举起双手把我抱起，带我离开了现场，穿过空间，又在一个我没见过的地方把我放下，然后又消失不见了，一句交代也没有！周围一个人也没有，就只有我自己，这到底是哪里？四处都是瓦砾，虽然周围的房子都已被摧毁，但看得出来有许多曾经是寺庙之类的建筑物。

我闭着眼睛，想象这个城市在两天以前的景象：繁忙的交通工具在道路上穿梭，人们都打扮得光鲜亮丽，悠闲地在街道上漫步，太阳照射到房屋的玻璃上，反射出耀眼的光芒，公园里的小鸟安乐地在绿油油的树上歇息。当我再次睁开眼睛时，眼前就只有破碎的玻璃瓦砾，倒塌一地的树干和栏杆，翻倒在地和被高楼压扁的车辆，以及数不清的人和动物的尸体。

哲羽为什么把我独自一人带到这个荒无人烟的鬼地方？难道他认为在这里我能够自己生存下去吗？正当我在心里抱怨的时候，突然感到胸口一阵憋闷，全身乏力，就要站不住了，也许是疲劳过度。就在我准备坐下来休息片刻时，哲羽又出现了，这次他带着萝亚和小凯。

"颖馨！吓死我了，我还以为你……你刚才怎么自己跑不见了？担心死我们了！"萝亚着急地握着我的手。

"你看到那道水墙了吗？萝亚……这世界怎么会变成这样？所有的景象都太可怕了，这真的是我们所认识的地球吗？"我低声说。

哲羽一句话也不说地不停消失又出现，每一次都带来新的伙伴，过了好久他才松一口气，不再离开。可是明明就只带来了一半的人，其他同伴，难道全都遇难了？

"哲羽，其他人呢？你怎么不去了？"我急忙问他。

"龙毅带着很多人不知道去了哪里，他到时候会找到我们的。但是有一部分成员……来不及救他们了。"哲羽气喘吁吁地说着，脸上带着歉意。

"怎么会……这是哪里？我们在这儿安全吗？"我继续问他。

"这里海拔高，暂时应该没事，先在这儿休息一下吧。我不行了，让我躺一下。"他说完就扑倒在我身上，昏睡得不省人事。

虞依、武雄和赤义都不在这里，希望他们跟龙毅在一起，不要出什么事。哲羽沉睡了一段时间，没有人去吵他，他一定累坏了吧，这两天要不是有他跟龙毅，组织里的成员都不知道要怎么逃难。吴韩一直自己走来走去，一脸担忧的神情，不知道他到底在想什么。

"吴韩，怎么了？"萝亚走上前去问他。

"我有不祥的预感。你看看，这里尸横遍野，很容易滋生各种病菌，我在探测有没有潜在的瘟疫。"吴韩永远活在自己的世界里，说完以后又自行走开。

据萝亚预计，这场灾难将会持续整整三天，也就是说还有二十多个小时这场噩梦才会结束，希望大家都能安全存活下来，真的不敢想象灾难过后的世界会变成什么样子。

"果然！我们要赶紧离开这个地方！快走！"吴韩忽然吵醒所有熟睡中的成员，焦急地呼喊我们离开此地。好不容易有个平静一些的地方让我们松一口气，为什么又要撤离？我真不愿意移动。

"快点儿！我探测到空气中存在很有可能在短时间内爆发瘟疫的致命病毒，到时候谁也救不了我们！现在起程还来得及，赶快走吧！"吴韩紧张的语气令所有人都警惕起来，匆匆忙忙地起身就走。

"但是我们还能去哪里呢？"我问他。

"走到哪儿算哪儿，反正待在这里就只有死路一条。"吴韩看起来也很气馁。

世界如此之大，难道就没有一个地方能够容下我们吗？

14. 重生

　　我不记得我们走了多久，也不知道现在到底身处何方，只记得我们马不停蹄地一直前进，目睹了一个个被摧毁的城市，见不到任何人类的踪影，就好像全世界只剩下我们一行人独自在挣扎，这种感觉实在是难以形容地可怕。一路上大家都保持沉默，灾难渐渐变少了，四周显得更加寂静，只有我们急促的脚步声。

　　"龙毅！"他终于出现了，我们都不禁露出笑容。少了龙毅的带领，组织就好像没了中心，至少他能够帮我们寻找生还者。

　　"大家都没事就好。哲羽，快过来帮我带人，那边情况很糟。"龙毅说完就带着哲羽离开了。

　　同伴们一个接着一个到达，有些人受了伤，还有些人一直都没有出现。龙毅说他们在刚才所在的城市找到了几个幸存的人，就在要疏散他们的时候，突然袭来无人能抵挡的强大龙卷风，这几个人连同几个成员都被卷走了，于是他们马上撤离了那里。

　　"我探测到离这里不远的镇子里有幸存者，要加快脚步，在发生变化之前找到他们。灾难很快就要结束了，在那之前一定要尽力把见到的每一个幸存者都救出来！"龙毅说完，就带领我们往相反的方向前进。

虽然大家都坚信龙毅探测能力的准确度，但是面对着眼前的荒芜之地，真的很难想象这里会有什么生还者。全靠赤义有生火的能力，我们每个人都拿着一个火把，但是很快就被狂风暴雨熄灭了，虽然到目前为止将近七十小时都处于黑暗的世界中，我们依然没办法习惯眼前的漆黑。

"找到了，在这下面！"龙毅独自一人四处探查了一阵子，终于在一块空地上停下脚步，指着地下。

"这下面？怎么可能？要怎么下去？"武雄问他。

"必须把这些杂物移开。"龙毅回答。

"这算杂物吗？这是一架飞机的残骸！要花多少时间和精力才能够全部挪走？"赤义持有怀疑的态度，继续说，"龙毅，用你的能力把这些摧毁不就可以直接到地底下去了吗？而且你跟哲羽可以利用瞬间转移的能力把他们救出来啊！"

"你看看这个地面的裂痕，地板已经完全压在下水道上，根本没有出口，不可能有多余空间容得下我和哲羽，必须先把堵住入口的东西移开，才有可能把里面的人救出来。我不确定里面的环境怎么样，要是在摧毁飞机的过程中一不小心有什么闪失，导致他们被伤害怎么办？绝对不允许任何人冒这个险。"龙毅态度很坚定，没有人敢违背他。

少了庞德的帮助，就只剩下我、武雄、哲羽和龙毅可以完成这项任务。我很希望能够尽快把困在里面的人救出来，但是害怕自己虚弱的体质又会在敏感的时刻使自己突然昏迷。

"颖馨，你先在一旁休息。上面都是树干，就交给我们，下面的就交给你了，一定要好好养神！"武雄双手搭着我的肩膀给我打气。

　　我坐在一旁看他们几个分工合作，一步一步把搭在最上面的东西全部移开，就只剩下一半了。如果像平时那样一个个慢慢移动的话，一定要费上好长时间，要是在那段时间内又发生什么灾难的话，里面的人可能就没救了，一定要抓紧时间！可是眼看着面前这一堆飞机残骸，真不知该如何下手。没想到连在天上飞的也难以抵挡灾难的袭击，真不敢想象当时飞机里的乘客经历了多么可怕的噩梦。

　　"哲羽，龙毅，听我说，我要一次性把所有东西全部抬起，但我最多只能坚持一分钟。在那段时间里，你们一定要把所有人都救出来，做得到吗？"我问他们。

　　"如果动作快一点儿的话是可以的，但是那样你的体力一定不行！"哲羽似乎不赞成。

　　"不要管这些了，我最多是眩晕一会儿，要是耽搁了时间他们也许就没救了！"我的态度很坚定。

　　"嗯，这个办法我赞成。颖馨，麻烦你了。"龙毅点了点头。

　　我往回走了几步，转过身盯着压在下水道井盖上方的物体，要在一瞬间把这一堆残骸全部提在半空中，我必须成功。慢慢浮起来了，一定要扎稳脚步，不能让任何物体掉下来。我感觉到自己体内的血液循环反常地快，青筋好像就快要从皮肤底层暴出来了，但是我做到了，终于清清楚楚地看到下水道的入口了！

　　"快……趁现在……"我连说话都觉得很吃力，现在就全靠他们了。

　　从来没看过他们两个移动的速度那么快，就像是风一样，完全不像人类，快得连我都看不清他们的身影。生还者被一个个救了出来，每个人脸上都布满疑惑和害怕的神情，几个小女孩身子不停地发抖，还好有虞依和萝亚在一旁照料她们，小凯也尽责地耐心为每一位受伤者治疗。

　　大家都完全忘了掩饰身份，直到我们听到刚被救出来的女人的尖叫声。

"啊！为什么她能把物体悬在半空中？救我们出来的又是谁？怎么能以这种速度消失？你们到底是什么东西……根本不是人吧！"那个女人的声音听起来十分害怕，有点儿语无伦次。

"你们一定是地外空间来的生物，就是你们侵略了地球，我们才会突然遭受这么多灾难！"另一个男人大声嚷嚷。

"现在又把我们找出来，不会是要对人类进行什么实验吧？"人群开始议论纷纷。

什么东西！这些人怎么这么不知羞耻？拼了命把他们一个一个救出来，一句感谢的话也没有，反而说什么我们是侵略地球的外星人？他们是不是在下水道里脑子被水浸坏了？竟然说出如此不堪的话！我一气之下准备收回念力，不打算继续做这项毫无意义的拯救工作。

龙毅却在这一刻突然出现在我身旁说："我知道你在想什么。这些人刚刚失去了家园和亲人，又无缘无故经历了三天三夜的天灾，心里一定非常气愤，想要找人出气。我们的存在完全超乎他们的理解能力，对他们来说我们就是未知数，会这么想也是有原因的。你为自己打抱不平我也理解，但现在最重要的是救人，千万不要放弃！"他这么说我也没办法，只好继续撑下去，希望有一天这些人会真的由衷感谢我们。

"住手！放下武器，双手举起来！"这时候身后又传来了一个陌生男子的声音。

我根本没办法转过头去，完全不知道发生了什么事。眼角余光勉强看到同伴们全都站直身子，双手向上抬起，摆出投降的姿势。到底是怎么回事？这时候我的身后发出了一阵耳熟的声响，是十几把冲锋枪上弹的声音！

"我们是国际特殊拯救部队，你们已经被包围了，马上举起双手，停止手中一切活动！"一个低沉的声音命令我们。

"我们在救人，你们看不出来吗？！"武雄的语气十分气愤，完全不理会有十几把冲锋枪对着我们。

"什么特殊部队，那么厉害怎么不见你们救人？"赤义也怒气冲冲地朝他们走去。

他们顿时回答不出来，连忙转移话题，问道："这些浮在半空的东西是怎么回事？你们到底是什么人？"那个貌似是队长的男人气愤地问道。

其实我大可以把他们手中的冲锋枪全部抛开，但是我没有那么做，因为我还在争取时间让龙毅和哲羽救人，不料其中一个男人居然朝我走过来，把我扑倒在地上，要用手铐把我铐起来。

"放开我！"我只是气愤地大喊，依然没有使用念力，没想到这个男人居然真的乖乖放手，然后缓缓站起身，朝一旁走去。

我还以为是武雄和赤义对他出手了，转过头一看，他们俩都没有动，只是神情诧异地仰望天空，一副难以置信的样子。

"那是什么？"

"是……是太阳吗？那是阳光吗？"

在场的每个人都停止了手中的活动，不再交谈，也不再恐慌地看着对方，只是专心地盯着眼前的景象。粉红色的太阳缓缓升起，照亮了这漆黑的一片，为这个冷飕飕的地方增添了一丝温暖。就在那一瞬间，我看到每个人脸上都露出了充满希望的表情，有些人甚至流下了感动的泪水。我相信有那么一刻，大家都忘了我们在刚才那七十二小时经历过的一切，失去的家园和亲友，目睹过的所有可怕的景象。

"结束了……这一切都结束了。"

"我们终于得救了。"

"地球没有毁灭，真是太好了。"

所有人都充满感慨，陌生人之间互相拥抱着一起哭泣，多么感人的场面。

除了萝亚。

原本带着笑容的她骤然收起笑容，一脸错愕，神情看起来就像是见到了鬼一样，全身哆嗦起来。我走过去抓紧她颤抖的双手，不停地追问她到底发生了什么事，她完全不理我，一句话也不说，闭上双眼流下了泪水。

"萝亚，到底是什么，看到了什么？你可以告诉我的。"我不断安慰她。

"怎么回事？别吓我。"赤义搭着萝亚的肩膀，紧张地看着她。

"怎么了，萝亚？可以告诉我们吗？"龙毅也注意到萝亚不寻常的举动，走过来问她。

萝亚冷静一番后，慢慢睁开眼睛，挣扎地张开口，吃力地说："2024，这三天的一切都只是一个警告……2124年的这个时候，一切都会彻底消失，不是灾难，而是真正的世界末日……地球将彻底毁灭，没有人能够阻止。"

15. 囚禁

15. QIUJIN

消失了整整三天的太阳，刚刚出现的时候的确让人百感交集，心里充满难以形容的感动。等到反应过来，在阳光的照射下终于看清楚周围环境的时候，我们却宁愿太阳一直没有出现，这样就能够长期处于黑暗的世界，不需要这么清晰地看到如此不忍看到的画面。

地球已经不再是我们以前认识的模样。

陆地和大海就好像融合为一，海水不再是蔚蓝的，而是黑兮兮、满是泥沙的污水。能看到的植物全都瘫倒在地，花花草草全都失去了从前亮丽的颜色。街道上除了一脸倦容的生还者以外，不时还会有大象之类的野生动物路过。所有现代化建筑物全部被蹂躏得面目全非，就仿佛人类的现代文明已经销声匿迹。

就在大伙儿还站在原地观看四周惨不忍睹的景象时，十几位救援部队的人员同时走向我们，一个一个为我们戴上了手铐，不再像先前那么充满敌意，只是显得意志消沉。组织的成员也都累了，再没有反抗的意思，乖乖听指挥，陆续进入他们开来的车内。我和龙毅在队伍的最后，这时候有一个刚才被我们救出来的小男孩小心翼翼地朝我们走过来，诚恳地说："谢谢你们。"

"你们到底是什么人？最好从实招来，不要逼我们采取不必要的措施。"

"那些能力怎么解释？真的是地球上的人类吗？"

"这是什么类型的组织？一共有多少成员，目的是什么？"

"外面还有没有你们的同类？藏身之处在哪里？"

"你们跟这连续几天的灾难有关吗？"

自从灾难结束以后，我们组织的全体成员就被软禁在这个部队的基地里，已经过了一个多月。他们既然这么有时间审问我们，怎么不快点儿想办法进行重建工作？萝亚说她预测到不久后的将来，我们将会与这个所谓的国际特殊拯救部队合作，但是从他们这么嚣张的态度来看，难以想象我们组织里会有人服从他们的指挥。

我完全没有理睬他们多次的审问，心里一直充满气愤和不满，我们这么无条件地帮助人类，换来的却是他们的冷言冷语和一系列质疑。他们每次都派一些等级较低的官员来质问我们，我猜他们的权力有限，就算威胁他们也没办法一并救出所有同伴，所以一直没有采取行动。但今天不一样，他们的最高长官终于决定亲自来审问我们，这次一定不再手下留情，是时候离开这个鬼地方了！

"不得不佩服你的忍耐，这么长时间都没有跟我们任何官员说过一句话，你算是你们组织里面最倔强的了。"这个长官的嘴脸看了就让人讨厌，一副自以为是的样子。

我冷冷地看了他一眼，然后盯着他插在腰间的手枪，使用念力把手枪慢慢升起，再贴在他的额头前。他顿时吓得一句话也说不出来，一直盯着眼前的手枪，说："有话好说，冷静一点儿，其实我们没有恶意，只是想搞清楚来龙去脉罢了。"

"跟我们作对，你们一点儿好处也没有。"我对他说。

"如果你们想离开的话，我一点儿意见也没有，但我认为你有义务把事情交代清楚。当时我们的所有人都是目击者，你的能力，我们全都看得一清二楚。"他尝试保持冷静，语气柔和地跟我提出条件。

他说得有道理，不解释清楚的话恐怕日后会有更多不必要的纠纷。我舒了口气，放下抵在他额头上的枪，坐下来心平气和地对他说："你想知道关于我们的事情？好，那我全告诉你，但是以你的理解能力，恐怕你根本听不懂。我们组织的成员全属于轮回人士，几乎每一位都在这世上生存了几个世纪，什么事情都经历过，比你们任何人都更加了解地球。没错，我们是拥有超能力，但我们全是实实在在的地球人，不是什么外星生物。早在 1924 年的时候我们就预测到 2024 年的世纪大灾难，你奶奶在世的时代我们就已经警告过世人，但是没有人肯相信，你们以为 2012 年才是世界末日，我们也没办法。长期以来我们都暗地里在世界各地进行各项拯救工作，并一直隐瞒着我们的身份，因为知道你们的反应一定会如此极端。要是你识相的话，现在就放了我的所有同伴，或许我们还会考虑帮助你们一起重建地球，你见识过我们的能力，一定比你们有效率得多。还有最后一点，这只是世纪灾难的开始，一百年后地球将会彻底毁灭，要想保证人类的延续，必须马上展开研究工作，疏散人类去其他适合的星球。这一切信息对你来说也许太不可思议，但是事实摆在眼前，信不信由你。"

第一次一口气说完那么长一段话，也是第一次把我们的秘密告诉一个普通人，此时此刻的我已经不再担心暴露身份或者被拿去做研究，只想把同伴们全部救出去，马上开始重建我们生活了几个世纪的地球家园。

"你们拥有预知未来的能力？"我有点儿惊讶，他的表情很认真，似乎完全没有怀疑我所说的一切，反而一副深信不疑的样子。

"是。每一个成员的能力都不一样，预言从来没有错过。"我说。

"是否能预测地球接下来的情况会如何？"他认真地问我。

"非常糟糕，不可能恢复以前的模样。初步预计几年内将会耗尽一切资源，包括能喝的水、煤炭、石油等。动物的种类也会大幅度减少，全球气候……"我还没说完，就见他伸手做了个暂停的手势，示意我停止。

"够了，现在这种时候知道这些信息有害无利。我相信你说的话，虽然听起来像天方夜谭，但看你态度这么诚恳，不像是在说大话。也许是因为我看到过他……嗯……老实说，关于你提到的超能力，其实我曾经见识过类似的情形，一直理解不了……"他一副欲言又止的样子，似乎在拼凑自己的记忆。

"你是说你见过像我们一样的人？"我问他。

"我的搭档。有一次半夜经过他的办公室，他当时背对着我，但我眼睁睁看到他突然从我眼前消失了！就只有几秒钟的时间，我当时吓得差点儿尿裤子，我很肯定自己没有看错，但我一直不敢问他，你听说过这种能力吗？"

"具有隐形的能力吧。他的职位跟你一样？"我有点儿好奇，我们居然有同类是这支特殊部队里的重要人物。

"嗯，他是一名非常出色的上校，年纪轻轻就坐上如此高的位置，也算不简单。先不说这些了，对于我们先前的举动我代表部队向你道歉，我会马上安排释放你的同伴。还有，以后如果有机会的话，希望我们能够合作，为地球尽一份力。"他说完以后，站直身子，做了个敬礼的动作。

终于可以离开了，不知道外面现在变成什么样了？

就在我要走出门口的时候，心里突然觉得有些奇怪，明明目睹了那么多城市被大海吞没，为什么唯独这个政府大楼、这一区域没事？我转过身看着那位政府官员，问了句："这到底是哪里？"

"青藏高原，拉萨。"

16. 摧毁

　　世上最大的火山位于美国黄石公园，它上一次爆发是在六十四万年前，2010 年，地底下的岩浆已经开始活跃，再加上这次灾难使地球板块巨烈移动，终于引起这个超级火山再次爆发，摧残了相当于整个欧洲大陆面积的土地。灾难发生的那三天里，全球几座巨型火山接连爆发，引起一连串的大型地震，山崩地裂，几乎每一块陆地都被蹂躏得面目全非。板块运动是垂直移动而不是水平移动，有明显的海床移位，激起的海浪规模比平时汹涌澎湃数倍，再加上火山爆发促使各岛屿的庞大岩石崩裂，接连坠落到海里，引发了无数次超级大海啸，吞没了一个又一个城市、国家、大洲。

　　我们原本所认识的地球一共有两百多个国家、地压，分四大洋、七大洲，全球陆地面积约一点四九亿平方千米，占全球总面积的百分之二十九，其余的全是海洋。灾难两个月后，根本不需要精心计算或专业考察，也能预测到我们认识的地球已经彻底改变。经过这次灾害，地球上大部分平地都已经被海水淹没，而部分海水也不再像往常那样清澈，就像是下水道里的污水一样，浮满了各种肮脏的垃圾和杂物。目前全球唯一完整留存下的陆地是世界上面积最大、海拔最高的青藏高原一部分，包含不丹、印度、尼泊尔、巴基斯坦等几个国家的一部分，总面积近二百五十万平方千米；另外还有一些巍峨的山峰依然屹立不动，但没有住人。

正因为如此，那时候哲羽跟龙毅把我们带来了这里，那支特殊部队也暂时把基地安置在此地。青藏高原中部的拉萨，海拔三千六百五十米，是全世界海拔最高的城市。灾难发生的那三天里，世界各地的政府均派多批救援部队，把各个国家的幸存者都送到这里避难。除此以外，许多拥有私人飞机的有权或有钱人也都得知目前全球最安全的地方，就属这片平均海拔为四千米到五千米的高原，因此纷纷飞来此地。很不幸，有不少飞机在途中遭到狂风袭击，没能安全到达。成功抵达的人们已经被政府安顿在这里临时建立的帐篷和医务所里。到现在为止，政府仍然没有放弃救援行动，四处寻找幸存者，但结果并不理想，再加上他们失去了大量交通工具，飞机的燃油和汽车的汽油也都已经快要消耗完，搜索行动难以继续。

到处都是各式各样草率的重建工程，但人们眼中的恐惧和悲哀还是那么鲜明，仿佛害怕大地随时又会发怒，再一次带走人类仅存的文明。组织也需要尽快找一个隐秘的地方重新建立居住大楼。被释放出来以后我们一直住在一栋荒废的大楼里，我猜这里以前应该是一个大型的寺庙或者博物馆，一点儿也没有家的感觉，只是一个冷冰冰的废墟。

每一天在街上都能看到路人到处寻找适合饮用的水，任何可以吃的食物。曾经的便利店和超级市场还残留一些罐头食品供我们食用，但根本不能填饱肚子。人们已经饥饿到在路上一看到动物就想办法猎杀进食，完全忽略了世上的动物种类已经大量减少。人类不时也会受到动物的袭击，如今在这荒芜的土地上，人类和野生动物都在同一个地方生活，不是我们猎杀动物，就是动物攻击人类，简直成了一个活生生的猎食场地。已经很久没有听到人们的欢笑声了，虽然到处都是人，却没有谁愿意开口说话，四周一直那么安静。

想要把地球恢复到从前的模样已经是不可能的了，但如果我们分工合作的话，或许能尽快让大家有一个安稳的归宿。只是所有资源都变得极其有限，绝对不能再像过去那样毫无顾忌地奢侈地生活了。如今"零"跟其余的幸存者都聚集在这片土地上，要在这种情况下无所顾忌地施展能力，恐怕又会像上一次那样引起不必要的恐慌。所有人目前的精神状况都还不太稳定，大家还处于恐慌担忧的状态，因此龙毅一直都没有允许我们采取行动，时机还不成熟。

自从失去了庞德以后，虞依完全像变了一个人，不再像从前那样热情，变得沉默，对谁都不理不睬，平时一句话也不说，连萝亚和武雄都难以接近她。我完全能够体会她的心情，对于我们这种背景的人来说，伴侣或恋人这种人一生就只有一个，一旦找到了就一辈子也不会改变。我们的生命那么漫长，失去了自己生活里唯一的中心和牵挂，难免会觉得日子过不下去，人生失去意义。庞德走了以后，我们六个人不再像从前那样开心快乐，每个人都天天哭丧着脸，始终接受不了亲人已经离开的事实。

至于赤义，他所剩的时间也不多了，再过几个月他这一世就会结束，到时要是没有新生儿诞生的话，我们又将失去一位最亲密的伙伴。光是想到这个事情，我们就觉得心灰意冷，很难想象在这种情况下会有新生命出现，但是又不愿意接受赤义会消失的可能。大家都不想讨论这件事，但这段日子每个人都特别照顾赤义，我们心里都明白这有可能是我们跟他相处的最后时光。

最难以接受这个事实的人，当然是哲羽，他最近变得沉默寡言，除了跟我在一起以外，其他所有时间都陪在赤义身边，神情永远都那么难过担忧，我真不敢想象当那一刻真正来临时，哲羽会如何面对。萝亚也跟哲羽一样难过，她这段时间天天愁眉苦脸，寸步不离地守在赤义身边，她说到现在还看不到赤义的未来，所以内心一直不能平静，生怕他真的再也回不来。

已经失去了庞德，要是连赤义也走了，对于我们几个人的打击真的太大了……

这场持续了整整三天三夜的灾难居然只是一个警告，到了 2124 年的这个时候，地球又会面临什么样的灭顶之灾？我们生活了几百年的星球，到时会完全消失吗？难道人类的文明就真的到此结束了，谁都没有拯救地球的能力？

也许我们过去都太贪婪了，肆无忌惮地攫取地球上的资源，又为了自己的利益而长期破坏生态，每一年都经历那么多的天灾，却又不懂得从中吸取教训，甚至还变本加厉地污染我们的环境。森林减少、动物灭绝、河流干枯、冰川崩塌、大气被污染、臭氧层被破坏、温室效应导致全球变暖、土地沙漠化、水生态环境恶化……这一切自然环境的恶化，不都是我们人类自己引起的吗？

这一次的天灾，莫非是地球常年忍受我们无法无天的行为，终于爆发了，对我们狠狠地惩罚？经过这一次教训，人类是否会畏惧自然界的威力，开始爱护地球？还是会又忘记今天大地给予我们的惩罚，继续无所忌惮地毁坏自然，最后再次以自己的所作所为导致我们的星球在一百年以后毁灭？

17. 合作

LAN
GUANGREN
蓝光人

"什么人?"

我和哲羽正坐在后花园谈天,半夜三更的大家都已经睡了,怎
么会有声响?哲羽四处寻找声音的来源,却毫无线索,刚才明明清
楚地听到有人移动椅子的声音。我和哲羽对视一眼,摸不着头绪,
也许是最近精神不好,产生幻觉了吧。

突然间放在我们前方的椅子自己移动了起来!原本椅背是靠在
墙壁上的,这时候椅背居然自己转了方向,面对我们两个!我觉得
很诡异,难道是人们口中的鬼魂?我害怕地躲在哲羽身后,不敢正
视前方,哲羽却一点儿也不害怕,独自朝着椅子的位置走去。刚刚
走了两步,他就停了下来,并向后退了一步,就好像受到了什么惊
吓一样。他的身子挡住了椅子,我看不到发生了什么事,也不太敢
知道。

"你……你是谁?"哲羽的语气惊讶又带有戒心。

"哲羽,怎么回事?"我站在后面大声问他,始终不敢向前走去。

哲羽慢慢移开身子，我看到椅子上竟然坐着一位神情高傲、身穿军服的高大男子！我突然想起那个特殊拯救部队长官说过的话，眼前这位头顶蓝光的男子估计具有隐形能力，难道他就是那个长官口中的搭档？他跑来这里做什么？还这么鬼鬼祟祟的，是故意要吓唬我们吗？

"我叫孟梵，初次见面，多多指教啊，同类们。"他一脸得意地笑着跟我们说，然后站起身朝我们的方向走来，突然又停住了脚步，从口袋中拿出打火机，低头点着了一根烟，深深地吸了一口，然后向我们伸出手。

我们两个都不知道该做何反应，只是敷衍地跟他握了握手，刻意跟他保持一定距离。哲羽先开口："你是谁？来这里有什么事吗？"

"你是那个什么特殊拯救部队的上校吧？"我问他。

"原来你已经知道我的存在了。你好啊，颖馨。"他笑着对我说。

"你怎么知道我的名字？"不知道为什么，我对他充满敌意。

"你们被囚禁的时候我一直在旁观察，没想到你们组织的规模这么庞大，真是让人佩服。特别是你的能力，颖馨，我非常欣赏。"他突然靠得很近，让我很不自在。

"来这里有什么事？"我仔细看了他一眼，原来他的脸那么英俊，简直像个电影明星。我向后退了一步，继续保持冷漠的态度。

"那个老头儿把你跟他的谈话告诉我了，关于世界末日的预言，是真的吗？"他问我。

"萝亚的预言一定没错，不过也没什么好意外的，她已经预测过……"

"预测过我们将来会合作，是吧？"我还没说完就被他打断了，真是个没礼貌的家伙。

"所以你是来商量关于合作的事？"哲羽走向前问他。

"目前为止，按照部队成员的能力，重建工程实在是慢得不行，不知道要搞到何年何月大家才能再次安稳地过日子。我和老头儿跟上面的人商量过了，说如果有你们的帮忙，效率一定会高很多。当然他们一开始完全不能接受超能力这个东西，于是我就自告奋勇地先示范给他们看，那群人当时就像是看到了鬼一样，吓得一句话也说不出来！哈哈哈！"他一边说一边自己笑得很痛快，"我猜要不是我们现在处于这么糟糕的状况，他们一定把我当成外星人抓去解剖研究了。但是现在他们非常需要我们，而老头儿的部队又亲眼见识过你们一行人的能力，上面的人就算难以置信也只能接受事实，所以派我来先跟你们商量。"

"他们想要借用我们的能力来重建？"哲羽问他。

"一起重建，替未来做准备。你们不是有成员具有预言能力吗？可以帮助我们提前预防以后的灾难。那个叫吴韩的是医学家吧？灾难过后医疗设施简陋，他能够帮助我们救治生还者。你们怎么说？跟我们合作的话，部队会保证一切关于你们组织的档案都归为最高国家机密，一定不会透露给世人知道，这一点你们可以放心。"他就连严肃的时候都是那么吊儿郎当，真不懂他是如何当上长官的。

"这种事情要跟我们的领袖商量，我们两个做不了决定。"我回答他。

"嗯，帮我跟龙毅问好啊！你们跟组织里的人慢慢考虑吧，决定好了随时欢迎来部队给我们回复。希望能够合作，先走一步了。很高兴认识你，颖馨。"他又再次靠近我，然后突然从我们眼前消失了。

虽然哲羽也经常做这个举动，但那是因为他实实在在地穿梭到了另外一个空间，我真搞不懂为什么孟梵要突然在我们面前消失，实际上他不也还是在这里吗？真是个爱耍酷的家伙。

"他果然还是来了。"孟梵离开后没多久，龙毅出现在我们身后，脸上带着一丝得意的笑容。

"龙毅，认识他吗？"哲羽问他。

"见过几次，他存在的时间也算是最久的几个人中的一个了，可能跟庞德差不多吧，一直都是个我行我素的人，从来没有想要加入组织的念头。"龙毅说道。

"能够当上那支特殊部队的长官，应该也是个不简单的人物吧。"我不禁说道。

"是不简单，很有领导能力，头脑非常灵活。他几乎每一世都在不同地区当各种高官，影响力非常大，如果能够跟他这样的人合作，对我们也是很有利的。"龙毅一直面带笑容，似乎很欣赏这个叫孟梵的人。

"他刚才说部队里的人都知道了我们的身份，不要紧吗？"我有些不安。

"既然他们保证会将我们的情况列为国家机密，那就不会把消息泄露出去，也没什么好担心的。再说了，现在地球上发生这种事，我看也没有人会有心思研究我们的身份。"

"打算什么时候回复他们？"哲羽问龙毅。

"明天早上等大伙儿都醒了，通知他们一声就过去吧，要合作的话当然是越快越好。"

"很高兴再次见到你，颖馨。"孟梵满面笑容地迎接我和龙毅。

虽然这次是以合作的名义回到这支部队的基地，但想起上一次大伙儿被他们关在这里，还是觉得很不平。没想到在短时间内我们组织跟这个部队的关系会发生如此巨大的变化，刚开始把我们当成囚犯般审问的他们，如今却视我们为帮助人类恢复生活环境的关键人物。

"好久不见，龙毅。"孟梵对龙毅点了点头，看来他们似乎有过什么交往。

"久违了，孟梵。这段日子过得还好吗？"龙毅客气地回应他。

"勉强过得去吧！跟政府高官打交道，一如既往地还是那么累人。看来你们组织的规模是越来越大了，让我还真有点儿后悔当初拒绝加入啊，呵呵。"孟梵的表情永远都那么高傲。

"如果你想加入我们，随时欢迎。"龙毅大方地摊开双手对他说。

原来龙毅曾经邀请孟梵加入我们，不过像他这么嚣张的性格，看来也没有什么人管得了他吧，还是不要来我们组织捣乱的好。不知道为什么，我就是对这个孟梵一点儿好感也没有，极度看不惯他那副自以为是的模样。

"颖馨，又见面了，欢迎你们！我是这支部队的最高长官，霍鹏。上一次把你们关起来实在是抱歉，是我们的疏忽，还请原谅。"原来这位长官的名字是霍鹏，跟孟梵相比，他显得格外斯文。

"以前的事就别提了，这次来是想跟你们商量合作的细节。"龙毅认真起来的确很威严。

"你们的到来真是让我们太感动了！我们现在还真是非常需要你们组织的帮助。灾难结束的那天我们不少人亲眼见识了你们的能力，实在是难以置信，非常令人佩服。"霍鹏一脸敬佩地看着龙毅。

"嗯，那么，我们应该如何帮助你们？"龙毅问道。

"是这样的，灾难过后到现在已经两个多月了，你们应该也察觉到了，我们曾经熟知的地球已经彻底改变。从前每个国家都有自己的政府，如今全球陆地面积变得这么小，就只剩下一片高原，大家也不愿再分割土地，争夺哪一个国家应该负责什么地方的修复工作，要是再这么详细地分下去，想必会引起第三次世界大战。所以灾难过后没多久，各国政府达成协议，同意合作成立世界政府，而我们这支国际特殊部队就是世界政府的军队，所有修复工程都由我们来负责。"霍鹏一下子说出那么长的话，让我有些难以消化。

"等一下，世界政府，你的意思是说地球如今只剩下一个政府？不分国籍统治所有国家的世界政府？"我有些不明白。

"没错。我们还没有对世人宣布这个消息，现在时机还不成熟，这种话题目前来说还是太敏感。但是经历了那么大规模的灾难，运用一套全新的系统来管理地球是必然的，迟早要面对这个问题。你们也看到了，现在街上什么国籍的人都有，大家不再像从前那样只跟相同种族的人打交道，如今人们都变得比以前更团结，根本不会理会对方是什么身份，只要找到幸存者就会一起同心协力地生存下去。现在每一个生还者都变得更加国际化，正因为意识到了大众的这个想法，我们更加肯定成立世界政府是必然趋势。"

"所以现在所有国籍的人都住在同一个区域，世界上的政府也只有一个，是这样吗？"我惊奇地问道，真是难以置信。

"目前是这样，没错。虽然世界各地还有些高山存在，但我们根本到达不了，更别说去那里居住了。"霍鹏解释道。

我反复回想霍鹏刚才解释的一切，也就是说我们即将与之合作的组织，是如今世界上最强大的政府！但仔细看看四周，就连这支强大的特殊部队的基地也跟外面所有的建筑物一样简陋破烂，完全不像是什么庞大的组织。

"在想什么呢，颖馨？脸色这么难看！"孟梵笑着对我说。

"没什么。不好意思，分心了。继续说吧，合作方面的事情。"我示意霍鹏继续说，没理睬孟梵的提问。

"目前我们正全力以赴地进行修复工作，这是我们现在最看重的一点。你们或许也注意到目前外面的情况有些混乱，所有人都在荒废的破房子里勉强过活，四处又时常会有野生动物出没，人类被动物袭击的频率越来越高，因此必须尽快建设住宿区域。如果龙毅您能派几位对重建项目有所贡献的成员，将会对我们大有帮助，一定会加倍提升我们的进度。"霍鹏的语气谦虚客气。

"颖馨在这方面有很丰富的经验，一定能够帮助你们，她会带领另外几位成员全力协助你们的重建工作。我唯一的问题是，现在到处都是生还者，你们打算如何让我的成员们在大众面前施展超能力？"龙毅问他。

"这你可以放心，我们会封锁所有正在施工的场地，会派遣武装人员在四周看守，一定不会让任何人接近，绝对会确保你们成员的隐私。除此以外，听说你们有几位成员有帮助病人痊愈之类的超能力，是真的吗？"霍鹏以怀疑的态度问道。

"小凯、虞依、吴韩，还有另外几位成员都有类似的能力，我想现在受伤的人应该不少吧？"龙毅回答他。

"嗯，能找到的患者全部都集中在我们基地的医疗大楼里面了。可是因为这次灾难，我们失去了太多医疗器材和药物，不少疾病我们都难以应付，要是能够得到你们的帮助，一定能够救回很多人，拜托了！"霍鹏诚恳地请求。

"我相信他们会非常乐意帮忙。还有其他可以效力的地方吗？"龙毅再次提问。

"那位叫萝亚的女孩，具有预知未来的能力吧？"孟梵忽然开口道。

"是的，这次的灾难萝亚在一百年前就已经预测到了。"我代替龙毅回话。

"如果我观察得没错的话，颖馨你似乎跟那位萝亚关系特别亲密？"孟梵又是一脸笑容地看着我。

"萝亚就像是我的亲姐姐，但这跟你没什么关系。"我冷淡地回复他。

"哈哈，你对我还真是够冷漠的啊，颖馨。"没想到他却开心地大笑起来，真是个奇怪的男人。他又继续说道："萝亚的能力对我们的研究工作有很大帮助，如果她能够帮助预测未来的话。"

"萝亚的预言虽然一定不会有差错，但是她不能控制自己看到的东西，也掌控不了预言什么时候会出现，所以这一点你们一定不可以勉强她。"我的态度很坚决。

　　"哈哈，讲话真有魄力啊！我们怎么可能勉强一个女生呢？只要把她所知道的消息都提供给我们就足够了。"孟梵突然捧腹大笑，似乎很开心的样子。

　　"目前来说这三个项目是最重要的了，在采取进一步行动以前，必须确保民众的安全，让他们有个稳定的住所，尽可能地拯救和医治所有幸存者，至于地球的未来……还是留着以后再操心吧。如果能在这几个方面协助我们部队，真的太感谢你们了！"霍鹏一脸严肃，诚恳地低下头对龙毅说。

　　"能够为地球尽一份力是我们的荣幸，也是我们组织存在的目的。合作愉快！"龙毅朝霍鹏伸出手。

　　孟梵突然笑着朝我走过来，伸出他的右手，说："以后我们就是合作伙伴了，真是令人兴奋的消息啊。颖馨，多多指教！"

18. 安息

赤义已经连续几天卧病在床，他的时间终究是到了，幸好这次不是突然被枪杀或遇到什么意外，至少在他离去以前大家能够守在他身旁陪伴他。过去每一次有同伴离开我们都觉得无所谓，每一次都不会有什么生离死别的感觉，因为知道只是暂时的分离，然而这次赤义离开以后，我们真的很难保证他能够顺利回到大家身边。

这段时间哲羽每一天都陪伴着赤义，他一直无法接受陪了他几世的好兄弟就要离开的事实。虽然知道世上任何药物都无法拯救赤义，他还是不断要求吴韩研究出治疗赤义的药，拜托小凯让赤义痊愈。每一次哲羽在房里陪伴赤义时，萝亚都会静悄悄地在一旁注视着虚弱的赤义，眼神哀伤痛楚，时常自己低声哭泣。

"赤义走了以后，我真的不知道该怎么办。"那天晚上萝亚情绪特别低落，跟我聊着聊着就哭了起来，"虽然我跟他的关系不像你跟哲羽那样，但是我对他一直都……我们还没来得及……"说到一半她已经泣不成声。

"也许他能够回来呢？别太悲观了。"虽然知道这个可能性并不大，但是除了这句话，我不知道还能怎么安慰她。

"要是他真的回不来呢？要是他跟庞德从此就这么消失，虞依跟我该怎么办？还有武雄、哲羽和你，我们七个人，再也没有办法回到从前那样了。"萝亚说到这里，我也忍不住开始落泪。

"萝亚，赤义想见你。"武雄突然打断我们的谈话。

赤义一脸疲倦地躺在床上，双颊已经毫无血色，双唇发白，额头不停冒汗，一见到萝亚就露出笑容，虚弱地把手伸向她，轻轻牵起萝亚的手。

"别……别哭了，爱哭鬼。"他吃力地挤出几个字，尝试触碰萝亚的脸庞，却连抬手的力气都没有了。

萝亚握住赤义的手，贴在她的脸颊上，努力挤出笑容。

"你这么胆小，我走了以后要好好照顾自己，不要整天让人担心。"赤义轻轻抚摸着她的脸庞，双眼流露出不舍的神情。

"赤义……一定要回来……"萝亚紧紧握着赤义贴在她脸颊上的手掌说，"我一直没有机会告诉你，我喜欢你……从一开始就好喜欢你，你走了我怎么办？赤义……我……"萝亚趴在赤义的身上大哭起来，变得口齿不清。

赤义露出得意的笑容，拨弄着萝亚的头发："等你说这句话等了好久，死了也值得。"然后抬起头看着我跟哲羽："颖馨，一定要帮我照顾好这个爱哭鬼，别让她受别人欺负。兄弟，她们两个就交给你了……我……"他突然剧烈咳嗽起来，鲜血从他的嘴角流出，他毫不在意地拭去嘴角的血，然后神情严肃地看着武雄："武雄，替我大哥好好照顾虞依。"接着一一看了我们一眼，说道："能够结识你们这群伙伴，我死而无憾。"

我们几个无法回应，百感交集地盯着赤义，回想起曾经跟他和庞德一起经历过的点点滴滴，回味着属于我们七个人的记忆。

"赤义，让我帮你吧。"虞依突然走进房间，泪流满面地看着奄奄一息的赤义说，"庞德在世的时候一直都把你当成他的亲弟弟看待，要是我就这么让你离开，你要我如何跟死去的庞德交代，如何让他安息？我自己也会永远都过意不去的！"虞依已经好长一段时间没跟大家说话了，她突然变得这么激动，让我们大家都有些不知所措。

"虞依，你的心意我领了，但这不是普通的死亡，这是我们的命运。我的时间到了就是到了，即使是你也阻止不了，不要枉费心机了。"赤义诚恳地看着她。

"没试过又怎么会知道？如果我救得了你的话，也许我就能够拯救大家，那样就不会再有人离开我们了！"虞依不顾赤义的拒绝，一脸坚定地说道。

"就算你救了我又如何？难道我就会继续活下去吗？到了一定的时间必须离开世界才能够顺利轮回，这就是我们的命运。即使没有新生儿出现来延续我的生命，那也是天注定的，也许我是时候离开了，我也已经活得够久的了。各位，我累了，就让我去陪庞德吧，那家伙自己一个人一定闷透了。"赤义说这番话的时候，脸上的笑容是那么真实，就好像终于解脱了一样。

哲羽突然转过身，一句话也不说地离开了病床，从他的神情来看，这番话一定让他接受不了。萝亚握着赤义冰冷的双手放声大哭，我和虞依也忍不住流下眼泪。赤义一直都那么活泼好动，如今连他也无法战胜命运，只能静悄悄地躺在床上，等待时间的到来，而我们，虽然拥有各式各样的异能，却连一个亲密的同伴都不能挽救。

"赤义！"萝亚激动地呼唤，此时此刻的赤义已经闭上双眼，一动不动地躺在床上，完全停止了呼吸，脸上却带着安然的笑容。

"兄弟，安息吧。"哲羽低下头轻声说道，眼泪流下双颊，左手紧握着拳头，右手挡住自己的双眼，身子微微颤抖。

"我不许你这样离开，快给我回来！"虞依用力按着赤义的胸膛，尝试运用她的能力把赤义带回来，却一点儿作用也没有，赤义还是悄然躺在那里。

"虞依，不要这样，他已经走了。"武雄搭着虞依的肩膀说道，一滴泪水滑过他的脸颊。

赤义离开我们已经一个星期了，组织里每一位成员的情绪依然难以平复，所有人都穿着一身黑色的衣服悼念他，就连永远只穿白衣服的虞依也一样。我们五个人每天都魂不守舍地过日子，少了两个伙伴，是对我们这个大家庭的沉重打击，感觉整个世界骤然变得完全不一样了。

萝亚说她多次预见过我们几个的未来，但是所有画面里都看不到赤义和庞德的身影，他们各自的未来萝亚也预测不到，这个现象之前从来没有发生过，只有一个可能：他们往后再也不会出现在我们的生命里了。

萝亚跟虞依始终没有办法接受赤义和庞德已经离开的事实，连续几天都不吃不喝，也不开口跟任何人说话，一直悲伤地守在他们俩的墓前。哲羽也不比她们好过，自从赤义和庞德走了以后，他跟武雄经常借酒消愁，天天都一起喝得烂醉，他说只有在酒精的帮助下才能暂时减轻内心的痛苦。

我独自一人在花园里坐着，仔细算一算，我在这一世也只剩下十年时间，到时我是否也会像赤义和庞德一样，一去不回？赤义已经走了，接下去又会轮到哪一位同伴离开？世界人口越来越少，我们的组织，真的能够顺利生存下去吗？

就在我沉浸在自己的思绪当中时，身旁突然传来熟悉的声音："在想些什么呢？"是孟梵的声音，却不见他的身影。

"你有什么见不得人的吗？为什么整天都隐藏自己？"我毫不客气地对着空气说。

他突然现身在我旁边，面带笑容说："当全世界都看不到你的时候，你才能够彻底地看清楚这个世界。"

"还真是深奥。有什么事吗？"我冷淡地回复他。

"这阵子都没有你们的消息，上头派我来看看，发生什么事了吗？"他认真起来。

"我们刚刚失去一位重要的同伴——赤义，大家都还在悼念当中，暂时没心思想别的事情。"我说。

"赤义，是能操纵火的那位吧？"他问我。

"嗯，他是哲羽最好的朋友，哲羽这段时间情绪很不稳定。"我担忧地说道。

"哲羽，是你的恋人吗？"孟梵突然一脸正经地问我。

"你怎么知道？"我有些不好意思。

"不要低估隐形人的观察能力啊！他真是个幸运的家伙。"孟梵酸溜溜地说。

"孟梵，你没有伴侣吗？"我记得龙毅说过，我们每个人都有一位一直都会陪伴在自己身旁的伴侣。

"伴侣是有一个，但不像你跟哲羽之间那样啊，我们就像兄妹一样，她很刁蛮任性。不过她也很厉害，跟你的能力有几分相似，你能够控制物体，而她则能够控制人体！厉害吧？"孟梵得意地说道。

我陡地呆住，四肢突然僵硬起来，全身起了鸡皮疙瘩。拥有控制人体的能力，难道他说的是……是她？！

"你的伴侣，莫非是红衣女？"我惊讶地问道。

"什么红衣女？她的名字叫小雪，不过她倒是永远都只穿红色的衣服，真是个奇怪的女孩。"孟梵皱着眉头，又继续说道，"怎么，你认识她？"

我看了孟梵一眼，然后一句话也不说就站起身离他而去，不想再跟他有任何交谈。他的伴侣，居然是那个曾经想置哲羽于死地的女人，那个我差一点儿就失手杀死的红衣女！

"你怎么了？我说错了什么话吗？"孟梵着急地追着我。

我没有理会他，继续往前走。

"喂，干吗不说话？就因为我是隐形人，所以完全把我当透明的吗？"他不断追问我。

"你那个伴侣，也是部队里的人吗？"我停下脚步问他，要是那个红衣女也是部队里的人，那么恐怕我们将来的合作会有些困难。

"嗯，曾经是。"孟梵突然收起笑容，一脸忧伤地说道。

"什么叫曾经是？她退出了？"我问他。

"她已经死了。"

我呆呆地站在原地看着他，连能力那么强大的女孩也死了，想必也是没逃过这一次的浩劫吧。孟梵突然像变了个人似的，不再吊儿郎当，脸上没有了笑容，他低头点了一根烟，然后叹了口气，说道："你知道吗，像'零'这样的组织，不光你们一个。"

我不知道他在说什么，但是既然红衣女已经死了，而孟梵又是他的伴侣，那么我就有义务把我们之间的纠纷解释给他听。没想到我把事情详细叙述给孟梵听后，他不但没有丝毫恼怒的样子，还无奈地笑了起来。

"唉，那家伙总是爱到处惹事，仗着自己能够控制人体这一点，实在是得罪了不少人，才会不幸遭到那种下场。"他一边抽烟，一边感慨。

"你刚才说的组织，是什么意思？"我问他。

"小雪的特异功能在我们同类里面也算是稍微特殊一点儿的，自然比较引人注目。她生前经常跟一群我们的同类混在一起，都是一些很嚣张、到处惹是生非的人物，而他们几个都属于同一个组织，叫'白蛇'，你听过吗？他们的组织里总共有四五十位成员。"孟梵说道。

"他们全都是我们的同类？"我难以掩饰内心的惊讶，难道这世上有另外一个像我们一样的组织？

"没错，但是比起你们'零'，他们的规模小很多，领袖也只是个轮回人士，不像龙毅那样长生不老。我一直劝小雪不要跟那几个人混在一起，毕竟都是一些恶霸，但她不听我的话，最终被'白蛇'的领袖看上了，要求小雪加入他们的组织。你应该也看得出来，小雪是一个十分骄傲自我的人，以她的个性，根本不可能服从他人，于是就嚣张地在众人面前对'白蛇'的领袖施用超能力，最后还运用到在场的每一个成员身上，强迫每个人向她下跪。但是'白蛇'的成员也不简单，其中一个小男孩具有隐形保护罩，谁也伤害不了他，他当然不受小雪能力的影响，而大意的小雪被那个小男孩推倒，两三下就被解脱束缚的'白蛇'成员解决掉了。你也知道，只要被同类杀害，就再也回不来了……"孟梵一边说一边叹气。

"你怎么没有去救她呢？"虽然我对这个小雪没有好感，但还是觉得她的遭遇挺悲惨的。

"我刚开始根本不知道小雪去了他们的组织，是从我手下口中听闻她遇到麻烦，我才带了部队的人去救她，但我赶到的时候已经太迟了……那时候场面非常混乱，你能想象普通人类跟有超能力的人对打的情况是怎样的吗？"孟梵一脸气愤地说道。

"你的手下一定伤亡不少吧？"我有些同情地看着他。

"我的手下当时根本不知道世上存在有超能力的人，心里难免感到害怕，还没反应过来就已经被攻击了。但援军很快赶到，我们也杀了他们不少成员。我们成功逮捕了那个把小雪推倒的小男孩，他虽然能够抵抗别人的攻击，但我是个隐形人，他根本看不到我，也就没有防卫的能力，攻击力又是零，简直是轻而易举。"孟梵得意地说道。

"其他成员呢？难道没有尝试去救他？"我问道。

"还真的是没有。说实话，我完全不觉得那个组织有什么威力，因为他们的成员太不团结了，跟你们完全不一样。当时想不到别的办法，只好先把那个小孩儿抓起来，还以为能够当作人质把他们的老大引来，可那孩子在这里已经快八年了，根本没有人来探望过他。不过我想，经过这次天灾，他们的成员应该也没剩几个了。"

"孟梵，你应该很寂寞吧？失去自己的伴侣。"我突然有些同情他。

"隐形人，永远都是最寂寞的，我已经习惯了。"他无奈地笑了笑，是充满沧桑和哀怨的苦笑。

跟我们一样的组织，龙毅一定知道，为什么从来没听他说过？不过就算知道了也没什么，龙毅应该也邀请过他们加入我们组织，要是他们真的像孟梵所说的那么不友善的话，当然不愿意加入我们了。没想到那天那位红衣女，居然是孟梵的伴侣，更出乎意料的是像她能力这么强大的女孩，竟然会被同类杀害。我以前还一直把红衣女视为自己的敌人，如今她的伴侣竟然成为我们的合作伙伴，这个世界真是很小。

庞德、赤义、小雪，这些同类全都离开这个世界了，不知道他们现在过得如何。

不知道会不会有那么一天，他们全部又再次回到我们身边？

我们七个人，还有机会再像从前那样快乐地聚在一起吗？

19. 重建

以前跟着龙毅和前辈们出任务时，永远都只有我们几个人，感觉力量特别弱小。终于正式跟孟梵他们合作了，不愧是世界政府的特殊部队，没想到灾难过后还有这么多人跟随我们行动，每个人都身穿整齐的制服，连站立的姿势也比一般人笔挺，看起来很有气势。

孟梵带领龙毅、武雄、哲羽和我，来到他们正在重建的场地，是一块面积非常大的空地，布满了零乱的杂物，还能清晰地看到灾难留下的痕迹，四周都被竹竿拦着，外面的人看不到里面的情况。但是，这算什么重建工程？根本就只是一大群人在搬运废弃物品而已。

"真是见笑了，我们目前在什么工具也没有的情况下，只能靠人力来搬运东西。唉，要是有能动的吊车或货车之类的，一定简单很多，没想到平时看似平凡无奇的东西，现在居然显得那么重要。"孟梵感慨地说。

"你们现在的计划是什么？"龙毅看了看四周，转过身来问孟梵。

"我们探测了一轮之后，决定把这一区所有的幸存者都迁移到这里，确保他们暂时能够远离野生动物。这块地够大，旁边有河流和树木花草，是目前高原上最适合人类居住的地方。我们打算在这里建一批简单的房屋安置民众，但在那之前必须先把这堆垃圾搬走，才能开始施工。"孟梵向我们解释道。

这里从前会是个什么样的地方呢？散布在地上的是一堆建筑物的残骸，一棵棵粗壮的树木也东倒西歪地布满地面，还有破裂的雕像石块、凹凸不平的广告牌、只剩下后座的车子，居然还有看起来貌似是飞机零件的物体。的确，如果什么工具也没有，要在短时间内把这些废品都清空极为困难，但这项工作对我们来说易如反掌。

"各位，开始吧。"我主动走上前去，用肉眼寻找看起来体积最大的物体，然后用念力把飞机零件慢慢抬起。

这时候武雄也开始行动了，锁定一切用木头制成的物品。"兄弟，东西放哪儿？"武雄控制着悬在半空中的几根粗壮树干，转过头问孟梵。

"要把所有废品都拿到空地后面那座山下，到时候再一起处理掉。你看得到吗？走路的话有些距离，麻烦你了。"孟梵不好意思地说。

"交给我吧。"哲羽从武雄手中接过其中一根树干，然后从我们面前消失了，几秒后又出现了，再接着帮武雄运其他东西。以哲羽的能力，一次也不能搬太重的东西，他能凭自己的力量搬动这么大的树干已经很了不起了。

我无意中注意到在场的每一名部队成员都放下了手上的工作，注意力完全集中在我们几个人身上，全都目瞪口呆，睁大双眼盯着我们。第一次无所顾忌地在这么多普通人面前使用超能力，还引来这么多人的注意，实在有些别扭。

"他们就是上头提到过的特殊人士吗？"

"到底是什么人，怎么会有这种能力？"

"真的是人类吗？根本就是外星生物吧？"

"有他们帮忙，一切就容易多了！"

周围传来一阵窃窃私语，为什么所有见识过我们能力的人都把我们当成外星人？我们不过是拥有超能力的人类，对于我们来说，外星人的存在听起来也像是天方夜谭啊，怎么可能跟我们有任何关联？虽然不习惯被那么多人注视，但我们来这里的目的是帮忙，也许过一阵子他们就会习惯我们的存在了吧。

我注视着悬在空中的飞机零件，然后跟龙毅对视了一眼，以他的力量，搬运多重的物体都没有问题。于是我们就这么分工合作，我跟龙毅一起，武雄则跟哲羽合力，由我和武雄把物体从地上举起，再由龙毅和哲羽送到放置的地区，没几下就把最重的几样物品解决掉了。

"不愧是'零'的成员，办事效率还真不是一般的高啊！你们几小时就做到的事，我们可能要花上十几天，真是辛苦了！"孟梵兴奋地对我们说。

已经持续搬运了几个小时，虽然东西都不是太重，但我的体力也差不多快要消耗完了，看着其他没有超能力的普通人都还在努力工作，我实在不想要求提早休息。这一地区天气多变，晚上温度特别低，我被冻得不停发抖，脑袋也开始眩晕，不知道还能坚持多久……

"颖馨！你怎么了？"孟梵突然出现在我身旁，用双手扶住我的身子。

我的意识变得模糊，也不太清楚发生了什么事，只记得一阵眩晕，之后就意识模糊，想必体力已支持不住了。

"怎么回事？不要吓人啊！"孟梵紧张地问我，双手把我抱起来，一步步朝工地外面走去。

"我没事……休息一下就好。"我吃力地对他说，尝试从他的双手中挣脱出来，但是身体已经虚弱得不听使唤。

"累坏了吧？都是我不好，不应该一下子让你们工作这么长时间。我先带你回去休息吧。"孟梵很内疚，继续抱着我往前走。

"等一下，哲羽呢？"我还没来得及等他的回复，就已经昏睡过去。

"好点儿了吗？"又是孟梵。

"这是哪里？"

"部队大楼，这里是我的办公室。你身体恢复了吗？有没有哪里不舒服？"孟梵平时一副自以为是的样子，居然也能这么体贴。

"我没事。哲羽呢？"我站起身来四处打探。

"我一直没机会跟他说，他还不知道。"他一边说一边倒水给我喝。

"你一直都在这里？"我转过身问他。

"是啊，你差点儿把我吓死了，竟然突然昏倒，搞什么东西？还以为我们把你给累死了，害我在这边担心了半天。"他紧张地说。

"没什么，我每次过度使用能力都会眩晕一阵子，很快就恢复了。"我笑着对他说。

"刚才怎么不说呢？早知道的话就不让你帮这么大的忙了，还是身子要紧，我看你还是再休息一会儿吧！"他用双手按住我的肩膀，让我坐下。

"不用，我现在已经很精神了，带我回去吧，哲羽他们会担心的。"我甩开他的手说。

不得不说，我们的办事效率还真是很高，虽然场地上还剩下不少零零散散的东西，但是凭我们的力量已经搬走了很多物品，最棘手的那几件已经顺利解决了，接下来只要再加油干几天，就能够开始建造房子了！

"颖馨，你跑到哪里去了？我一直找不到你！要担心死我吗？"

哲羽跑过来在众人面前抱着我。

"不好意思，我刚才身体不舒服，孟梵带我去他那边休息了一下。"我向他解释道。

"又头晕了吗？你不应该工作这么长时间的，都怪我没有好好看着你。没事了吧？还会累吗？我们还是早点儿回去休息吧。"哲羽紧张地摸着我的脸颊。

"没事了！只是暂时性的啊，又不是第一次发生，你那么紧张干吗？"我笑着对他说。

"孟梵，谢谢你照顾颖馨啊！"哲羽主动走上前去搭着孟梵的肩膀，友善地跟他道谢。哲羽这个人真的是跟谁都能称兄道弟，我还以为他会对孟梵反感呢。

"没什么，应该的。今天就到此为止吧，大家也都累了，真的很感谢你们的帮忙！我会派人送你们回去。颖馨，好好休息，保重身体啊！不要再让人担心了。"孟梵笑着对我说。

这个孟梵看似嚣张、油嘴滑舌，想不到心思还挺细腻的，对人也不错，也许我当初对他的看法是错的吧。

看着我们简陋的住所，真希望可以加快进度，尽快让孟梵他们建造一些像样的房子让大家居住。每天都生活在这种没电没水、又破又乱、到处漏水又随时有动物进出的废墟里，久了真的会让人发狂。幸好我们所有成员都生存了几个世纪，再艰难的生活都经历过，才能够勉强适应不能依赖机器和科技的生活。而外面那些人从一出生就生活在那么发达的环境里面，什么原始的生存技能都没有，对于不靠电力的生活完全不熟悉，原来的什么电灯、计算机、电视、电话全都消失不见了，从自己唯一习惯的高科技生活转变到什么也没有的自然环境，他们一定接受不了。

我想他们一定认为这一切都只是暂时的，一定以为电力很快就会恢复，政府的重建工作就快要完成了，大家再过不久就能够恢复以前的生活了。这样的希望，也许就是让他们坚强生存下去的一个动力。等到他们意识到一切都已经改变，从前的生活方式不可能再回到我们身边时，会不会受到太大的刺激？是否会有人接受不了？

如果有一天所有人都能够释怀，完全接受我们所认识的地球已经彻底改变这个事实，再次建立人类的文明，我相信那时候我们会再次听到人类发自内心的欢笑声。

20. 天使

20. TIANSHI
>>>

这几天我们继续在工地里帮忙搬运废品，该搬走的东西差不多处理干净了，终于能够清楚看到这块地的轮廓了，我相信等一切都完成以后，这里真的能够成为一个简朴、原始却又宁静舒服的居住地。

吴韩、小凯和虞依也开始了他们的工作，在霍鹏的带领下前往部队医务楼探望病人。虽然没有参与他们的救援行动，但是我跟着他们去过那里——那个挤满了数不清的伤员的可怕地方。医务楼跟外面所有地方一样简陋，只能够找到几张像样的病床，大部分伤者都躺在地上的草席上。看不到有什么完整的治疗仪器，听吴韩说，医生们大多只能靠在街上找到的药物来维持病人的生命。

什么样的伤者都有：被大火烧伤的、被尖锐物体割伤的、长期浸在海里严重脱水的、被动物袭击的……每一位患者眼中都流露出无比痛苦和绝望的神情，有的甚至始终都毫无表情，也不跟任何人说话，就好像行尸走肉一样。这一幕幕令人胆战心惊的画面让我不禁回想起灾难那三天经历过的一切，我不由自主地打心底里感到害怕。对于伤者来说，即使灾难结束了，他们还在跟生命抗争、跟病魔搏斗，对他们来说，这场噩梦始终没有结束。

小凯按照医生的提示，找到了几位情况最危急的病人，然后逐一把他们带进一个特殊的房间里进行治疗，完全禁止其他人靠近。已经有好几位病人从病房里进进出出，不晓得小凯的体力能不能支持住。吴韩则是跟着部队里的医学家一直在研讨关于制造药物的事情，神情非常严肃。虞依一直坐在一个女孩身旁，那个女孩全身上下都被纱布包裹着，腰部不时渗出鲜血，左腿已经坏死，呈紫色，身体瘦得皮包骨，虚弱得连呼吸都非常困难。我想虞依一定察觉到那个女孩就快要不行了，准备在她断气的那一刻，用自己的能力给女孩一次重生的机会吧。我独自站在病房的角落观察着这一切，看到眼前这么多重伤的患者，而我却完全没有能力帮助他们，觉得自己好无能。

“大姐姐！”一个小孩儿突然在我身旁出现，拉着我的右手叫道。

“小弟弟，是你啊！你怎么也在这里？”是那个我们从下水道里救出来的小男孩，唯一一个跟我们道谢的人。那时候匆忙，没有注意到他有什么伤口，这时才发现他的右腿已经没了。我试着用开朗的语气跟他交谈，但始终按捺不住内心的难过，这么年幼的小孩儿，看起来只有四五岁，就这么失去了一条腿，永远没办法像正常人一样走路了。

“我的腿坏了。”毕竟还是个孩子，即使失去了右腿，也丝毫没有懊恼的神情，还露出天真开朗的笑容，为这凄凉的环境增添了一丝温暖。

“小弟弟，你叫什么名字？家人在哪里？”我蹲下身子跟他聊天。他一身黝黑的皮肤，乌黑的鬈发，浓密卷长的睫毛，还有迷人的绿色眼睛，脸上带着天真的笑容，就像个小天使一样。

"我叫小岚，爸爸妈妈不见了。"小岚突然收起笑容，表情变得很难过。

要是到现在还找不到的话，想必小岚的爸爸妈妈也遇难了吧，但我又该如何把这么沉重的消息告诉眼前这个天真乖巧的小男孩呢？

"小岚放心，姐姐一定会尽全力帮你找到爸爸妈妈的！"我双手搭着他的肩膀，笑着跟他保证，接着说，"如果不介意的话，姐姐可以问问你的腿……怎么了吗？"我小心翼翼地问他，心里隐隐作痛。

"被压的，医生说要砍断。还好我有另一条腿！"小岚虽然年幼，说起话来却十分成熟，这世上居然有这么乐观的孩子。他这一番话给了我希望，让我暂时忘却刚才所看到的凄惨场面。

"小岚真勇敢！已经不痛了吗？"我微笑着问他。

"不痛了！孟梵哥哥做了拐杖给我，我还能跑呢！"小岚一拐一拐地跑了起来，真是个活泼的孩子。看来孟梵跟小岚的交情也不一般，没想到他还挺有爱心的。

"已经痊愈了吗？怎么还待在医疗大楼里呢？"我继续问小岚。

"没有别的地方去。姐姐，你是超人吗？"小岚说着，眼中散发出兴奋的光芒。

我偷偷看了一下四周，还好大家都只顾着忙自己的事，没有人在听我们交谈。该怎么跟小岚解释呢？要是我说那天只是他看错了，他一定不相信，而且我也不想欺骗他，一个如此可爱单纯的男孩。我抱起小岚，带他离开这个充满悲伤的房间，朝孟梵办公室走去。

"小岚，还记得那天看到的事啊？"我把他放在孟梵办公室的床上，倒水给他喝。

他用力点了点头，兴奋地拍着双手。

"我们不是超人，只是……嗯……"我不知道该如何接下去，该告诉他什么呢？难道要跟他说我们是轮回了几十次，已经生存了几个世纪的古老生物吗？还是索性告诉他其实我们是外星人？这个解释似乎正常人比较能够接受。"我们只是一些拥有超能力的普通人。"我尝试跟他解释。

"超能力，是什么？"他一脸疑惑，歪着头看我。

"就是特殊的长处，不是每个人都有的。不过小岚你也有啊，你的特长就是顽强的生命力！是我见过的最坚强的呢！"我笑着把水递给他。

"是啊！我很坚强！"小岚很快又转移了注意力，双手抬高做出大力士的动作，笑容非常灿烂纯洁。

已经有好长一段时间没见到这么真实的笑容了，今天能够在这里遇到他，真的是太美好了。

"怎么，你认识小岚？"孟梵突然走进办公室。

"嗯。不好意思，擅自走进你的房间。"我看着躺在床上正在熟睡的小岚，正常小孩儿睡觉时都抱着洋娃娃，而他手里却抱着拐杖。

"没关系，随时欢迎。这孩子，很不简单吧？坚强的小家伙，伤成这样还天天活蹦乱跳地笑个不停。"孟梵一脸关切地看着小岚说道。

"是啊，好久都没见到这么乐观开心的人了，见到他以前我差点儿忘了人类的笑声是什么样的。"我说。

"小岚常提到一群超人在灾难的时候救了他，就是你们吧？"孟梵转过来看着我。

"嗯，那时候没注意到他伤得这么严重，真是可怜的孩子。孟梵，关于他的父母……有消息吗？"我看着他的双眼问道。

"一直都在打听，到现在还没有消息，恐怕已经……"他没有说完，我们彼此都清楚答案是什么。

"看来你对他很是照顾，没想到像你这种人也会这么有爱心。"我看着孟梵说。

"哈哈，什么叫我这种人啊？我本来就是一个很善良又行侠仗义的英雄。"孟梵开玩笑地对我说，然后转过头注视着熟睡中的小岚，一脸心疼的样子，接着开口说，"这小家伙，让我想起我儿子。"

我愣了一愣，缓缓转过身盯着他，呆了半晌。孟梵有个儿子？我们这些同类，几乎都没有过什么生儿育女的经历。他这么一说，令我不禁想起那一段我一直尝试掩盖的回忆，我最心痛的经历，我死去的女儿。

"颖馨，你怎么了？"孟梵注意到我的情绪不稳定，站起身来对我说。

"没什么。你有儿子？怎么没听你说过？"我拭去眼角的泪水，问道。

"几个世纪以前的事了。他叫小智，从小双腿就有问题，一直没办法像正常人那样走路，永远都拄着拐杖，但是那孩子跟小岚一样，完全不觉得这有什么好难过的，每天都活得比任何人都开心，是一个乐观到令人难以置信的小孩儿。"孟梵讲述他儿子时，眼神变得那么深情，但看得出来他很心酸。

"后来呢？发生了什么事？"我忍不住继续问。

"他十岁的时候生了场大病，当时没有一个大夫有能力拯救他，连我这个超能力者也无能为力，只能眼睁睁看着自己的孩子离开。那种痛，你懂吗？"孟梵叹了口气，眼眶湿润了，看着小岚。

与茜茜之间所有的回忆忽然像潮水一样涌进我的脑海，我突然控制不住自己的情绪，低声哭了起来。孟梵似乎被我的举动吓到了，紧张地抚着我的肩膀问我怎么了。

我没有说话，只是不停流泪。也许是因为我太长时间都不愿意去想起这段痛苦的记忆，哀伤的情绪压抑了太久，听到孟梵的经历以后，我不禁把内心的不舍和哀痛一次性爆发出来，才一时难以控制自己的情绪。孟梵不再追问，只是静静地安抚我。直到我终于停止哭泣，慢慢恢复正常，他才转过头问我："颖馨，你也有过小孩儿吗？"

"我在第三世的时候生了个可爱的女儿，叫茜茜，她是我最爱的人。我完全能够体会你的心情，明知道自己有异于常人的能力，却无法挽救自己亲生骨肉的生命，那种痛，很少有同类能够理解。"我对他说。

"姐姐，你哭了？"小岚突然醒了过来，一脸担忧地看着我。

"没事，小岚，我们把你吵醒了吧？对不起。你继续睡吧，好好休息。"我弯下腰对他说。

"孟梵哥哥，姐姐怎么哭了？男孩子不能让女孩子哭，爸爸说的。"小岚一脸不悦地对孟梵说，然后吐出舌头做鬼脸，双手交叉在胸口，摆出一副生气的模样。

"对不起，都是我不好，让善良的颖馨姐姐哭了，你打算如何惩罚我呢？"孟梵一边说一边搔小岚的痒，两个人玩得很开心，就好像一对真正的父子一样，很温馨的画面。

"姐姐，你以后可以陪我玩吗？只有我跟孟梵哥哥，有时候好无聊的。"小岚沮丧地看着我说。

"对啊，颖馨，你应该多来陪陪我们嘛，看在我们这么可怜的分儿上。"孟梵也装出一副难过的样子，让我忍不住笑了出来。

"好啦，我答应你，以后尽量每天都过来看你，好不好？"我笑着对小岚说。

不知道茜茜现在过得怎么样？小时候的她，要是认识了现在的小岚，两个人一定能够成为好朋友。

21. 温暖

为了多抽些时间陪伴小岚，这阵子我比较少去工地帮忙搬运，也已经快把废品清理完了，我也派不上太大的用场。我很喜欢跟小岚在一起，他不管什么时候都那么活泼，跟他相处的时候，就仿佛被他的正能量感染了一样，连我也变得开朗起来。

因为那三天三夜的噩梦，我们失去了两个最亲密的伙伴，平时热情亲切的虞依也随之变成了另一个人，开始封闭自我，变得沉默寡言；哲羽和萝亚也都变得沉默哀伤，有时候连我也难以跟他们沟通。组织里失去了不少同伴，每个人都笼罩在悲伤的气氛当中。人类更加消沉，灾难过后，我接触过的人几乎每一个脸上都充满了哀伤和恐慌，几乎每一双眼睛都失去了希望的光芒，都好像失去了灵魂一样，就像一群没有情感的行尸走肉，为了生存而活着。

在这种环境下，我也自然而然地变得消极，已经不记得上一次发自内心地笑出来是什么时候，直到我遇到小岚，这位上天派来感动人心的天使，他让我领悟到"希望"两个字的意思，让我知道不管身边的情况有多么糟糕，只要保持乐观的心态，就能够勇敢地笑着活下去。所以我很庆幸自己那天费了那么大的劲儿把小岚救出来，也很开心我能够遇到他，成为他生命里的一部分。

孟梵的办公室里没有适合小孩子玩的玩具，也没有卡通片或电视让他看，更别说糖果、巧克力了，而他却完全不在意，他说只要有人陪他说说话，他就已经心满意足了。于是我们就天天都坐在这张狭小的床上说笑，说上几个小时也不觉得无聊。跟小岚聊天的时候，我真的能够完全忘记我们刚刚经历过的可怕的大灾难。

小岚常跟我说他爸爸妈妈的事情。他是家里唯一的孩子，妈妈是一位家庭主妇，爸爸是位消防员。他每次提起爸爸的时候，眼神都是那么骄傲，一直说爸爸是世界上最伟大的英雄，曾经拯救过无数条生命，而他长大以后也要像他爸爸那样，锻炼出强壮的身体来帮助有困难的人。小岚常说："爸爸那么强壮，不会死掉的！那么好的人都死掉，老天爷爷就太不讲道理了。"

他每次说"老天爷爷"都让我哭笑不得，他一直认为天上住着一位满头白发的老爷爷，掌控世间的一切，而他的名字就叫"老天"。小岚经常趁我不注意的时候，闭上眼睛，头向上仰，然后喃喃自语地说："老天爷爷，快帮我找到爸爸妈妈吧。"

小岚一直要求我施展超能力让他见识见识，我不知道该如何回应他，我还不习惯公开在普通人面前施展。但是小岚一直不放过我，不断拉着我的手说："求求你了，颖馨姐姐，让我看看吧！"

我最终还是被他打败了，无可奈何地开始用念力移动孟梵房间里的物品。小岚目不转睛地注视着这一切，一边拍手一边兴奋地大声叫好，看他那么开心，我也忍不住笑了出来。

"颖馨姐姐是超人！你能飞吗？好厉害啊！"小岚一定以为我是电影中的那些超级英雄，很可惜，我们这些轮回人士基本每人只具备一种超能力，不像电影里的超人那么全能无敌。

　　我跟小岚玩得不亦乐乎，转眼间孟梵房间里的东西全都浮在半空中，缓慢地旋转。我拉着小岚躺在床上，仰望着这一幕奇妙的画面，然后让他想象我们现在正置身于宇宙飞船里面，那里没有地心引力，所有物体都可以自由自在地浮起来，那里没有灾难，没有病痛，也没有死亡。正当我们玩得不亦乐乎的时候，房间里突然凭空冒出一个身影，小岚吓得大声尖叫，紧紧抱住我。

　　是龙毅。

　　认识了他几个世纪，上一次看到龙毅脸上露出这般愤怒的表情，还是我尝试用超能力解救茜茜的时候。此时此刻的他，完全不像平时那位和蔼可亲的领袖，变得像我第一次见到他时那样可怕、威严。

　　"你在做什么！"龙毅突然靠近我，怒视着我。

　　我一下子反应不过来，不小心让所有浮在半空的物体全部掉落在地，小岚吓得大哭起来，我不断安抚着他。

　　"龙毅，你干什么？把孩子吓哭了！"我反驳他。

　　"我跟你说过多少次，不要随便在普通人面前用超能力！要是他跑去跟这里的其他病患说，要引起多大的恐慌？现在这种关键时刻，谁还能接受那么荒唐的事？连政府的部队都在竭尽全力地为我们的身份保密，你却在这里放肆地施展能力，你就这么不懂得替别人着想吗？"龙毅尝试心平气和地跟我理论，但还是掩饰不了愤怒的语气。

　　我顿时哑口无言，龙毅的确有他的道理，我没有考虑这么多，但是我并没有恶意，只是想要陪小岚玩玩。

　　"坏人！走开！"小岚突然走到我前面，用拐杖指着龙毅，生气地对他说。

　　龙毅再怎么生气，只要遇到孩子就会心软，一看到小岚，他的神情马上改变了，一下子温柔了许多，他注意到了小岚失去的右腿，露出惊讶和难为情的表情。

　　"小弟弟，你叫什么名字？"龙毅蹲下身子跟小岚说。

"小岚。"小岚依然充满敌意地望着龙毅。

龙毅愣了愣，然后说："哦……你是那时候下水道里的小男孩吧？你的腿怎么了？"

我把事情的经过告诉了龙毅，然后要求他帮忙寻找小岚父母的下落。龙毅闭上眼睛探索了一会儿，很快又睁开眼睛，黯然地摇了摇头，果然跟我猜想的一样，但我还是不愿意告诉小岚他的父母已经离开了人世这个事实。

"小岚，你听我说，关于我们的事情，你千万不能跟别人说，不然颖馨姐姐和我们都可能会有危险。"龙毅严肃地叮嘱小岚。

"为什么？"小岚难以理解。

"因为要是别人发现我们跟他们不一样的话，也许会想办法伤害我们，知道了吗？"龙毅继续说。

"放心吧！"小孩儿就是小孩儿，前一分钟还对龙毅充满反感，现在态度发生一百八十度大转变，对他笑容满面。

"这孩子，还真可爱。"龙毅居然露出了笑容，好像几个世纪都没见过他笑了。他转过身来跟我说："刚才吓到你们了，不好意思。反正你以后小心一点儿，不要再那么大意，冒不必要的险。还有，哲羽一直在找你。你最近经常自己消失，就是在陪小岚吧？这孩子是很特别，难怪你那么疼他。"龙毅准备离开，突然停下脚步，背对着我说："我知道他让你想起了茜茜，但是总有一天你会比他先离开，他一定不会理解你们的身份，你自己考虑清楚。"

我转过身静静地看着小岚，脑子里不断想龙毅的话，还有我记忆里茜茜的样子。再过十年，我这一世就会完结，而等到我下一世记起小岚的时候，他已经是个成年人了，也许会忘记我是谁。他又怎么能够理解他印象中的颖馨姐姐，竟变成了一个比他还要小那么多的小女孩？但是小岚现在无依无靠，唯一跟他比较亲近的就是孟梵和我，要是连我们两个都因为顾及自己的身份而远离他，这孩子不就太可怜了吗？

"你在发什么呆？"耳边突然传来熟悉的声音，却不见人影，一听就知道是孟梵。

"孟梵哥哥？"小岚也听到了。

"小岚，刚才吓了一跳吧？那个龙毅叔叔，是不是长得很可怕？"孟梵突然现身，抱起小岚说。

"孟梵哥哥是隐形人！"小岚笑着说。

"你刚才一直在这儿吗？"我看着孟梵问道。

"我听到东西砸烂的声音就赶过来了，原来是龙毅，那家伙生起气来的样子还真可怕！还好我没有现身，不然定会被他打屁股！"孟梵说。

看着孟梵跟小岚玩耍的样子，我也开心地笑了起来。这时候我身旁又突然多出一个人！

"哲羽，你吓死我了！你们今天怎么回事，都是突然出现，要吓死人吗？"我有些气愤地向他抱怨。

"龙毅告诉我你在孟梵的办公室，我就过来了。你在这里干什么？走开也不跟我说一声，害得我一直找不到你。"哲羽有些不悦地跟我说。

"小岚，这是哲羽哥哥，记得他吗？"我走过去抱起小岚，把他带到哲羽面前。

小岚有些害羞地点了点头。

"小弟弟，我记得你是龙毅最后一个救出来的吧？"哲羽笑着对他说，然后转身看着我，"你一直在这里跟他玩吗？"

"嗯。跟他在一起我觉得很开心。"我对哲羽说。

茜茜的事我很久以前就跟哲羽说过了，他跟萝亚最能理解我的心情，我什么也不需要说，哲羽就清楚我在想什么。他知道小岚让我想起了我失去的女儿，他知道在如今到处都充满了悲伤的气氛下，我真的需要一个像小岚这样这么有感染力的生命来开导我。

　　哲羽什么也没说，只是默默牵着我的手，站在我身边跟我一起看着跟孟梵玩耍的小岚，然后说："我希望你不要投入太多感情，不然你们两个都会受伤的。"

　　虽然知道哲羽是为我好，但我还是不能接受他的这种想法，准确地应该说是不能接受我们组织里所有同类这种不愿意对任何普通人投入感情的想法。我松开原本紧紧牵着他的手，朝孟梵和小岚走过去，蹲下来跟他们两个玩耍。哲羽从来没有过孩子，自然不能理解我的心情，在这方面，我真的认为孟梵比较能够跟我产生共鸣，也许哲羽永远都不能体会我的心情。

　　看着尽情玩耍的小岚和孟梵，我发自内心地笑了起来，一种似曾相识的感觉浮上心头，他们俩给了我家的感觉。

22. 家庭

TAN
GUANGREN
蓝光人

"发烧？怎么会突然发烧？"我看着卧病在床的小岚，紧张地追问孟梵。

"昨晚开始身体发烫，咳嗽了一整晚，现在烧已经稍微退了点儿。"孟梵心疼地望着小岚。

"给他吃药了吗？"

"吃了退烧药。"

"你昨晚怎么不通知我呢？"我皱起眉头看着他。

"这……"孟梵一脸错愕地看着我，似乎不知道该怎么回答。

我的语气也许太严厉了，其实并没有责备他的意思，只是因为担心小岚，一时心急。

"就你一个人照顾他吗？"我的语气变得柔和了些。

"是啊，他不敢自己睡，一直都住在我这儿。"

"辛苦你了，以后有什么需要帮忙的就叫上我吧，我也很疼这孩子的。"我笑着对他说。

"没事，我是怕打扰你跟哲羽。"孟梵露出无奈的表情。

"他不会介意的。"

他没有回应，我们俩都不说话，气氛骤然变得尴尬。小岚突然吃力地咳嗽起来，打破了寂静。

"还没醒，看来很难受，唉，可怜的小家伙。"孟梵摸着小岚的头说。

"再这么烧下去不是办法，我去叫小凯来帮忙。"我站起身准备离开房间，孟梵突然拉住我的手，摇摇头说："还有太多更严重的病人需要小凯帮忙，小岚就由我们来照顾吧。"

"可是……"我还是不放心。

"小凯应该跟你一样，用力过度会体力不支，不是吗？"孟梵问我。

他说的有道理，普通的病的确不应该麻烦小凯，还有许多奄奄一息的病人正等着他治疗。

"你一整晚都没睡好吧？"我看着孟梵憔悴的面容问道。

"黑眼圈有那么明显吗？真讨厌。"他开玩笑地露出害羞的神情，双手捂住脸，令我不禁笑出声。

"快去休息一下吧，我来看着小岚就好。"我挥挥手示意他走。

"你确定？"他见我点点头，就伸了个懒腰说，"那好吧，有什么事就叫醒我。"说完躺在沙发上，很快便睡着了。

我一直寸步不离地守在小岚床边，反复帮他换敷头用的毛巾，到了一定时间就把他叫醒，喂他进食、吃药，他的烧渐渐退了，脸色也好了许多，只是依然很疲惫，一连睡了十几个小时，到最后，我也忍不住趴在床边打盹儿。

"爸爸……妈妈……不要走……"

我迷迷糊糊地从睡梦中惊醒，是小岚的哭喊声，我立刻站起身子看着他，他双眼还紧紧闭着，额头不停冒汗，原来是在说梦话。孟梵看来已经醒了一段时间，贴心地帮我披上了件外套，见我醒来，露出微笑说："你平时老是板着脸，很冷酷的样子，想不到睡觉的样子那么可爱。"

他这番话让我脸颊通红，一时说不出话来。这时候睡梦中的小岚突然大叫一声，瞪大双眼坐起身子大哭起来。

"小岚怎么了？别怕，我跟孟梵都在这儿。"我搂着他小小的身子说。

他双手揉着眼睛，眼睛哭得都红肿了，一把鼻涕一把眼泪地看着我们，说话有些困难的样子。

"男子汉大丈夫，哭什么？有话好好说，告诉孟梵哥哥发生什么事了，做噩梦了吗？"孟梵弯下腰抓着他的双手说。

"我……"小岚深深吸了口气，语带哽咽地说，"我梦到爸爸妈妈，他们跟我说再见。"

我和孟梵对望了一眼，心里有股说不出的难受，难道是小岚的父母托梦给他？

"我是不是再也见不到他们了？"小岚用力止住眼泪，认真地看着我们，他的双眼充满了忧伤和痛苦，这不是一个四岁小孩儿应该有的眼神。

"爸爸妈妈……是不是已经死了？"他终于控制不住情绪，双唇颤抖地再次追问我们，一颗颗豆大的眼泪从他脸上滑过。

此时此刻的小岚，脸上的神情跟当时茜茜目睹我病逝的时候一模一样，那一份无助、害怕和迷茫是那么鲜明。看着他哭丧的脸，我仿佛回到了过去，再次亲眼看见一个失去母亲的孩子。我的胸口突然紧缩，一阵心痛的感觉传来，忍不住把小岚紧紧抱在怀里，对他说："小岚乖，爸爸妈妈去了一个非常遥远的地方，他们会一直守护着你的，所以你要坚强地活下去，知道吗？"

孟梵握紧拳头，低下头，用力吸了口气，对小岚说："别怕，你还有我呢！我会代替你爸爸好好照顾你的，不要哭了。"

"还有我，就把我当成像妈妈一样的人吧，我跟孟梵会一直待在你身边的。"我摸着他的头，尽力挤出笑容。

小岚还是没能立刻停止哭泣，只是呆呆地看着我们，一边哭一边问："你们会像爸爸妈妈那样突然离开我吗？"

我跟孟梵又无奈地对望了一眼，实在不想回答这个问题，等到我们这一世完结的时候，小岚不知道会做何感想。我清楚自己已经过于重视他，下一世一定会想要继续待在他身旁，只好笑着对他说："我们会一直陪着你的。"

"你今天一整天都在孟梵那里？"回房后，哲羽一见到我就问。

"嗯，陪小岚，他大概知道他爸妈的事了，可怜的孩子。"我怜悯地说。

"孟梵似乎很疼小岚。"

"是啊，他也有过小孩儿，很惊人吧？这里居然还有别的同类曾经有过生育能力。"我笑着回答。

"难怪你们两个这么有共同话题，老是待在一起。"哲羽的语气变得酸溜溜的。

"怎么？你吃醋了？"我笑嘻嘻地故意逗他。

"我像是那种人吗？"他无奈地叹了口气，"我是羡慕他，跟你有过相同的经历，能够体会你的心情，我永远也不会知道拥有亲生骨肉是什么样的感觉。"

我沉默了片刻，才抬起头问他："哲羽，你会想要跟我生孩子吗？"

哲羽先是愣了愣，然后摸着我的脸颊说："我当然想，但你愿意再次承受那种生离死别吗？我不想让你这么痛苦。"

龙毅说过，两个轮回的人是生得出小孩儿的，但孩子并不能够遗传我们轮回的基因，也就是说即使我和哲羽有了儿女，他们也只是普通人，而不会像我们这样拥有没有终点的生命。虽然很希望跟哲羽组成一个家庭，但我经历过失去茜茜的痛，也很清楚孩子将会像正常人一样渐渐变老，而我们却会因为不断地轮回而不能够陪伴他们成长，这是一件多么不合常理的事情，因此我们两个一直没有生孩子的打算。

我想了想，苦笑了一声："如果我们是正常人，我早就跟你结婚生子了，但我不愿意再经历一次那种苦，对我们自己残忍，对孩子更是不公平。"我握紧哲羽的手，难过地看着他："我想把小岚当作自己的孩子一般看待，但是我好害怕，总有一天我会先离开，下一世该如何面对他？"

"既然你已经对他有那么深的感情，就暂时别想那么多了，下一世的事以后再考虑，现在就好好陪着他吧。"哲羽轻轻搂着我的肩安慰我。

渐渐地，我跟小岚、孟梵三人变得就像真正的一家人一样，唯一的分别是孟梵并不是我的恋人，我们只是分别扮演了小岚父母的角色。我们两个每天都尽可能地多抽出时间来陪小岚，平时除了在政府基地帮忙以外，其余时间都在孟梵的住所内度过，三个人总是有说有笑地在一起，虽然平淡，却过得非常开心。

有一次我们三人照常在房里吃饭，小岚突然放下杯子看着我跟孟梵，一脸好奇地问："为什么你们从来不亲亲？"

被他这么一问，我们两个都呆住了，想不到一个合理的答案。

小岚见我们两人没有回应，又继续说："爸爸妈妈平常都会亲亲抱抱。"他露出顽皮的表情，咧嘴一笑，面向孟梵说："孟梵哥哥，你爱颖馨姐姐吗？"

孟梵的脸瞬间变得通红，难为情地看了我一眼，一个字也说不出来，轻轻推了推小岚的头说："臭小子，大人的事你懂什么，快吃吧！"然后往小岚嘴里塞了一大口饭。

小岚不服气，迅速把饭吞下去后，喝了一大口水，又道："哼！

我偏要问。颖馨姐姐，你爱孟梵哥哥吗？"

我差一点儿呛到，一口气把水喝完，然后放下杯子，坚定地说："当然爱了。"

孟梵听到这几个字，张大嘴，瞪大双眼，惊喜地看着我，嘴角微微上扬，似乎很开心。

我怕他们俩误会，急忙接着说："但不是像小岚你父母之间的那种爱，而是像……像家人一样。"

"啊？什么意思？听不懂。"小岚噘起嘴，似乎对这个答案不是很满意。

"就是像我爱小岚一样爱着孟梵哥哥啊，我们三个是一家人，不是吗？"我摸了摸他的头。

"但你会亲我，为什么不亲孟梵哥哥？"小岚还是不能理解。

"我能亲的男生就只有你跟哲羽哥哥，他才是我的恋人啊。"我继续向他解释。

孟梵顿时流露出失落的表情，一句话也没说，只是默默夹菜给小岚，后来一整顿饭也没说话，气氛非常尴尬。

等小岚入睡后，孟梵突然问我："你跟哲羽，你们俩在一起很久了吧？"

我对他这个突如其来的问题有些诧异，看了他一眼，回答道："是啊，从加入组织开始一直到现在。"

"他对你好吗？"他皱着眉头，低下头点了根烟。

"哲羽很细心体贴，非常照顾我。"我简单回答他。

孟梵深深吸了一口烟，吐出一团烟圈，然后抬起头挤出笑容说："那就好。"

不知怎的，总是觉得孟梵说这番话的时候，脸上露出些许哀伤的表情，我按捺不住内心的好奇，决定问个清楚："你……没事吧？吃饭时就不怎么说话，你平时不是……"

　　"知道我第一次见到你是什么时候吗？"孟梵突然打断我的话，面带笑容地看着我。

　　他这么一问让我感到一阵别扭，虽然清晰记得自己第一次见到他时的情景，却不知道他最早什么时候见的我，我摇了摇头。

　　他低下头笑了一声，神情看起来像是在回忆过去，接着抬起头得意地看着我："当时我们部队里一名军官正在单独审问你，房里看起来就只有你跟他两个人，但其实我也在场观察。"

　　"你怎么偷窥别人说话，真没道德！"我撇嘴看着他，刻意摆出鄙视的表情。

　　"我得先弄清楚你们'零'的底细呀！这么大一个组织，可不是好对付的。"他理直气壮地说，"那个场景，我一辈子都记得。"说到这里，孟梵忍不住捧腹大笑，接着又说，"那个军官花了很长一段时间，连续问了你好几个问题。而你呢，从头到尾看都没看他一眼，也不吭一声，完全无视他，就好像他不在场似的！无论他怎么叫喊、大吼，如何威胁你、尝试引起你的注意，你都面无表情地坐在那儿发愣，仿佛活在自己的世界里。那一刻啊，我真的觉得那位仁兄就跟我一样，彻底被当成透明人了，哈哈！"

　　我回想起那时候的场景，并不确定他说的是哪一位军官，只记得当时我对他们所有人都是那样，完全不理不睬。没想到他第一次见到我是那样的情形，我不禁觉得滑稽，忍不住笑了起来："那是因为你们部队里的人实在太烦了，每天都问个不停，懒得理他们。"

　　"你们组织里只有你一个人那么冷酷，我当时就觉得这女孩太有个性了，从那一刻就开始欣赏你的性格。"他露出笑容，"后来政府跟'零'开始合作，终于有机会跟你正面接触，没想到每一次见面你都对我凶巴巴的，好像看我很不顺眼的样子，哼！"他故意装作生气的样子，但很快又恢复了笑容，神情变得温柔："直到你遇到小岚，我才见识到你不同的一面，才知道原来你的内心是那么善良、感性、细腻。说实话，你那种敢爱敢恨、爱憎分明的性格，真的让我很着迷。"

孟梵突然俯下身，一手轻轻托起我的下巴，含情脉脉地看着我："颖馨，我知道你心里只有哲羽，我也不是那种会横刀夺爱的人，只是不喜欢把话憋在心里头，我对你的感觉……你现在应该清楚了吧？"

我哑口无言，瞪大了双眼，一脸惊讶地看着他，心脏没有节奏地快速乱跳，连呼吸都变得有点儿困难。

"放心，我不会为难你的，我也不奢望我们的关系有任何改变。只不过我是个有话直说的人，所以想亲口告诉你。"

"孟梵，我……"我张大了嘴，却不确定该说些什么，犹豫了片刻才说，"我真的没想过你……你是这么想的。"第一次对着他感到这么难为情。

孟梵苦笑了一声："回去吧，时间不早了。今天的话你听了就算了，别想太多。我很珍惜我们跟小岚的这份亲情，也不希望有任何改变。"

从那以后，我跟孟梵之间的关系虽然没有任何变化，但每当我跟他单独相处，心里总是有股说不清的感觉。不知不觉中，孟梵和小岚都成了我生命中不可缺少的一部分，记得萝亚曾经说过，我的生命中会出现另外一个对我来说非常重要的男人，我想我现在终于能够领悟她当时说的那句话了。

23. 怀念

LAN
GUANGREN
蓝光人

23. HUAINIAN
>>>

　　灰蒙蒙的天空下着倾盆大雨，一道闪电划破天空，紧接着传来阵阵可怕的雷声。庞德的坟前站满了"零"的成员，每个人都手捧一束花，脸上带着悲戚的神情。赤义就葬在庞德的旁边，我们五个人加上龙毅排成一排站在最前方，眼睛湿润地盯着他们俩的坟墓，周围十分安静，人群中不时传来细微的哭泣声。

　　今天不是庞德的祭日，是他生前的生日。

　　庞德和赤义走了以后，我们五个依旧保持着像家人一样亲密的关系，这一点永远也不会改变，但是七人中少了两个人，就变得不一样了。已经过了将近三个月，我们始终未能从哀伤的情绪中恢复。

　　萝亚和虞依到现在依然天天都来看赤义和庞德，她们说早已哭干了眼泪，也已经接受他们俩已经彻底离开的事实，只是希望庞德和赤义能在另一个世界过得好好的，但愿他们两兄弟到了那里还能够继续待在一起，至少有个伴。武雄和哲羽分别失去了最要好的挚友，并不比萝亚和虞依好过，时常相约着去庞德和赤义的坟前喝酒，跟逝去的他们诉说发生在我们几个身上的一切事。从前他们四兄弟非常喜欢聚在一起喝个烂醉，一边喝酒一边谈天，大小事情都一起讨论。哲羽说他们四人约定永远都保持这样的友情，而在他们两人的坟前喝酒感觉就好像回到了过去，这是遵守对兄弟的承诺。

庞德和赤义，一个像我哥哥，一个像我弟弟，对我来说，他们的离开就像失去了家人一样，我也一直处于悲恸欲绝的状态，直到遇到了小岚，情绪才稍微平复一些。虽然渐渐跟小岚和孟梵也变得像一家人，但依然跟和庞德赤义他们的那份亲情不一样，我们七个人经历过太多，相处了那么多个世纪，早已比亲人还要亲，他们六个人每一个对我来说都是无人能取代的。

然而小岚确实有股说不出来的感染力，跟他接触过的人都十分喜欢他，不只是我，每个人都说跟小岚在一起的时候，可以暂时忘却不开心的事，他那种乐观的态度、开朗的性格、调皮的举动和善良的心，真的会让人忍不住想要多跟他相处。虽然龙毅吩咐我们不要跟当地居民打太多交道，要求我们跟组织外的人保持一定距离，以免暴露身份引起恐慌，但我还是想把小岚带入我们的大家庭，也许武雄他们跟小岚多一点儿接触的话，心情能够好一些。

庞德的生日过了几天以后，我带着小岚去平时跟萝亚他们一起吃饭的地方，除了哲羽以外，他们几个都没有跟小岚交谈过，看到我抱着他走进房间，脸上都露出意外的神情，莫名其妙地对望了一眼，再回过头盯着我看。

"小岚，他们四个就是我常跟你说的我另外的家人。"我微笑着把小岚放下，替他撑起拐杖，然后抬起头看着他们几个说，"各位，这是小岚。"

他们先是愣了一下，我们一向不跟组织外的人来往，大伙儿对我这突如其来的举动明显感到难以理解，但很快他们就注意到小岚的腿，全都瞪大了眼睛，流露出怜悯，萝亚更是忍不住捂住了嘴。

小岚害羞地躲在我身后，一句话也不敢说，静静地偷看着大伙儿，然后抬起头拉着我的手问："他们也是超人吗？"

他这么一问，他们几个直接呆住了，想必完全没料到这个小男孩居然知道我们身份的秘密。过了一会儿，武雄突然扑哧一声笑了出来，萝亚和虞依也露出了笑容，气氛总算缓和了一些。

哲羽第一个朝我们走来，面带笑容地蹲下对小岚说："小岚，你觉得超人应该是什么样的呢？"

小岚认真歪着头想了想："像哲羽哥哥和颖馨姐姐你们这样！"然后又思考了片刻，突然皱眉："可是……"他有些不好意思地看着我们。

我跟哲羽对望了一眼，问小岚："可是什么？"

"你们怎么不能飞呢？"

武雄大声笑了出来："哈哈！"

"噢！我想起来了，这孩子是那时候被困在下水道中的一个吧？"虞依突然拍手说道。

萝亚也恍然大悟："难怪！我一直觉得这孩子怎么那么眼熟。"

"小弟弟，超人不一定会飞！"武雄搭着小岚的肩膀，一脸得意地说，"电影里的那些超人太夸张了！哪有人那么全能？有一项超能力就很不错了！"

"那你会什么？"小岚问武雄。

武雄看了我一眼，像是问我能不能让小岚知道真相的样子，我对他点了点头，他这才站起身子，摊开双手，然后低头对小岚说："看好了！"刹那间，房间里的木头桌椅全都慢慢上升，然后平稳地浮在半空中，没有规律地旋转着。武雄沾沾自喜地看着小岚："怎么样？不错吧？"

"这我看过了！有别的吗？"看到小岚并没有很惊讶钦佩的样子，武雄尴尬地摇了摇头，这让我们几个都忍不住大笑了出来。已经很长时间没听到大伙儿的笑声了，那一刻我真的很开心自己把小岚带来。

"这孩子还真机灵。"萝亚微笑着看着小岚，然后压低声音对我说，"颖馨，他的腿怎么了？"虞依也好奇地凑过来参与我们的对话，我轻声跟她们解释了一番，说完之后两人都露出心疼的表情，同时说："多坚强的孩子。"

武雄突然双手把小岚举得老高，把他的身子急速升高又降低，做出在飞行的样子："这样不就像在飞了吗？你也能当超人啦！"小岚笑得十分开心，两人玩得非常尽兴，没想到他们那么快就熟了。看到这么温馨的场面，我们四个也不禁感到开心。

"肚子饿了吗？快来吃饭吧！"萝亚牵起小岚的手，把他带到饭桌上。

"小岚几岁了？住在哪里？"虞依一边夹菜给他一边问。

"我跟孟梵哥哥住。"小岚大口大口吃着，很享受的样子。

"孟梵……是那位军官吧？"虞依问道。

萝亚突然转过头盯着我看，嘴角微微上扬说："哦，原来是因为这样。"

"什么因为这样？"哲羽一脸疑惑地看着萝亚。

我知道萝亚的意思，她老早就预言过孟梵的出现，只是先前不知道联系着我们两人的是小岚，我怕她乱说话让哲羽误会，在桌子底下偷偷踢了她一脚。她连忙说："没事，吃饭！"然后快速夹菜给哲羽。

"奇怪，怎么会跑去跟孟梵住，你们两个有什么特别的关系吗？先前就认识了？"武雄好奇地看着小岚。

"不，孟梵哥哥对我很好，像我爸爸。"小岚露出满足的笑容，嘴角沾着饭粒。

"嘿，看不出来那家伙那么有爱心，不错嘛！"武雄露出欣赏的表情，然后看着我，"怎么不叫他一块儿来吃饭？"

孟梵的性格古怪，除了跟小岚和我以外，平常不喜欢跟其他人来往，我知道他一定不想加入我们的饭局，所以没邀请他，但这么跟他们说的话，大伙儿也许会对他有偏见，我只好说："他正忙着呢，下次吧。"

吃饭的时候大家都跟小岚有说有笑的，他不断地说些无厘头的话，调皮的性格逗得大家哭笑不得，跟我预计的一样，他们果然全都喜欢小岚，很快就跟他变成了好朋友。吃过饭后他们都依依不舍地看着小岚，很不愿意让他离开，三番五次留他，但小岚已经累得不停打哈欠，必须回去休息。

"以后要多来跟哥哥姐姐们玩啊，知道吗？"虞依抱着小岚说。

"是啊，小岚，你来陪我们让哥哥姐姐都好开心，以后就来我们这边吃饭吧，萝亚姐姐天天给你做好吃的！"萝亚非常疼爱小孩儿，但先前我们一直没有机会接触普通人类的小孩儿，除了我的女儿茜茜，认识小岚对她来说实在是一件再开心不过的事。

"以后有机会的话，我跟哲羽带你离开这里，去其他好玩的地方看看，怎么样？但一定不能跟别人说，这是我们三个男子汉之间的秘密。"武雄挑起眉，咧嘴笑着跟小岚说。

小岚一脸兴奋地看着他们四个，似乎高兴得不知道该如何响应，笑嘻嘻地用力点头，然后拉着我的手悄悄对我说："颖馨姐姐，谢谢你。"

哲羽带小岚回房后不过几秒，房里突然出现了一个修长的身影，把我们几个都吓了一跳，是龙毅。他神情严肃地瞪着我们四个，却并没有生气，只是皱着眉头认真思考，过了好一段时间，他才叹了口气说："唉，很久没看到你们几个这么开心了。"

这时候哲羽也已经回来了，我们五个对视了一眼，有点儿摸不着头脑。

"那孩子的出现，对你们几个也许是件好事。"龙毅的神情变得柔和了些，"虽然我不认同跟外面的人近距离接触，但你们似乎都很喜欢那孩子，是吧？"

我们几个同时点头，武雄抢先开口："你不介意我们跟他来往？"

龙毅缓慢地来回踱步，一脸严肃地说："我不阻止你们，但一定要确保组织的事情不会透露出去。还有，小岚一人知道就够了，不要再让其他外人加入你们的圈子。"

没想到连龙毅也认可小岚！从那之后，我经常带小岚来跟大伙儿一起吃饭、玩耍，跟小岚接触越多，大家就越喜欢他，渐渐地，大伙儿已经把小岚视为我们的一分子，这是"零"有史以来第一次跟一个普通人有这么亲密的关系。

小岚非常喜欢哲羽和武雄，他认为哲羽的特异功能是我们几个人里面最酷的，所以一向很崇拜他，而武雄则最喜欢跟小岚玩闹，每次在一起两个人都笑哈哈的，让旁人也不禁开心起来。小岚跟我说，认识了他们四个人以后，他觉得自己突然多了几个哥哥姐姐，而且大家都那么关心他，让他觉得非常幸福。

"颖馨姐姐比武雄哥哥厉害多了！"小岚吐出舌头故意嘲弄武雄。

"你这臭小子，我可是你颖馨姐姐的师傅啊！"武雄推了推小岚的头。

"可你只能控制木头呀！"小岚毫不留情地反驳。

"我……我的武功可是组织里最强的！只是你没见识过罢了。"武雄不甘示弱地跟他斗嘴。

"嘿，这年头，谁还练武功呀？"小岚调皮地笑出声，故意惹武雄生气。

我跟虞依听着这段对话忍俊不禁，而哲羽和萝亚却都板着脸，神情凝重地盯着小岚。虞依也注意到了，轻轻推了萝亚一把："怎么了？又看到什么了吗？"

萝亚陡地回过神来，摇了摇头："不，不是的。"

"那你是怎么了？怎么一直盯着小岚发愣？"虞依追问。

我看了萝亚一眼，又看看哲羽："你怎么也跟萝亚一样神魂不定？"

哲羽低头沉思了一番才慢慢开口："你们觉不觉得小岚他……他讲话的语气……"他说到一半突然露出哀伤的神情，没有再说下去。

虞依和我都一头雾水地看着哲羽，萝亚却好像看穿了他的想法一样，把哲羽的话接下去："跟赤义太像了。"

听他们这么一说，顿时觉得小岚跟赤义的确有几分相似，他们俩爱捣蛋的性格和讲话时那淘气的语气，甚至连顽皮的神情都那么相似，宛如一个人。

"的确……真的很相似！"虞依感叹，"就连长相也有些相同，两个人的皮肤都黑黑的。"

"要是赤义还在的话，他们两个捣蛋大王聚在一起，天下可就不得安宁了。"哲羽笑着摇头说道。

萝亚的眼眶一阵湿润，忍不住捂住了嘴："赤义……"然后低声抽泣起来。

这个反应来得有些突然，我们几个不知所措地看着她，不知道该说些什么。这时候武雄跟小岚的吵闹声也停止了，他们两个同时转过头看着萝亚。

"怎么了？"武雄面向我们几个问道。

"萝亚姐姐怎么哭了？"小岚也开口。

哲羽看了武雄一眼，虽然没开口，但武雄已经知道他的意思，无奈地摇了摇头。

小岚突然走向萝亚，面带笑容地抬起头对她说："萝亚姐姐是大人，不能当个爱哭鬼哦！"

听到这句话，萝亚好像受到了什么刺激一样，用力抓紧我的手，另一只手继续捂着嘴，泪水不受控制地淌下，身体微微颤抖。我们几个都不可思议地看着小岚，太像了，他说话的语气实在跟赤义太像了！连用的字眼都那么相同，赤义生前最喜欢叫萝亚爱哭鬼。

萝亚拭干泪水，蹲下身子，手扶小岚的肩膀，用尽全力挤出笑容说："嗯！我答应你，不会再当爱哭鬼。"

24. 提议

已经开始修建房子，都是一些非常简陋的木屋，建筑材料也就只有树干和用来遮阳的树叶。每间房子看起来都差不多，房体全都是用没有修饰过的木头拼在一起，屋顶也一样，只是额外用了树叶覆盖在木头上。与其说是木屋，不如说是用木头盖好的帐篷，下雨天一定会漏水，要是刮起大风，说不定还会全部倒塌下来，但是没办法，材料和工具有限，只能先这样凑合着了。盖了几十间房子，平均每间木屋应该能够住下两三个人，已经连续工作了两个星期，希望能够加紧完成这项工程。

这天，萝亚照常送水来给我们饮用，她的到来让我松了口气，终于能休息一下了。不料萝亚突然停下脚步，敛去脸上的笑容，换成一脸错愕的神色，我还以为她又看到了什么画面，应该很快就会回过神来，没想到萝亚呼吸变得急促，脸色苍白，口唇发紫，盘子上的杯子摔到了地上，她也随之瘫倒在地。

"萝亚！"我跟哲羽同时喊出来，朝她跑过去，将她扶起。

萝亚神情恍惚，口齿不清，右手按着胸口，不断喃喃地道："呼吸不了……呼吸不了……"

我跟哲羽对望了一眼，他摇了摇头，先开口说："她也得病了。"

记得第一天到达这里的时候，我才待了没多久，就感到一阵胸闷，头昏脑涨，全身使不上劲儿，当时还以为是因为自己劳累过度，没想到其实这就是高原反应的症状。清晰地记得灾难后的那几天，刚被带到基地的幸存者，除了当地的居民以外，大部分人在二十四小时内都出现过头晕、眼花、恶心、气短、耳鸣和全身乏力等症状，有些严重的人甚至产生幻觉，认知能力骤降，开始胡言乱语。夜晚的时候，即使大家都已经身心俱疲，脑子里却不停回想那三天经历过的点点滴滴，思念失去的亲人，对未来感到无比迷惘，四处都听得到忧愁的抽泣声，再加上难以适应高原环境，每个人都彻夜难眠，就连我跟哲羽也是隔了好几天才能真正睡上好觉。

在这里居住了三个多月，还以为大家都渐渐适应了高原环境，没想到最近又有许多人陆续病倒，包括小凯、小岚、萝亚、武雄和虞依，严重的甚至已经躺在病床上动弹不得。吴韩说这些都是慢性高原病的症状，患者体内的红细胞增多，加上严重缺氧，导致面部、口唇、耳朵和手指都呈现暗红色或黑色，也有些人面部和下肢水肿，记忆力衰退，体能减弱。

我们这里没有完善的医疗设备，供给病人使用的氧气筒也已经所剩无几，吴韩担心再这么拖延下去，病人的情况会恶化，恐怕会有人因此丧命。他跟龙毅以及霍鹏商讨了一番，决定召集世界政府的人，举行紧急会议。世界政府的几位首脑就属霍鹏跟"零"最熟，因此他的话也最有影响力，不知不觉中，他已变成了政府中地位最高的领袖之一。

霍鹏的表情很严肃，一直皱着眉头，看见到达的人也只是微微点了点头，示意他们坐下。参加会议的大多是世界政府的代表，看起来都很严肃，而组织的人则有龙毅、哲羽和我，当然孟梵也在场。等大家都到齐了以后，霍鹏走到众人正中央开始讲话。

"各位，客套话就不多说了，大家也都见过面，直接进入主题吧。今天召集各位来这里，是为了商讨一件要事。"霍鹏讲话一向很直接，他看了一眼在场的所有人，继续说，"建立木房子的工程已经进行了两个星期，一切都很顺利，但是……"霍鹏停顿了一下，接着说："是这样的，虽然这是我们的首要项目，但大家也都共同目睹了目前更加危急的一个现象——高原病肆虐。不只是民众，我们的士兵也陆续病倒，连'零'的成员也有不少已卧病在床，因此重建工作必须暂时告一段落。我们要先解决眼前这个问题，确保所有人都恢复体力后，才能继续实施别的工程。但现在最大的问题是，我们的医疗人员对高原病的治疗方法不太熟悉，所以想请问在场的各位，有没有谁对这方面了解多一些？可以跟我们分享。"

人们议论纷纷，每个人都皱起眉头，参与讨论。不少人踊跃提出建议，但很明显霍鹏没得到一个满意的答案，一直没有回应，只是低着头沉思。这时候一位皮肤黝黑、看起来五十多岁的官员走出人群，他个子矮小，但看起来非常威严。他认真地看了一眼周围的人，一句话也没说，就令在场每一个吵闹的人都闭上了嘴巴，转过身看着他。

"各位，我有个提议。"那位官员开始说话，所有人的注意力都集中在他身上，他突然露出笑容，对大家说，"我叫老鹰，曾经是中国云南省的官员，来自香格里拉东南部的哈巴雪山。"

他这番话一出口，人群中忽然传出冷言冷语，大家又分散了注意力，各自私下讨论起来，无视他的存在。我想也许是因为在场的许多人曾经是国家领袖级的重要人物，又怎么会愿意听取一位普通中国官员的建议？不料那位官员丝毫没有气馁，自信满满地再次开口。

"我来自香格里拉县东南部的哈巴村，那里的海拔也有三千多米，我们从小就在那种环境下长大，没有过高原反应。山上的资源充足，我们从小到大无论有什么疾病，村里的大夫都会到山上采药材。既然现在我们已经没有什么西药，不如去山上看看有没有能治疗高原病或其他疾病的植物药材。"他的一番话，令所有人都陷入沉思。

我也不禁陷入思考。先前一直忙着照顾这里的居民，都没有人考虑过去山上寻找有用的资源。不过连在平地上都觉得身体难以适应，要是登上高山，面对更加极端的气候条件，不知道我们能不能承受得了。

"这个建议倒是有道理，我们建房子用的木材也快用完了，要不了多久也得去山上伐木取材。"霍鹏说。

"可是现在我们什么交通工具也没有，要怎么到那么远的地方去？"其中一位长官开口说道。

"各位可别忘了，我们现在可是在跟'零'组织合作，他们的领袖自己就具备瞬间转移的能力，我们什么交通工具也不需要。"老鹰一脸得意地看着龙毅说道。

"山上的情况我们不太熟悉，天气变幻莫测，上山的话，是不是太冒险了？"我向前走一步，忍不住开口问道。

"高山地势我比较熟悉，如果不介意的话，我愿意参与行动，提供给各位一些经验做参考。"老鹰谦虚地看着霍鹏，想得到他的许可。

"这个提议不错啊，老鹰，我觉得可以考虑。"孟梵客气地走上前去跟老鹰握手，然后回过头看着霍鹏，示意他发下号令。

"龙毅，你觉得怎么样？"霍鹏诚恳地看着龙毅。

"是有一定的危险，不过我们组织的人也会参与，应该不会太困难。我想就目前的状况来看，这也许是唯一的办法。"龙毅说。

接着又是一阵寂静，在场的人一定认为这并不是什么理想的解决方案，更没有人自告奋勇参与这次行动，但一时也想不到什么更好的提议，只好走一步看一步了。

龙毅转过头对我们几个说："看来这次要带上我们的植物学家了。"

他指的是木村，那位声称自己精通大自然语言、能够跟所有植物沟通的奇异男子。

25. 探索

LAN
GUANGREN
蓝光人

25. TANSUO
>>>

　　第一次见到木村的时候，我还以为他脑子有问题，独自一人在深山中自言自语，对着几棵大树有说有笑，而对我们组织里的人却很冷淡、爱答不理，因此大家都不太喜欢跟他接触，不知道该怎么跟他用正常人的方式相处。

　　龙毅说木村奇特的地方就是能够跟所有植物交流，清楚它们的想法，并能够轻易辨识世上每一种植物的特性和功效。听到龙毅这番话，我忍不住笑了出来，我从来没听说过植物会有想法，更何况是跟人类谈话。有时候组织里的人在深山里练武打斗，木村会突然对他们发脾气："你们这样乱踢树木，搞得落叶纷飞，还用力踩在草地上，难道你们以为这些植物没有感觉吗？以为它们不知道疼痛吗？"从古至今我们都认为植物是没有知觉的生物，对于木村这种反应自然感到莫名其妙。

　　2024年的灾难对木村的打击很大，大地无情地摧残了那么多自然界的生物，他一直为它们感到惋惜，还一度怨恨自己和人类没有采取什么措施去挽救那些植物。刚开始木村对这次行动没什么兴趣，直到老鹰说高原的山中蕴藏着许多平时见不到的奇异植物，他才兴致勃勃地加入我们的行列。

参与这次登山行动的一共有六个人，龙毅、哲羽、老鹰、孟梵、我，还有木村。老鹰说地势险峻，上山的人越少越好，行动也比较方便。哲羽和龙毅一如既往地负责带大伙儿到达目的地，多亏了他们两个，我们才不需要走这么陡峭的山路，在这种情况下我们恐怕也难以凭自己的力量安全到达这里。

这里的温度比下面低了许多，空气也比较稀薄，才抵达没多久就觉得呼吸困难。除了老鹰以外，大家都感到身体不适，完全不想费力气说话，周围一点儿声响也没有，就只有我们急促的呼吸声。

老鹰说得没错，在高山上真的会误以为自己处于世外桃源，到处都是奇形怪状的花草树木，似乎都比平时看到的植物来得巨大，特别是这里植物的叶子，全都大得有些反常。除了花草树木以外，我们一路上还发现了许多从来没见过的奇异昆虫和动物，颜色都特别鲜艳，让人忍不住停下脚步多看几眼，差一点儿就忘了我们前来此处的目的。连我们都感到这么惊喜，木村更是不用说了，他像个孩子似的，惊喜地四处跑，手忙脚乱地不停采样本，一路用奇怪的语言跟身边的植物交谈。

一路上一个人影也没有，我们跟随着老鹰一直往前走，木村则耐心地向我们介绍每一种植物的特性，找到了有用的药材就由我们几个采。

"你们看！"木村突然大叫出声，手指着地上一株白色的草，形状有些像一朵盛开的莲花。他像是见到了神仙一样，一脸难以置信地朝那株草走去，动作缓慢地蹲下身子："你们知道这是什么吗？这是百灵……它居然真的存在……"木村小心翼翼地打量着那棵草，又开始喃喃自语，完全沉浸在自己的世界中，无视我们的存在。

　　"木村先生真是有见识，连这么稀罕的植物您也清楚。"老鹰笑着钦佩地看着木村，然后回过头跟我们说，"百灵是只能生存于高山上的奇特植物，非常稀有，连我也只是听长辈提起，从未亲眼见到过，没想到在这里让我们遇上了，真是福气！"

　　"它有什么特别的？真那么稀奇吗？不就是一株草嘛。"孟梵说出了我们的心声，这横看竖看，都不过是一株普普通通的草罢了，何以让木村和老鹰如此重视？

　　"可别看它外貌平凡，这百灵……要是我没弄错的话，可是能够医治百病的神药啊！是吧，木村先生？"老鹰问道。

　　"老鹰说得没错，有了百灵，许多疾病都能够医治！当然，不可能完全抵抗世上所有病魔，但对付高原病一定没问题，只要我弄清楚应该如何培植它们就好办了。"木村说完，便蹲下身子继续跟那株百灵交谈，我猜他应该是在了解与培植这种植物有关的知识，这样一来回到营地以后，我们就能够自己大量种植，不需要每次都来山上采。

　　其实木村的能力还是挺令人钦佩的，只要是亲身接触过的植物，无论在多么艰难的环境下，他都懂得如何栽培它们。刚到达青藏高原的时候，不少人都尝试过自己种菜，但大家都不熟悉高原地区的地质，每一次种出来的农作物都因为水土不服而枯萎。木村从来不吃菜，把植物视为最高尚生命的他只吃肉，也非常不认同人类食用植物，他最恨的就是那些素食者，他认为所有植物都属于大自然，拥有自己的生命和想法，并不是提供给人类吃的食品。

　　没想到后来食物短缺的情况严重到开始出现饥荒，不少人因为饥饿过度而病倒，连吴韩也无法医治他们。起初不愿意帮助人们的木村，在逼不得已的情况下终于开始种植农作物，易如反掌地种出了小麦、玉米、土豆和南瓜等耐旱作物，成为我们主要的食物来源。其实要不是有木村的援助，我们大家可能早就饿死了。木村对植物的这一份执着虽然让常人难以理解，但他的态度却让我十分欣赏。

在木村的提示下，寻找药材的任务终于完成了，接下来要准备砍伐树木带回基地建房子用。虽然木村一路不停地指责我们，但他内心也清楚这是不得已的选择，最终还是向大伙儿妥协，只要求我们不要大幅度破坏这边的自然生态。走了一段时间，龙毅突然放慢脚步，示意我们停下，聆听四周的声音。

"你们听到了吗？"龙毅以低沉的声音悄悄跟我们说。

我们细心聆听周围的动静，终于隐约听到龙毅所指的声音。难道是因为这里海拔太高，我们开始产生幻觉了？怎么可能……在这荒无人烟的山里……会有人的歌唱声？我顿时觉得一股寒意扑面而来，不禁颤抖了一下。

"是歌声？难道这里有人？"木村一脸疑惑地说。

"似乎有不少人。"我认真地听着，跟哲羽和老鹰对视了一眼。

龙毅闭上眼睛，专心探测周围的环境，然后惊奇地睁开眼睛说："不只是有人，是有一整村的人！"他自责地拍了拍额头，"我没考虑过这里有可能会住人，所以没有事先探测清楚，是我的疏忽。"

"听得清楚他们想要干吗吗？为什么唱歌？"我问他。

"距离太远了，不过好像有什么困扰的样子。也许他们需要帮助，不如我们去看看？"龙毅征求我们的意见。

"我还是先掩饰身份吧，以防万一，你们就当作我不在这儿好了。"孟梵说完就隐身了。

我们朝着歌声传来的方向一路前进，终于找到了声音的来源。这里看起来像是一个原始村庄，有上百人正围成一圈，载歌载舞，但脸上丝毫没有快乐的神情，完全没有人注意到我们的到来。他们并不像我们在电视上看到的原始部落族人那样全身挂满饰品，也没有什么异于常人的文身或服饰，只是一些装束极简的人，所有人身上都披着厚厚的皮毛，却没有穿鞋子，十分奇怪。

　　我敢说我们"零"什么怪事都遇到过,但此时此刻大家都没办法相信自己的眼睛。这个神秘的青藏高原,经过了2024年的灾难以后,居然还有这么一个庞大的部落居住在高山上!

　　当我们还在观察这一新鲜的景象时,那群唱歌跳舞的人当中有一位停了下来,朝我们的方向注视着,然后慢慢举起右手,大声喊出几个我们听不懂的字。我们还没来得及反应,十几个身材高大的男人已经带着工具朝我们走过来,每个人手中都拿着一根长相怪异的树干,朝里面一吹,就射出一根细细的长针,刺到我们的脖子上。刹那间,我全身僵硬,丝毫动弹不得,我注意到哲羽他们也跟我一样,完全动弹不得。接着十几个男人二话不说就把我们捆绑起来,幸亏他们还没注意到孟梵的存在,只是匆忙地把我们五个人的手压在身后,再把我们压在地上,让我们连头都抬不起来。

　　这一切发生得太快,我们连反击的机会都没有,等到反应过来自己已经变成了这个部落的俘虏。但是看得出来他们比我们还要害怕,每一个人眼中都充满了恐慌和疑惑,小孩儿在害怕地大声哭泣,女人在惊恐地大喊大叫,男人则愤怒地围着我们几个来回踱步,尝试理解我们到底是什么"东西"。龙毅尝试开口说话,却被几个男人打了一顿,我想哲羽还处于神志不清的状态中,不知道那根针上到底含有什么物质,该不会是毒药吧?难道我们连沟通的机会都没有,就这样子死去?

　　话说回来,为什么他们的反应会这么激烈?电视上那些原始部落的族人都非常友善好客,对于城市来的人也好像觉得很稀奇,何以这个村子的人见到我们就好像看到了鬼一样?

　　难道他们是孟梵曾经提到过的那些与世隔绝的神秘古老部落吗?

　　要是那样的话,事情可就不好办了。

26. 部落

26. BULUO

　　孟梵有一世在巴西当过政府高官，他说巴西政府在先前的几十年一直都派遣特殊部队暗中保护和观察几个神秘的亚马孙部落，他们至今仍全然不知亚马孙丛林以外还有别的人类存在，对于外面的世界一点儿概念也没有。

　　灾难发生以前，居住在亚马孙丛林的人大约有五十万，总共分为五百多个部落，而其中有至少七十五个部落完完全全地遗世独立。有几个部落一见到不属于自己部落的人就会展开凶猛的猎杀，坚持守护远离外界的生活方式；也有些非常单纯的部落，一见到外界的人便会吓得不知所措，害怕得不敢现身。巴西政府尊重他们的生活方式，为了确保这些部落能够维持这种独特的生活方式，长期以来都派遣一支部队在附近默默保护这些与世隔绝的古老部落，保证外人不会擅自闯入他们的家园。

　　如果眼前这个种族跟孟梵接触过的那些亚马孙部落一样，那就代表他们对于我们的身份一点儿也不了解，才会那么慌张地把我们当成猎物一样对付，也就是说，这个种族的人，下一步非常有可能把我们杀掉！

正当我感到恐慌时，部落的人突然冷静下来，几个男人紧张地靠在一起低声讨论，然后其中一人走进部落里看起来最大的一座帐篷内。

不久，那个男人从帐篷里走了出来，奇怪的是部落里的人突然全部停下来，一个接一个跪在地上，身体朝帐篷的方向，每个人都低着头，口里重复说着几个字。这到底是怎么回事？连龙毅看起来也有些疑惑。这时候，一位身材高挑的年轻女子从帐篷里面走了出来，看来她应该是这个部落的领袖，打扮跟其他人不一样，身上戴着一些饰品，神情非常高傲，走路十分缓慢。等到她走到我们面前，我们几个都惊讶地张大了嘴，而她也似乎受到了惊吓，傲慢的神态瞬间消失，吓得几乎站不稳，要身旁的人扶着她才能够保持站立的姿势。

这也太离谱儿了吧？这个神秘部落的族长，这个年轻貌美、拥有一身黝黑皮肤的女人，头上竟然顶着蓝光，她居然也是我们的同类！还以为她发现我们是同一种人，会急忙命令她的手下把我们放走，没想到这个女人居然露出极其凶狠的神情，跟几个高大的男人说了几句话，虽然语言不通，但是眼看着男人们一个个拿起武器，我们清楚那个女人示意他们把我们给杀了。

就在我准备运用念力把他们手中的利器抛开时，那个女人突然发出刺耳的尖叫声，有一把刀凭空卡在了她的脖子上，她的身体向后倾斜，就像是被一股隐形的力量胁持着。是孟梵！差一点儿就忘了他也在此地，没想到隐形人在关键时刻还是能派上用场的。那个女人又说了一句话，她的手下就乖乖地把武器扔在了地上。孟梵选择在这个时候现身，我们几个是习惯了，但对于这个部落的人来说，他这么凭空出现，简直就像鬼或外星人一样，这个举动把他们都吓得同时后退了几步，甚至有几个人对着他下跪，说出一连串奇怪的语言。

我一直注视着孟梵的脸，刚开始一脸自信的他，不知道发生了什么事，就在一瞬间神情发生了一百八十度的大转变，就像是看到了鬼一样，非常惊讶地看着那个女人，然后松开原本胁持着她的手，继续惊讶地看着她。我注意到龙毅的神情也在那一瞬间发生了变化，就像孟梵那样惊讶，一脸不解地盯着那个女人。

"龙毅，怎么回事？"木村低声问他。

"你们听不到吗？"龙毅对我们说。

"听到什么？"哲羽问龙毅。

"我刚才在读取孟梵的想法时，发现他脑袋里出现了另外一个声音，应该是那个女人，没错，难道她能够用脑电波跟别人沟通？"龙毅惊讶地道。

"她说了些什么，孟梵的反应会这么大？"我急切地问龙毅。

"她说：'你要是敢伤害我，你心爱的女人就会马上死在你眼前。'"龙毅说。

哲羽突然转过头注视着我，表情既惊讶又气愤。在场的除了我以外，都是男人，而那个女人口中的孟梵所心爱的女人，也不可能是这些他从来没见过的部落族人，哲羽自然知道她指的是我。

我连解释的机会也没有，就发现身后一个高大的男人朝孟梵的方向扔了一把粗壮的长矛，眼看着长矛就要穿透他的身体，顿时我觉得自己的心脏仿佛停止了跳动，什么也没想就使出了念力。长矛突然停在半空中，一动也不动地浮在那里，原本矛头对准孟梵，我令它慢慢转向那个女人，急速朝她的身体刺去，然后在她眼珠前停下，对她说："放开我们所有人，马上！"

这时，我脑子里多出一个声音，就是眼前这个女人的！要不是知道她是轮回人士，我还真的会把她当成鬼。她在我脑海里说："有话好说，有话好说。大家都是同样的人吧？你们头顶也有蓝光，不会想要伤害同类吧？你们要什么？说出来就是了，不要伤害我部落的人，他们什么也不知道。"

我没有说话，只觉得这个女人也太没用了，刚才还一副嚣张的样子，稍微吓唬她一下就变成这样了。这时，头脑里又出现了她的声音："我能够用脑力跟你沟通，自然也听得到你在想什么。部落里的人是我唯一的家人，他们什么也不知道，不知道我真正的身份，也不知道外面的一切，你们一定不要伤害他们，他们是无辜的。"

我慢慢把长矛放下，其实本来就没有想要伤害任何人的意思，没想到会把局面弄得这么僵。那个女人吩咐手下把我们松开，接着族里的人突然全都哭泣起来，然后纷纷下跪，不停地向我们磕头，看起来好像是在谢罪。我不清楚他们在做什么，看了那个女人一眼，她的声音又出现在我的脑海里："他们以为你们是上天派来惩罚我们的神。"

她转过身跟她的族人说了一串我们听不懂的话，接着他们就各自站了起来，拭去脸上的泪水，然后送上一杯杯味道奇特的热饮给我们。喝完以后，头昏脑涨的感觉顿时消失了，我想应该是解药之类的。

接着我们几个走进女人的帐篷里面，一进屋她就吩咐手下离开，着急地跟我们说："你们到底是什么人？怎么头上也跟我一样有蓝光？我一直以为自己是独一无二的……到底怎么回事？"

难道这个女人完全不知道这世上有上千个像我们这样的同类吗？龙毅一口气把关于我们组织的事情全部告诉了她，那个女人听完以后似乎松了一口气，却又露出一副很不服气的表情。

"我也不知道自己轮回了多少次，已经太久了。我只记得每一次重生我都跟上一世长得十分相似，而记忆一恢复我就会刻意回到这个部落，因为我是在这里出生的，族里的人们需要我，我是他们的神，可可。"这个叫可可的女人，居然声称自己是神。

"你是神？凭什么？"孟梵不客气地反驳她。

"从我第一次轮回，他们就把我当作神一样爱戴、供奉。我能够解读他们的想法，他们脑海里又听得到我的声音，而且我不断以同样的容貌回到这里，他们当然有理由认为我是永远都不会死的、伟大的神。"可可说。

"那你为什么选择一直回到这里？"龙毅问她。

"我还有哪里可以去？我不像你们有这么多同伴，对我来说，部落里的人就是我唯一的亲人。再说了，我享受被供奉为神的待遇，我喜欢被所有人尊敬、爱戴，像女王一般被服侍着，怎么可能愿意放弃这种生活？我知道自己也许不像神那么伟大，但我肯定自己是个不平凡的人。"可可自信地说，她的确有女王的风范。

"如果我没猜错的话，你们部落似乎完全没有跟外界来往？"孟梵突然提出疑问。

可可的表情变得有些尴尬："我不让他们跟外面的人接触，因为我害怕他们找到比我更特殊的人就会不再服侍我，而去信仰别的人。我承认这个想法有些自私，但我要永远都当他们的神。"

虽然是极其自私的念头，但至少她愿意跟我们说实话。我想她也不是有什么恶意，纯粹只是虚荣地喜欢被别人捧在手心里的感觉。想要当神，只是因为她想得到他人的尊重和爱护，毕竟她内心是个孤独的人。

"你们前来此地，到底有什么目的？"可可终于忍不住问道。

"主要是想来山上采药材治病、找木头盖房子，万万没想到高山上居然有人住。"龙毅带着一脸歉意。

"等等，关于2024年的大灾难，你们难道完全不知情？"木村突然插话道。

"我说过了，我们对外界的事情一点儿兴趣也没有，什么也不知道。"可可不耐烦地说。

　　"总的来说，2024 年外面发生了一场持续三天三夜的大灾难，导致我们的文明被摧毁，失去了一切。现在什么也没有了，人们病倒了却没药物医治，想要建房子但是连材料也不够，要不是有这片高山，我们可能就没救了。"龙毅一副心存感激的样子。

　　可可笑了一声，又说了一句我们听不懂的话。然后对我们说："我是说，你们的一切会被夺走，就是因为你们抢走了大自然太多东西，激怒了大地之母，才会受到惩罚。"可可一脸得意地看着我们，接着说："资源我们这里有的是，但你要知道，这个山头是我的地盘，我为什么要无条件地为你们提供那么多？如果我不答应的话，你们是不是就会把我们给杀了？"

　　她这番话让我们几个都愣住了，本来还以为这只不过是座空无一人的高山，想拿什么都行，现在才得知这座山实际上是这个部落的家园，我们的确没有资格擅自闯入他们的地盘，又随心所欲地抢掠他们的资源。

　　"不如我们把这当作一场交易吧！你既然见识过外面的世界，应该知道现代人的医学知识有多么丰富，我相信你们这里有不少医治不了的疾病，说不定我们的人会有解决的办法。我们提供知识方面的援助，你们提供资源，这么一来我们双方都各有所得。你看呢？"孟梵谈判的时候条理分明，非常有威信，连我也不禁对他另眼相看。

　　可可听到这番话一副恍然大悟的样子，却又皱起眉头，一脸忧郁地说："恐怕你们也帮不了什么大忙。从前我们都是在山上的河流里打水喝，那里的水又清又甜，是我们很重要的水源，但是从几个月前开始，河流干枯了，我们只好喝雨水。但大地不愿意天天下雨，我们只能干等，有时候甚至等上几天都喝不上一口水，我们都快渴死了。但这不是重点，最可怕的是，自从我们饮用雨水以后，部落里很多人病倒了，不断呕吐腹泻，有的甚至虚弱到躺在床上一动也不动。有些人几天内就自己痊愈了，但也有人一直都康复不了。刚才你们看到我的族人在外面唱族里的歌曲，那就是为了乞求祖先的保佑，希望他们能够帮助我们赶走疾病。还有各式各样的驱魔仪式，我们也都试过了，但最终还是一点儿用也没有。你们在外面待了那么久，也许懂得比较多，能够帮我们吗？"

别人都病倒了他们还在那里唱歌跳舞，死去的祖先真的有办法帮助他们吗？真是不理解这个部落的人在想些什么。龙毅示意哲羽回去带吴韩过来，他的医学知识是所有人里面最丰富的，这种疾病应该难不倒他。吴韩在几分钟后就随着哲羽出现在我们面前，这似乎让可可有些惊讶，她说："到底是怎么做到的？你们族里有多少人？太可怕了……"

吴韩探望了卧病在床的族人，原来这个部落一共有两百多个人，病倒的占一半。吴韩很快就证实流行在部落里的疾病是霍乱，然后带领木村离开帐篷，说是要去采药。没过多久，两人带着一大堆植物回来，说是一种叫地浆的药草，只要煮成水喝了就能够医治霍乱，别的什么医疗器材都不需要。吴韩说雨水里不仅含有灰尘，还有很多酸性物质和有害物质，不适合人类饮用，长期喝雨水会引起这种疾病爆发，只要以后停止饮用雨水，应该就没有什么问题了。

帮助他们驱走疾病以后，部落里的人对我们的态度完全转变了，从先前的虎视眈眈变得毕恭毕敬又热情大方，小孩子都跑过来拉着我们的手跟我们玩耍，连看起来傲慢自大的可可也笑着向我们道谢。

"真是谢谢你们了，要不是有你们的帮忙，连我这个'神'也拯救不了我的族人。跟我来吧，我们这里的资源很多，分一些给你们也是没问题的。"可可说。

我们始终还是不想大规模地破坏这片原始森林的生态，再怎么说，这里也是当今世上唯一一个天然资源这么丰富的地方，必须受到严密的保护。最终我们只是砍了几棵比较粗壮的树，还拿了很多硕大的树叶，希望对我们的建筑工程有帮助。

这次的登山行动真是让人又惊又喜，在毫无心理准备的情况下，居然发现了一个与世隔绝的原始部落，一开始被这里的人当成入侵者绑了起来，接着族人们又向我们跪地求饶，现在又认为我们是拯救他们的神。我终于稍微能够理解可可这么珍惜她在这里的身份了，被众人这么爱戴和尊敬的确会让人产生一种优越感。正当我们准备离开时，可可突然朝我们走过来，神秘兮兮地对我们说：

"我们族里的人太单纯，山外的环境不适合他们，但我希望能够出去看看外面的世界，见识更多像我们一样的同类。龙毅，你能够带我出去吗？"可可认真地看着我们说。

"没问题，但你的族人怎么办？"龙毅问她。

"我只是离开一阵子，很快就会回来的。他们没有我也能够活下去，我们可是独立生存了几个世纪的部落，生命力比你们任何一个人都要强。"可可得意地说。

我们跟可可族里的人道别，慢慢走出他们的部落，一路上哲羽一直刻意跟我保持距离，一句话也没说，孟梵则是一直在身旁跟我道谢，说我救了他一命。我没有理会他，一直留意哲羽的一举一动，害怕要是我跟孟梵过于亲近，哲羽又会误会什么。

"哲羽，你怎么了？"我终于忍不住主动跟他说话。

"没什么。"哲羽第一次对我这么冷淡。

"你生气了？"我继续问他。

"我没有资格生气。颖馨，我知道你的为人，我也相信你，只是我们两个的事大家都早已知道，他为什么还要选择去爱你？难道他不知道我跟你之间的关系吗？我早就猜到他对你有意思，不然怎么会对你一个人特别好，只是我不想让你觉得我心胸狭窄。没想到你们两个经常在一起，日久生情，他就忘了我的存在了。是不是有一天你也会忘记我，选择跟他度过以后的人生？你跟他的关系越来近，而跟我的距离则越来越远，难道你不这么觉得吗？"哲羽看着我，眼神忧伤。

"我认识你几个世纪了？你真的认为我会认识别的男人就离开你吗？哲羽，我们这种人能够爱多少人？我唯一爱过的男人就是你，以后也不会再对任何人动男女之情。但是孟梵和小岚也是我生命里重要的一部分，因为他们给了我家的感觉，希望你能够谅解。"说完我就走开了。

哲羽是我的恋人，萝亚、虞依和武雄是我的兄弟姐妹，而孟梵和小岚对我来说就像是我的家人。也许是我太自私，要求得太多，但是对我来说，他们几个人就是我生命中的一切，少一个我都接受不了。

就在我独自思考这一切的时候，脑中又出现了可可的声音："真羡慕你，颖馨。"

27.　本能

LAN
GUANGXEN
蓝光人

27. BENNENG
>>>

可可带上她的两个贴身侍从，跟随我们来到了世界政府的基地。两个侍从对外面的世界一无所知，对于眼前的情景难以置信，两个人都瞪大了双眼，带着害怕又好奇的神色认真观察着周围的一切。可可虽然见识过部落之外的生活，但看得出来她也有些难以适应，一直表现出强烈的戒心，跟每个人都保持一定的距离。她们见到每一个路过的人，都以好奇的目光上下打量其穿着打扮以及长相肤色，而见到她们的人也都对她们投以异样的目光，就像是见到了从未见过的生物一样。

孟梵一脸得意地带领可可他们去参观我们正在修建的木房子，希望能够得到可可的认同，这里没有人比他们更了解原始生活，也许她能够给予我们更好的建议。可可一见到我们的建筑工程就露出疑惑的神情，然后独自走向其中一间已经建好的木房子，又转过身来对我和孟梵说："这就是你们的房子？"

我和孟梵对视了一眼，两个人都不理解她的意思，孟梵说：

"是，有什么问题吗？跟你们那里的房子比较不一样吧。"

可可上下打量了一番我们的木房子，然后进屋看了一眼，走出来对我们说："你们这样太浪费树木了，难怪会资源不够。你们自己看看，平均一间房子用了多少根木头？在我们那里，这样一间房子使用的材料够我们盖三四间房了。还说什么外面的人是高科技生物，头脑发达，连这个都不懂，居然还讥笑我们这种保持原始生活的部落，你们更可笑。"可可讲话一向都这么直接大胆，毕竟她在自己的部落里长期被当成女神一样伺候，语气难免比较狂妄。

"你有什么建议吗？"孟梵一脸不服气的样子，但毫无选择的余地，只好低声下气地询问可可。

"你们认为用几根粗壮的树干拼在一起就代表房子会坚固吗？你看看，这些树干之间只是用藤条随便地绑起来，中间留下那么大的缝隙，只要一小部分裂开，整间房子就会跟着倒下来。还有，屋顶完全没有必要用这么粗壮的木头，不但浪费资源，而且一点儿也不透气，更加遮不了雨水。大树树干只是用来构成房子主要的框架，我们都是用编织的方式把细树枝建成墙身，这样房子才会牢固，而屋顶则是用茅草盖成的，这样才能防雨。你们要是真的想充分利用资源，就把这些木屋都拆了吧，重新建一些真的能够让人安心居住的住所。"可可说完就转过身，带着她的侍从离开了。

我和孟梵站在原地呆呆地看着眼前的木房子，辛辛苦苦建造了几周的成果，竟被一位原始部落的首领说得一文不值。难道我们真的要因为可可的一句话而放弃先前的努力，重新再建？

孟梵无奈地笑了一下，然后低下头点了根烟，转过头对我说："唉，颖馨，你说我们人类是不是很可悲？努力了几千年建好了那么先进发达的文明社会，一转眼就被大自然毫不费力地完全摧毁了。现在想要舍弃一切科技，重新拾回最基本的生活方式，却完全忘了本，对于原始生活毫无头绪。我们都知道要回到以前的生活是不可能了，但你说，我们真的能够从头再来，再次建立人类的文明吗？"

"我们都活了多少世纪了，人类是多么聪明的生物，适应能力和追求进步的本能是何等的强大，没有人比我们这些轮回人士更清楚了。这只是刚开始遇到的小挫折，也许几十年后的今天，我们又会慢慢回到当初熟悉的生活方式。"我说。

可可这段时间跟我们一起住在部队的营地里，学习我们的生活方式，尝试了解我们的追求和想法，接触我们仅存的文明。木村回到基地后没多久就成功种植了这种叫百灵的药草，在短时间内就医治好了居民们的高原病以及其他病痛。可可唯一认同的就是我们在医学方面的见解和学问，她认为在这方面，所有原始部落的人都应该向外面的医学家学习；而其他那些追求更好生活的观念她都觉得完全没有必要，甚至只会让人类的生活和想法更复杂，最终永远得不到满足。

"我猜你们普通人要是被动物袭击，一定没有什么反抗能力吧？"可可傲慢地说。

"嗯，先前的确发生过不少人被动物攻击的事情，所以我们才那么着急地想要尽快盖好房子。"孟梵回答说。

"虽然对于你们的生活方式不是完全了解，但我大概知道了外面的世界是怎么样的。你们发达的文明社会确实令人刮目相看，但就是因为每个人都过于依赖高科技的生活了，所以许多原始的求生方式都逐渐被遗忘了。你知不知道在几百万年以前，原始人就已经懂得如何用最古老的方法生火？我看你手中常拿着一个不知道是什么的工具，用手轻轻一碰就会产生火，但我猜想一定有期限之类的限制，总有一天会失效吧？"

"你是说这个吗？这叫打火机。是啊！没有油就用不了了。"孟梵拿出他的打火机。

"嗯，是很方便，但是这么珍贵的资源，哪一天要是完全从这个世界消失，你们还懂得如何取火吗？"可可说。

"不是有钻木取火吗？学一下就会了，没什么大不了的。"孟梵不耐烦地说。

"要是没有木头呢？"可可继续问。

孟梵想不出答案了，又拿出根烟吸起来，继续低头思考。

"可以用石头或者融冰，有多种方法。但我想说的是，像取火之类简单的小事，在早期人类什么都没有的时候，其实每个人都懂得，因为当时并没有什么别的资源。然而现在你们什么都有了，最基本的克服困难的能力却失去了。正因为如此，你们对危险的直觉和感知能力也退化了，所以才会经常遭受动物的攻击。在我们那里，只有我们打猎动物的份，从来不会让它们有机会对我们构成威胁。"可可说。

"虽然听你这么说很不甘心，但我不得不承认，你说得很正确。"我对可可说。

"你们全都拥有超能力，当然比较不一样。特别是你，颖馨，像你这种能力，没有什么难得倒你。但外面的普通人不一样，他们除了拥有前卫的想法和观念以外，还有什么？如果不是有其他更加有能力的人提供给他们如此好的生活条件，他们全靠自己，能够生存下去吗？"可可有些激动。

"可可，你想说什么？"我有些不理解她想要表达什么。

"我听得到他们的想法，你在这里辛辛苦苦地为大众建房子，他们却毫无感恩的念头，反而认为这些房子太简陋，贬低了他们的文化和身份。从这些平民的脑袋里面我听到的只有埋怨、不安、愤怒和悲伤，没有丝毫庆幸自己存活下来的想法，对于你们为他们所做的一切也完全不感激。他们不想接受现实，只想回到从前，而他们认为你们已经放弃尝试给予他们过去那种奢侈的生活，反而责备你们的办事效率。我不能够理解你们的世界，不只是不认同他们的观念，甚至替你们这些政府人士打抱不平。"可可诚恳地说。

"我只能说，这一代是一群被高科技宠坏了的人，也习惯了依赖那些提供给他们高水平生活的机构。如今他们失去了一切，又没有能力靠自己的双手重新拾回自己追求的生活方式，只能够把希望寄托在世界政府身上。但是我们也无能为力，我们拥有超能力，但我们不是神，不能够无中生有地把地球上已经消失的资源带回来。他们对一切的期望太高，因此失望也更大；我们只希望有一天所有人都能够觉醒，学会珍惜我们现在拥有的一切。"我对可可说。

"我在你们的医疗大楼里遇到过一个小男孩，跟这里普通的人想法似乎不一样，虽然脚受了伤，却毫无怨言，还是很开心，这样的人生观才是正确的。"可可终于露出笑容。

"你说的小男孩，是断了右腿、撑着拐杖的吧？他叫小岚，是我们这里最乐观的小孩儿。"我笑着告诉她。

"是啊，真想跟你们的族人说要多学学这位小男孩。"可可说。

我和孟梵对视了一眼，突然想起可可的超能力是何等惊人。

"这个……可可，有一件事还要告诉你一声。在这里我们的真实身份全都是保密的，也就是说这里的人对于我们能够轮回这件事完全不知情，也不知道我们拥有超能力，所以希望你也能够配合我们，避免用你的特殊能力跟他们沟通。"孟梵认真地告知可可，语气非常诚恳。

"为什么？"可可似乎对这个要求有些不满。

"这……主要是为了避免引起大众的恐慌。"孟梵对于可可的反应有些惊讶。

"没试过怎么知道？也许会像我一样，被族人视为神呢，那样不是很好吗？取得崇高的地位，又得到世人的爱戴。"可可疑惑地问。

"这里的人想法比较复杂，见识过我们能力的人不但没有敬佩我们，反而产生敌意，还误以为我们是地外空间来的外星人。"我苦笑了一声，无奈地回答可可。

"地外空间？你是指天上来的异族？"可可问我。

"没错，他们认为我们是宇宙来的不明生物，还笃定地认为地球的灾难是我们引起的。"我回答说。

"这里的人思想果然很奇怪，就好像对什么都充满负面的印象和理解，所以我才不愿意让我的族人跟外界的异族接触。要是你们这些超能力者全部跟他们一样对什么都持有敌意，面对如此恶劣的评论，大可不费吹灰之力就把他们给毁灭了。"可可讽刺地说道。

听了可可的这番话，我不由自主地想象，要是有一天——只是假设性的——人类跟我们组织的同伴形成对立，两方变成敌人开始斗争，那么我们组织的人是否会因为跟普通人相处了几个世纪，已经习惯了他们的品性，因而原谅他们？又或者最终会控制不住愤怒的情绪，选择大开杀戒？毕竟自己默默地为人类做了那么多事，到头来却被他们视为敌人。

想到一幕幕打打杀杀的画面，我忍不住头皮发麻，感到恶心。人与人之间的争斗，比跟大自然的对抗来得血腥、残暴、冷酷得多！

28. 惊险

　　花了两个月的时间，我们终于顺利完成了这项重大工程，成功盖好了大约五百间房子，虽然简陋，但至少看起来像个完整的住所。放眼望去，原本荒无人烟的空地，转眼间布满了一间间并排的、用木头盖成的住所。没有 21 世纪的房子应有的油漆、玻璃、窗户或大门，看上去就像是几千年前的某个原始部落一样，只不过居住的人们是一群打扮普通、思想前卫的现代人。

　　我们已经开始安排这一区的幸存者一一入住到木房子里，大家见到这一片住所时的反应不一样。有些人也许因为太久都找不到正常的住所，见到这片暂时建好的家园时感动得热泪盈眶，脸上露出欣慰的笑容；有些人则是难以相信即将居住的居然是如此简陋的木屋，对于眼前的住所流露出既反感又厌恶的神情；还有一部分人自从灾难过后一直没有太大的情绪起伏，因此对眼前的一切无动于衷，只觉得政府替他们安排什么就是什么，一副完全无所谓的样子。

　　为了避免大众起疑心，霍鹏安排我们组织的人也全体入住这里的房子，我跟哲羽住在同一间房子，萝亚和虞依住在一起，房子就在我们的隔壁，武雄则跟小凯一间房，也在我们的附近。其实房子里面几乎什么也没有，每一间屋子的地板上都铺了一张草席，是让我们睡觉用的，也提供用木头建成的桌椅，厨房厕所什么的都暂时没有办法设置，若是想要清洁身子，只能到后面那座山上的河里。

"没有床？那我们睡在哪里？"

"厕所和淋浴设备也没有，难道这个木桶是拿来让我们当马桶用的？太恶心了吧！臭死了！"

"连一部计算机或电视机都没有，整天待在这个空房子里会闷死人的。"

"没有厨房，我们怎么煮菜吃饭？那要这些桌椅来不也是多余的吗？"

虽然清楚我们建造的木屋跟 21 世纪那些豪华的房子完全不能比，但是没想到会有这么多人提出如此负面的意见。说实话，其实想大骂他们一顿，地球现在都变成什么样子了，这些人还那么自私自利地只想着回到过去奢侈的生活，却没有想过世界政府的人这段时间内每一天都那么辛苦地工作，为的就是让人们暂时有个家园。他们不但没有感激的意思，还责怪政府没有能力马上恢复他们以前的生活。我真想把他们骂醒，难道他们不知道地球变得如此不堪一击，就是人类自己造成的吗？

哲羽看出我对于大众的负面反应感到十分不悦，毕竟这些房子也算是我们的成果，居然被他们嫌弃，早知道如此，当初就不管他们的死活，随便建几栋房子够我们自己住就好了！哲羽手抚着我的肩说："算了吧，他们只是暂时适应不了，就由他们去吧，有一天他们会感谢我们的。"

这时候萝亚朝我们走过来，表情看起来有些奇怪。

"萝亚，怎么了？看到什么了吗？"我问。

"这一切都只是暂时的，他们迟早会忘记这一切。"萝亚心不在焉地说。

"你在说什么？忘记什么？"我问。

"我们所经历过的一切，他们将来都会忘得一干二净，然后再次犯同样的错误，才会导致地球毁灭。"萝亚神情黯淡地说。

虽然不是完全明白萝亚的话，但是我大概猜得到她的意思。灾难过后还不到半年的时间，人们似乎已经忘了我们那三天所经历过的一切，已经遗忘了那场噩梦，一心只想着设法回到从前的日子。我猜半个世纪以后的今天，地球一定会再次变得文明、先进，而不是像现在这般原始，因为大众不会忍受永远过着这么简陋的生活，一定会想方设法去美化周围的环境，改善生活条件。到时也许大家不会再记得这一次受到的教训，然后再次大肆毁坏地球的生态。

就在我陷入沉思当中时，突然迎面走来一对看起来十分面善的男女，他们看到我和哲羽就像看到了鬼一样，两个人同时停下脚步，四肢僵硬，脸色苍白，全身不自觉地微微颤抖。我和哲羽对视了一眼，觉得莫名其妙，完全不明白眼前这两个人的反应是怎么回事。就在这时候，他们两个突然一齐转身，拔腿就跑，却被我们两个叫住了。

"不要伤害我们！"那个女人吓得摔倒在地，大声叫道。

"我们什么也不知道！"她身旁的那个男人也紧张地连连摆手。

我认得这个刺耳的尖叫声！就是当时跟小岚一起被困在地下道的受难者，我记得那时候我们把他们救了出来，这两个人就在那边大喊大叫，说什么我们是毁灭地球的外星生物。

"原来是你们。"我冷冷地说道。

"救命啊！这些怪物要杀了我们！他们有超能力！是外星人啊！快来救我们！"那个女人边哭边大声喊叫。

哲羽瞬间转移到她的身后，用力捂住她的嘴巴，阻止她继续引起别人的注意，我则是站在那个男人身旁，示意他闭上嘴巴，他也乖乖照做，没有反抗。

萝亚惊讶地看着眼前这对男女，又看了我一眼，说："颖馨，怎么回事？他们知道我们的身份？"

"记得灾难的时候我们从下水道里救出的人里面，有几个神志不清的人一直反复说我们是外星人吗？就是他们。"我冷冷地指着他们说道。

那个女人终于不再挣扎，哲羽慢慢松开手。她吓得跪在我们面前，不停地重复说："不要伤害我们，我不想死。"

"我们不会伤害你们，只要你们乖乖闭上嘴巴就好。"我不客气地对他们说。到现在还是有些不平，当时那么辛苦地救他们出来，换来的却是无情的冷言冷语。

"颖馨，不需要那么凶吧，我想他们也只是受到了惊吓。"一向比我善解人意的萝亚对我说道。

"哼，什么外星生物，要是想伤害你们，当时就不会救你们出来了！一群不懂得感恩的家伙！"我还是难掩内心的不满。

"好了，颖馨，现在最重要的是不能让他们把这件事情传出去。要是他们到处跟这里的居民乱说，一定会引起不必要的恐慌，还是先想办法让他们闭上嘴巴吧。"哲羽一脸担忧地说。

我突然想到可可的能力，她能够用脑电波跟别人沟通，也能够轻易听到别人脑子里的想法。要是我们拜托可可从脑中传达信息给这两个人，威胁他们说我们能看清楚他们的想法，以后的日子将会时刻监视他们的一举一动，要是有想要把这件事情泄露出去的念头，一定饶不了他们，这样的话他们应该就不敢乱来了吧？

哲羽从这里消失，准备前去把可可带过来，他的这一举动把这对男女吓得大叫起来，真是胆小的人。没过多久，哲羽跟可可出现在我们面前，这对男女看到可可奇异的打扮和与众不同的外貌又被吓得目瞪口呆，一句话也说不出来。可可一句话也没说，只是集中精神注视着他们两个人。他们原本的神情都只是害怕，听到了脑中可可的声音以后，两个人看起来明显受到了更严重的惊吓，惊讶地张大了嘴，又难以置信地对视了一眼，然后一同开口说："是，一定不会跟别人说，对不起！我们这就离开，一定不会泄露出去的，你也听得到我的想法，你知道我们不是说谎的吧？求求你们放过我们吧！"

可可得意地笑了一下，然后开口说："在我的监视下，你们不敢做什么的，对吧？"

"不敢！不敢！我们什么也不知道，什么都不会说！"他们一齐保证。

"最好遵守诺言！走吧。"我示意他们离开。

灾难过后我们都完全忘了这件事，仔细想想，现在越来越多的人知道了我们的身份。世界政府的人屡次见识过我们的能力，医疗大楼的医护人员也目睹过小凯和虞依的力量，而小岚以及其他几位幸存者也知道我们的超能力。再这么下去，只怕会有越来越多的人知道我们的真实身份，不知道以后会不会引起什么不必要的是非。

可可在我们这里生活了两个多月，带着她的侍从跟吴韩他们学习了不少医学知识，也跟木村探讨了她们那边所有植物的特性，她说这是她此次前来的主要目的——确保她的族人能够健康平安地生存下去。在她那傲慢的外表下，内心其实非常细腻，看得出来她很爱她的族人，她的确是一位优秀的领袖。

除了跟我们学习医学知识以外，可可在这段时间也帮了我们不少忙。比如说我们建好的木屋，要不是有她的指导，凭我们目前的资源，根本没办法建起如此多的房子，而且依照她们的方式，盖好的房子的确比之前那些坚固许多。她还教给了我们一些最原始的求生本领，比如打猎。这里的居民只懂得用枪，而且大部分人从来没有过在野外狩猎的经验，可可指导我们该如何用简单的材料打造各种狩猎工具，以及寻找猎物的方法，还有遇到猛兽时一些自我防卫的手段。此外还有原始部落的进食习惯、娱乐活动、天气预测、生活方式……虽然都是一些人类当初具备的常识，但对于这些 21 世纪的人来说，这一切听起来简直是天方夜谭。大家都非常认真地听她的指导。

可可说她是时候离开了，族人还在盼望着她回去。她笑着跟我们说她的族人以为我们是上天派来的神，而他们猜测可可必须离开部落一段时间，跟其他伟大的神相聚、庆祝，来祈求他们部落的安全。听起来虽然可笑，但有着这么单纯的思想，其实是件幸福的事。

"我一直认为跟外界接触对我和我的族人一点儿好处也没有，只会引起不必要的冲突，甚至威胁到部落的安全，但这段时间我学到了很多，外面的世界比我想象的复杂，但也比我猜测的发达许多。虽然你们建立的先进文明被摧毁了，但你们的知识和能力依然是无限的，我想过不了多久你们就能够恢复先前的生活方式，到时候要是我还能再过来探望的话，一定会再次大开眼界。"可可大方地对我们说。

"你也教了我们很多东西，可可，能够接触到你们的文化真的很难得。这些现代人从前那么抗拒一切原始的事物，但在你们的影响下他们的观念慢慢改变了，其实原始生活也没有想象中那么可怕，完全不依靠任何机器的生活方式，反而让人有一种莫名的成就感。"龙毅的话表达了我们所有人的想法。

"有机会的话希望还能够见到你们。保重，后会有期，我的朋友们。"可可低下头，向我们比画了一个奇特的动作，像是在跟我们道别，然后在龙毅的带领下消失在我们眼前。

这个神秘的部落，此时此刻也许是这世上最快乐的一群人。

29. 寻找

29. XUNZHAO
>>>

　　生存了这么长时间，到这一世才发觉自己从来没有过什么非凡的创举，从来没有对世界或社会做出什么伟大的奉献，也从没成为过任何地位崇高的重要人物。相比之下，组织里许多同类的人生都比我精彩了许多：有的当过政府高官，有的曾经是伟大的发明家，有的连续几世都从事科学研究，甚至有的曾经是著名歌手或电影明星。在华生的带领下，那几位生存了几个世纪的科学家这几年来一直在默默地筹备，以帮助人类重建文明。

　　从前跟他们接触不多，因此并没有太多交谈，只是大概知道他们的存在，直到这一世，他们终于需要组织里面其他人的帮忙，我们几个才开始跟他们交往。到现在还是记不住他们的名字，只记得每一次跟他们交谈的时候，都几乎完全听不懂他们口中的专业名词和科学知识。明明是同一个组织的人，这些专业人士显得如此博学多闻，而我却像一个没见识的俗人一样，什么也不懂。

　　灾难过后的这些年来，组织里的医学家和科学家们一直跟世界政府合作，不断寻找机会改善人们的生活条件。为了尽快摆脱原始的生活环境，这些科学家夜以继日地研究，提供他们的专业知识和建议，而我们这些只能够用体力帮忙的，则是不停地四处寻找他们所需要的资源，好让他们能够有新的发明来改善我们的生活。

我、哲羽、武雄和龙毅，我们四个就像是拾荒者一样，走遍了世上还存留的每一块陆地，尝试寻找一切有可能对科学研究有帮助的物品，将它们带回基地，然后让组织里由华生带领的科学家们鉴定这些物品的用处。华生不只是个天才科学家，他还拥有一双奇特的神手，他的特异功能是能够凭自己的双手，瞬间把一台有故障甚至破损的机器完全修理好，而且是在没有任何工具的情况下，只需要用双手轻轻一碰。除了修复物品以外，只需要提供一些零碎的机械零件，华生便能轻易拼凑出来一台全新的机器。有时候我觉得他就像是人们口中的那些拥有超高智商的外星生物一样，只要是跟科技有关的问题，没有什么难得倒他。

虽然华生有如此才能，但他终究不是万能的神，不能够产生电源，而修理好的机器在没有电的情况下，也只不过是破铜烂铁一个，因此我们首要研发的是21世纪最重要的电力。还记得那时候我很天真地告诉他们，如果要制造电当然是利用燃煤来发电，因为那是唯一一种我听闻过的发电方式。

"哈哈，颖馨，你说我们现在能去哪里找煤？"性格开朗的华生问我。

"……在地底下吧？"我突然害臊起来，担心自己在这群科学家面前丢人现眼。

"没错啊，在非常深的地底下，但是我们现在要去哪里找大量的大型挖煤机来取煤？唉，困难啊！以前同燃煤发电是全世界最普及也最多人使用的发电方法，但是现在我们什么仪器工厂都没有，实在是很难做到。"华生感叹。

"难道没有别的方法了吗？世上应该有很多制造电力的方法吧？"我问道。

"水力、核电、天然气、风力、太阳能、火力……"华生皱着眉头思考，继续说，"唉，要想出原理很简单，但要想运用以前的发电方式，需要一些大型的工厂，但现在去哪里找工厂？就算找到了也是废墟，根本用不了。"

"工厂？什么样的工厂？"我突然想起跟哲羽他们在平原上寻找有用的资源时，见到过一些被摧毁的建筑物，看起来曾经是大型的工厂。

"水力、火力或太阳能发电厂，甚至核电厂。"华生说。

"华生，哲羽曾经带我们经过几个看起来曾经是工厂的地方，但我不确定它们是不是发电厂。"我开始认真起来。

"在哪一区？你知道吗？"华生也收起笑容，恢复正经的模样。

"我不清楚，哲羽利用他的能力把我们带到很多地方，但我想他应该记得在哪里。"我说。

华生和他的两个助手跟随我一起去找哲羽，打算马上出发前去寻找所有残留的工厂。我跟哲羽大概解释了一下，他二话不说就找龙毅帮忙带人；这一次参与行动的包括我总共有六个人，我们在什么也没有准备的情况下就出发了。几小时内一直不停地穿梭，哲羽只是凭着自己的记忆带我们去他记得的地方，并没有办法准确找出每一间工厂的具体所在地。途中到达了几个看起来像是工厂的地方，但华生很肯定全都不是发电厂，只不过是普通工业区，于是转移到别的地区寻找。

费了好大的劲儿，华生终于在其中一个地点示意我们停下来，他跟着其他两位科学家目不转睛地盯着眼前一座荒废的工厂。虽然是白天，但这片白茫茫的空地却被浓浓的大雾笼罩着，显得特别阴森。就在我们准备向前走近时，却发现这块地上布满了各式各样的昆虫和动物的尸体，让人疑惑不解的是，这些生物的尸体都像生化电影里的一样，外貌畸形，完全不像是我们所认识的地球生物。

"华生，这是怎么回事？"哲羽神情紧张地问道。

华生没有说话，只是蹲下身子察看这些生物的尸体。没多久，华生和另外两位科学家似乎达成了共识一样，三个人同时转过头注视着对方，脸上的表情变得惊慌失措，然后齐声说道："核电厂！"

我跟哲羽莫名其妙地对视了一眼，而华生激动地大声喊："大家快点儿离开！马上！"

我还没来得及反应过来，已经被哲羽带回了组织的基地，我们三个倒是没什么特别的感觉，但华生和另外两位科学家却急促地喘着气，神情凝重，就好像快要喘不过气来一样。

"华生，说吧。"龙毅应该已经猜到他们的想法，只是想要解释给我和哲羽听。

"核电……核电厂。"华生喘着气说，"刚才那个地方看起来曾经是个核电厂，但已经荒废了。一定是灾难的时候受到严重破坏，锆合金的包壳遭受撞击之后破裂。不过照刚才那样看，也许是灾难过后，核电厂的电源长时间缺失，导致仪器里的水停止循环，所以压力容器中的热量无法及时排出，部分燃料棒得不到水的冷却，温度升高到超过锆合金的熔点，才使包壳破裂。"

"那么……所以……简单来说是什么意思？"我有些羞愧地提问，因为完全听不懂华生在说什么。

"就是说锆合金的包壳产生破裂，所以才会释放出大量放射性物质。刚才我们在那里看到的那些生物的尸体，想必就是受到这些放射性物质的辐射才变形的，也有可能因此死亡。"华生解释道。

"但是我们终于找到了一家发电厂，应该是好消息吧？"我问道。

"如果工厂里面还有我们需要的仪器当然是对我们大有帮助，但问题是任何人在这种情况下接近那个地方都太危险了。我们不能够确切地探测到那个地区的空气里放射性物质的含量有多高，要是超过标准的话，一定会导致疾病产生，甚至死亡。我们这里没有防辐射服之类的装备，不管是谁去那里都太冒险了。"华生认真解释着。

"但是只要能够得到那里的仪器，你们就有办法让它们工作吧？你们一定能够想办法利用这些机器制造出电力，是吗？"哲羽完全没顾虑华生提到的危机，一心只想尽快改善大家的生活环境。

我静静地在一旁思考，突然想起孟梵曾经提起过一个人，拥有保护罩，能够抵挡一切外来的影响。要是能够找到那个人，让他带我们到核电厂的所在地，也许我们能够毫发无伤地取得一切需要的仪器，从而摆脱没有电力的生活！

"保护罩？你是说阿得吗？"孟梵一边跟小岚猜拳一边跟我说。

"我怎么知道他叫什么名字，就是你以前跟我说的啊。把小雪害死的那个人，不是具有保护罩的能力，谁也碰不了他吗？"我说。

"是啊，麻烦的家伙，可能连你也拿他没办法。"孟梵笑着说。

"不过已经事隔这么久，他早就离开了吧。我都没想清楚就跑过来了，算了，你继续陪小岚吧，我晚点儿再来看你们。"我带着失落的心情准备离开。

"阿得，当然在啊！"孟梵站起身来，自信地说，"他从没离开过，也住在这里。不过那家伙很孤僻，不爱跟别人打交道，总是选择远离人群，所以你们可能到现在还没见过他。"

"可是……怎么会？他不是应该很恨你吗？为什么过了那么长时间还会待在这里？"我惊讶地问。

"我那么善解人意，这世上怎么可能会有人恨我呢？那家伙刚被我抓回来的时候是很不服气，但后来他们组织的人一直都没有来救他，他才意识到他那个所谓的老大根本一点儿都不在乎他。我后来也没有把他关在牢里，让他自由活动，没想到那家伙就赖着不走了，说他不认识别的同类，以前的同伴已经抛弃了他，他哪儿也去不了，就决定留在我身边帮忙。你找他干什么？"孟梵问我。

我把今天发生的事告诉了他，那个叫阿得的人还在这里，那就表示我们的计划也许能够成功！我难掩兴奋的心情，语气也变得激昂起来，要孟梵赶紧带我去见这位阿得。

"等一下，核电厂？放射性物质？你怎么会糊涂到跑去那么危险的地方？哲羽那家伙怎么那么粗心，居然在毫无准备的情况下带你去那种地方！要是被辐射了怎么办？你们太乱来了吧！"孟梵第一次用这么严厉的语气跟我说话，让我有些不习惯。

"我们刚开始根本不知道那是什么地方，华生一发现我们就马上离开了，所以需要阿得的帮忙。"我回答他。

"阿得那家伙脾气不好，要是想用他，我也必须参与你们的行动。这样也好，把你交在哲羽一个人手中，真叫人放心不下。"孟梵好像很气愤的样子。

孟梵说这个阿得从来没有跟任何人有过任何交谈，是个非常冷漠又我行我素的人，要不是孟梵出面说服他，想必他根本不会帮助我们。这次华生没有带上他的两个助手，人多的话危险性也比较高，还是六个人行动，多了阿得和孟梵的陪伴。华生他们已经事先商讨过需要哪些仪器，确保能够在最短的时间内达成目的，尽快撤离核电厂。

"听着，那边的情况很不稳定，我们目前什么也不知道，必须谨慎行事。我不能够保证不会有小型爆炸，毕竟空气中含有太多杂质，反正大家小心一点儿，千万不要为了得到那些仪器而伤了自己。"华生严肃地叮嘱我们。

"对了，不要站在我后面。"阿得终于开口了。

"什么意思？"他这句话让我们几个都一头雾水，哲羽忍不住开口问。

"我建立的保护罩只限于我身体的前方，所以你们必须要站在我前面才能够受到保护，千万不能站在我背后，不然你们就只能靠自己的运气了。"阿得说。

每个人都有自己的弱点，原来阿得的保护罩是有极限的。我们整齐地排成两队，跟随哲羽和龙毅再次回到那片荒凉的地区，再一次看到那些奇形怪状的动物尸体，还是觉得这里像是另外一个星球，完全不像我们所认识的世界。大家都小心翼翼地向前走，没有人说一句话，也没有人敢打乱队形。

终于进入了核电厂的内部，这是一栋巨大的建筑，让人惊叹。华生很快就找到了我们所需要的仪器，吩咐由我负责用能力搬运仪器，这样大家就不需要亲手碰任何东西，也就不用冒险离开阿得的保护罩。

阿得就站在我的身后，哲羽在我的前面，而我的旁边则是孟梵。大家都不敢转过身来注视我的行动，害怕会让我分心，也不希望做出太大的动作影响阿得的保护罩。华生说明了要搬运五件主要的仪器，分别是冷凝器、压力容器、蒸汽发生器、汽轮机以及发电机。我根本就不知道它们具体是什么样子，只知道一定是看起来体积最大的那几台机器。

"颖馨，只要把东西运到我的位置就可以，我会替你带回去的，麻烦你了！"龙毅对我说。

这些仪器那么大，哲羽一定搬运不了，看来就只能靠龙毅跟我来完成这项任务了。灾难过后很久都没试过搬运这么重的物体了，十分困难，加上它们先前早已被螺丝固定在特定的位置，要抬起来简直是难上加难。我好不容易终于抬起第一台机器，却重到我双手不停发抖，差一点儿就把仪器又摔回原位。

"颖馨，不需要太勉强自己。"哲羽担心地转过身看着我。

"不要乱动！这样会影响大家。我可以的，飞机我都搬过，这算什么？放心吧。"我尝试安抚哲羽。

终于把冷凝器搬到了龙毅手中，他一接过就马上消失在我们面前，我又开始搬动第二台仪器。就这样，我和龙毅分工合作了一段时间，终于只剩下最后一台仪器，总算能让我稍微松一口气了。我很清楚此时此刻自己的体力已经快要消耗完了，很担心又会在关键时刻像从前那样晕过去。我只好咬紧牙关，全神贯注地注视着浮在半空中的这台发电机。

"颖馨！"是孟梵的声音。

我只记得前一分钟还好好的，突然眼前一片漆黑，身子不受控制地急速向后倒下，而站在我们身前的龙毅突然移动，浮在半空中接过差点儿掉落的发电机，然后从大家眼前消失了。虽然已经开始意识模糊，但我很清楚这时候的自己是倒在地上的，位置在阿得的身后，也就是说，我已经离开了他的保护罩！

我的耳中只听到孟梵和哲羽大声呼喊我的名字，接着就传来震耳欲聋的爆炸声，到最后他们的叫声也停止了，我终于无力地闭上双眼，周围变得一片寂静。

我的四肢完全不听使唤，一动不动地躺在地上。

到底发生了什么事情？

30. 离别

"发生了什么事？"我迷迷糊糊地说道。

没有人回答我，只听到喧闹声，听起来好像在场的每个人都在忙碌地跑来跑去，口里大声叫喊着。虽然还睁不开眼睛，但我能清楚地听出现场正一片慌乱，根本没有人意识到我已经苏醒。

我坐起身，茫然地看着眼前的景象，尝试弄明白是怎么回事。这里是世界政府的医疗大楼，我正躺在其中一张病床上，旁边有两个医生和十几个护士正匆忙地四处走动，全都戴着口罩和手套，而他们身穿的雪白制服，都被鲜血染红了。旁边的两张病床上分别躺着两个高大的男子，他们的情况看起来十分危险，看不清楚他们的脸庞，但病床上到处都是血，奇怪的是居然还有烧焦的味道。

"呼吸越来越弱了，准备进行手术！"

"失血过多，先想办法止血！"

"这位恐怕不行了，快叫他们组织的人来帮忙！"

两个医生惊慌失措地大声嚷着。我用尽了全身力气，终于站起身来，缓缓走向前去看到底发生了什么事情。当我看清楚躺在病床上的那两个人熟悉的面孔时，那一刹那，我的心脏仿佛停止了跳动，全身上下不自觉地发抖，接着就歇斯底里地哭喊："哲羽！孟梵！"

"她什么时候醒过来的，怎么没人去照顾她？快先去看看她的情况。"其中一位医生吩咐道。

几个护士同时朝我走过来，尝试把我按在病床上，而我却发了疯似的对每个人拳打脚踢、大喊大叫，我的体力还没有完全恢复过来，没多久就被他们按在床上。我大叫："龙毅呢？快把小凯跟虞依请过来啊！你们这些医生是干什么用的！快救救他们啊！要是他们两个有什么三长两短，我……求求你们，快把他们救醒！"

哲羽的脸……到底发生了什么事？为什么头上全是血？左手看起来似乎被炸烂了，遍体鳞伤，医生怎么叫他也没有反应，究竟是怎么回事……

孟梵呢？他又是怎么回事？眼睛一边严重瘀血，肿得像一个拳头那么大，就是他身上散发出来烧焦的味道，身体也是血肉模糊，全身几乎看不到一处是没有伤的。

对我来说，哲羽和孟梵都是我最亲的人，要是他们两个中有谁就这么离开了我，我要怎么继续活下去？一想到这个可能性我就害怕得不知所措，放声大哭起来，这是我这辈子第一次在众人面前落泪。

"医生，孟梵长官的心跳停止了。"一个女护士黯然说道。

"你说什么？快叫虞依过来！就算是停止呼吸，一小时内虞依也可以把他救活，快去啊！"我从另外两个护士的手中挣脱出来，朝着照料孟梵的那个护士扑过去，吓得她尖叫出来。

过了好一阵子，虞依和小凯终于出现在我们面前，小凯一到现场就朝我跑过来说："颖馨，你没事吧？我先帮你……"

　　我没等小凯说完就甩开他的手，把他推到哲羽面前，对他说："小凯，哲羽拜托你了，一定要救活他！"

　　交代完小凯后我朝虞依走去，虽然知道每救活一条人命就代表虞依的体力会完全耗尽，导致她长期昏迷，但我不能够接受孟梵就这么死去，歇斯底里地哭着向虞依求救："虞依，我知道你跟孟梵一点儿都不熟，根本没有理由牺牲自己去救他，但我求求你一定要帮帮忙！他已经停止呼吸了，现在就只有你能够救活他，求求你虞依，他是我跟小岚很重要的人。"

　　虞依望了我半响，转过头看了孟梵一眼，又看了看跪在眼前的我，然后蹲下身对我说："干什么呢，颖馨？我当然会帮你。放心吧，我会救他的，不会再让我们的同类死去了。"

　　一个多月以后，他们两个终于完全康复了。但是到现在为止，每次想到那时候躺在病床上奄奄一息的他们，我还是会心神不宁。

　　事隔一阵子以后，华生才详细描述了当时的情况，他说那时候发电机掉落的速度太快，而空气中含有大量放射性物质，因此才会产生碰撞引起爆炸。龙毅刚好在那一刻离开了阿得的保护罩去接发电机，但他本身从来就不会受伤，因此没有受到影响。

　　至于孟梵，就在我倒地的那一瞬间，他意识到空气中发生的爆炸，于是奋不顾身地趴在我的身上，我才侥幸生存下来，他也因此受到严重创伤；而哲羽也在那一刻离开了阿得的保护屏障，蹲下身子把瘫在地上的我跟孟梵一并带离现场，因而也被炸伤。

　　这么说来，其实他们两个受的伤都跟我有关，要不是我体力消耗殆尽，发电机也许不会急速掉落，那么可能就不会引起爆炸，他们两个也不会有事。我不断责备自己能力的有限，当时真的不应该那么逞强，超过自己能力范围的事情，就应该等下一次再去完成，不应该这样连累他人。还好我们组织里有小凯和虞依他们这样的人，不然哲羽一定没办法痊愈，孟梵更不可能活下来。经历过那次可怕的危机，我才意识到哲羽和孟梵在我的生命里有多么重要。

接下来的一段时间，华生他们几个也没有让我们的努力白费，他们全力进行研发工作，终于成功利用我们得到的仪器发出电来，让我们慢慢恢复了 21 世纪所熟悉的生活方式。有了电力以后，当然需要寻找一切能够改善我们生活的工具。电灯、暖炉、风扇、计算机、电视等，只要是我们找得到的物品，全部都带回组织的基地，先让华生把它们修好，然后通上电，我们又慢慢恢复了曾经熟悉的高科技生活。

虽然我们在灾难以前的文明已经被大自然毫不留情地摧毁了，但地球上的每个角落依然残留不少我们曾经拥有过的东西。虽然我们失去了一切，但大众求知的欲望和追求进步的精神依然丝毫没有减退，人类发达的头脑以及丰富的知识也完全没有受到影响，因此还是能够在短时间内改善自己的生活。

光阴似箭，2024 年的大灾难已经过去了十年，今年我刚好满三十，是时候离开了。先前的每一世我都比萝亚和哲羽走得早，但没有一次像这一世内心这么忐忑不安，很害怕自己再也回不到大家的身边。要是我真的就这么消失了，谁来陪伴哲羽？谁来帮助孟梵一起照顾小岚？还有武雄、萝亚、虞依和我们的组织……世界政府的重建工作又是否会因为失去了我的能力而受到影响？

大伙儿都很清楚我大概什么时候会离开，这段时间里他们四个天天寸步不离地待在我身旁，把我照顾得无微不至，仿佛想要预防任何危险接近我。虽然我们拥有与生俱来的轮回能力，但由于已经彻底失去了庞德和赤义这两个最重要的同伴，所以他们才会那么害怕有人去世，怕也一去不返。

哲羽握着我右手腕上的玉镯，那是我们两个人的约定，已经戴了一个世纪，不知道这一世结束以后还会不会见到它。

"每一世都帮你戴上一个新的手镯，下一世千万不要消失，记忆恢复后一定要赶快回到我身边，让我再像以往那样帮你戴上一个新的手镯，知道吗？"哲羽深情地对我说。

"哲羽，要是我回不来的话，小岚就交给你们大家了，一定要好好照顾他。"我低声说道。

"不要说这么悲情的老套台词，你一定会回来的。"哲羽一脸不悦地说。

"时间过得真快，这已经是我第十三世了，哲羽，你能相信我们居然在这世上存在了这么长时间吗？有时候想想都觉得难以置信，自己居然已经活了将近四个世纪！要是照古代的神话来说，我们组织里的人都是传说中的百年老妖了吧？其实生存了这么久，年龄也变成了一个毫无意义的数字，如果大家下一世都成功轮回，你猜我们接下来还能够生存多久？到时是不是真的会一起面临世界末日的到来？说到世界末日，人类常拿这个来开玩笑，等到真正来临的那一天，面对地球的彻底毁灭，真的有人笑得出来吗？哲羽，你害怕吗？"我仰望着天空感慨道。

"世界末日吗？只要到时候你在我身旁，没什么好怕的。你说，人类为什么那么想长生不老？有时候还真有些羡慕平常人那么短暂的人生，至少他们活得精彩，懂得珍惜身边的一切，也拥有害怕死亡的念头。我们生存了那么久，却永远都要小心翼翼地不让世人发现我们的真实身份，对身边的一切也没有什么留恋的，对于'死亡'二字更是完全麻木。"哲羽今天似乎也特别伤感。

我们两个都没有说话，只是手牵着手，静静地仰望着蔚蓝的天空，享受这一刻的宁静。

离开的时刻终于还是来了。我静静地躺在床上，回想起第一次面对死亡时的情景，跟此时一模一样，也是卧病在床，等待呼吸停止的那一刻到来。哲羽一直握着我的手，神情紧张地注视着我，我已经盼咐他把房间的门锁上，禁止别人进来，我最讨厌离别的场面。

"颖馨，我知道你在里面，快开门！"是孟梵的声音。

哲羽看着我，不知道是不是应该让孟梵进来，我没有说话，只是示意哲羽不要起身。孟梵继续大喊，敲门声越来越急促，我不希望让他看到我现在的样子，还是无动于衷。我没有跟孟梵说过今天是我离开的日子，他是怎么知道的？不过就算知道了又如何，谁也拯救不了我，他到底来做什么？

"颖馨姐姐，开门啊！让我进去吧！"是小岚哭叫的声音！

我紧紧握着哲羽的手，尝试坐起来，却完全动不了。

"让他们进来吧。"我终于忍不住开口说。

一向都满脸笑容的小岚，这时候却泪流满面，难过地看着躺在病床上的我。第一次看到小岚这么伤心，我心里也特别难受。孟梵明明知道我们经常面临死亡，他的神情看起来却也是伤心欲绝，就好像我即将永远离开一样。

"孟梵，你干什么？我还会回来的，你那么难过做什么？搞得小岚那么伤心，有必要吗？"我轻声指责他，避免让小岚听到。

"这……是没错，但看到你这么痛苦的样子，我难免也会难受，这不是很正常吗？还有小岚，难道你真的打算一句交代也不留下，就这么无声无息地离开他？"孟梵握着我的手说道。

"颖馨姐姐，你怎么生病了？老天爷爷这个坏蛋要是带走你，我就什么也没有了，你不要走啊！"小岚哭着趴在我身上，他今年十四岁，时间过得真快，想当年刚认识他的时候，大家都喜欢抱着他到处乱逛，没想到这么快就已经长这么高了。

"小岚乖，孟梵哥哥会一直照顾你，哲羽、萝亚、虞依和武雄也是，你不会孤独一人的，放心吧。"我尝试安慰他，但想到终有一天，他们所有人也会一一离开，真的不晓得该如何跟小岚解释。

等到下一世我再回到这个地方，小岚已经是个成年人了，到时候我的年纪会比他小很多，不知道该跟他说我是谁呢？到时候大家都还会在吗？每一个人都会顺利转世吧？八年的时间，希望大家都能够平安度过，八年后再相聚在此地。

"我也一直会在你身边的，小岚。八年后见，大家。"

31. 重聚

ɪ ᴀ ɴ
ɢ ᴜ ᴀ ɴ ɢ ʀ ᴇ ɴ
蓝光人

31. CHONGJU
>>>

轮回了这么多次，每一次记忆恢复时的感觉还是那么奇特，就好像自己刚刚重生了一样；虽然先前八年的童年依然隐约记得，但瞬间变得毫不真实，连这具肉体也仿佛只是暂时借来让我的灵魂寄托似的。

跟往常一样，记忆一恢复，对养父养母的亲切感一下子就消失了，只想尽快回到组织里，那是我唯一真正熟悉的地方。我想到目前为止，世界各地失踪儿童的数量一定每一年都不断上升，有时候真替这些父母感到难过，孩子就这么一声不吭地从他们的生活中消失。但我们又不可能永远陪伴在他们身旁，记忆恢复以后，当然不愿意再被当成小孩子一样让别人照顾，我们都生存了几个世纪，比任何人都老。

我趁"爸妈"不注意的时候，独自溜出家门，突然有个高大的身影出现在我面前。

"龙毅！是你，吓死我了。"看到熟悉的面孔很开心，我松了一口气。

"记忆终于恢复了,快回家吧!"龙毅笑着说道,看起来很开心的样子。

比起之前几世养育过我的人来说,我真的认为龙毅比他们任何人都更像我的父亲,好像什么事都能够托付给他,有困难的时候也第一个想到他,即使犯错时也清楚一定会得到龙毅的原谅。要不是有他来主持大局,我们组织一定不能生存这么长时间。不只是我,我相信对组织里面的大部分人来说,龙毅都真的像父亲一样。有时候真不敢相信自己在几个世纪以前对他那么仇恨,没想到当年最恨的人,如今居然成了自己最信任的亲人。

龙毅笑着把双手放在我的肩膀上,几秒后我们俩就转移到世界政府的基地,好亲切的感觉,我不禁开心地笑了。我四处张望,没想到在短短的八年间,这里的环境居然改善了许多,完全不像我离开的时候那么落后原始,进步的速度快得让我惊讶。房子的数量比离开那一年多了大约一倍,世界政府的基地和医疗大楼也重新改造,不再像从前那样破烂简陋,变得完全现代化。一眼望去,一大片农田里,长满了各式各样的农作物。最重要的是人们的脸上,终于露出了满足的笑容。

"小岚?"我注视着眼前那位双手撑着拐杖的熟悉的背影,低声问龙毅,"龙毅,那是小岚吧?"

"是啊,长大了很多,都快认不出来了吧?"龙毅笑着说。

"这孩子,居然这么大了,今年应该二十二岁了吧?"我热泪盈眶,看着眼前的小岚,想起他小时候灿烂的笑容,不知道他还会不会记得我。

"对了,颖馨,小岚现在已经是大人了,不再像从前那样,你要做好心理准备。还有,记住不要跟他说你的真实身份,要是发现你突然间变得比他小那么多,他恐怕接受不了。记住,要理智一点儿。"龙毅严肃地叮嘱我。

"等一下，你说小岚不再像从前那样，是什么意思？"我不明白他指的是什么。

"以前我们大家都熟悉的那个开朗的小岚已经变了一个人。你走了以后没多久孟梵也离开了，当时小岚伤心得天天哭闹，说他是没人要的孩子。几年以后萝亚、哲羽、虞依和武雄也都跟着走了，那孩子又再次崩溃，而且一直都没有他父母的消息，他甚至几度怀疑自己是瘟神，才会把身边所有人一个一个害死，自责了很久。我已经很长一段时间没有见过那孩子笑了。唉，连我也拿他没办法，你试试开导开导他吧，我看他最喜欢的人就是你跟孟梵了。"龙毅叹了一口气，摇了摇头。

龙毅应该是小题大做吧，小岚这个天生的开心果，怎么可能变得沉默寡言？

"小岚，是你吗？"我走上前去对他说。

小岚已经是个健壮的成年人了，跟我印象中那个常被我们抱在怀里的小男孩完全不一样，再加上现在的我才八岁，身子比他娇小许多，实在很不习惯。小岚抬起头看了我一眼，他那双绿色的眼睛依然那么迷人，但那冷冰冰的眼神让我感到无比陌生。

"你是谁？怎么知道我的名字？"小岚冷淡地问我。

"我……我是……我是龙毅的外甥女。"我不擅长说谎。

"那个大叔什么时候多出了个外甥女？奇怪！干吗，找我有事吗？"小岚变得真没礼貌，居然称呼我们的领袖为大叔。

"也没什么事……对了，你的腿好点儿了吗？"我有些不好意思地盯着他的右腿看。

小岚一脸不悦地看着我："你怎么知道我的腿没了？"

突然发现自己的反应好迟钝，我又再次说不出话来，低下头支支吾吾，不知该如何回应他。

"看到我撑着拐杖是吧？也难怪。"小岚黯然地低下头，突然好像想起什么重要的事似的抬起头来看着我，"奇怪，你这家伙……怎么长得那么眼熟呢？好像在哪里见过……你到底是从哪儿冒出来的？叫什么名字？"

"我……是从很远的地方来的，叫我小欣吧，以后就请多多指教了！"我主动伸出手来跟小岚握手。

每一世我都比萝亚早几年离开，哲羽则永远都是晚我一年走，所以每次都是我第一个先回到组织；要等待大家全都回到这里还有好几年，还好有小岚陪伴我，才不会那么无聊，虽然现在的他看起来对我充满敌意，但我相信他很快就会恢复正常的！

"你知道吗？要不是颖馨和哲羽他们，我那时候失去的就不只是这条腿了，我早就死了。我真搞不懂，为什么颖馨、萝亚、哲羽、孟梵、武雄和虞依，他们全都一个接着一个死去？小欣，你说这到底是为什么？是不是我做错了什么事情，激怒了老天，他才那么残忍地把爸爸妈妈和所有我爱的人全都带走？我一直问龙毅到底是为什么，但那个大叔每次都不愿意跟我解释清楚，他一定知道些什么！"

跟小岚相处了几个月，他终于放下戒心，总算是把我当成他的朋友了。小岚经常跟我说这番话，每一次提起死去的众人，他脸上的哀伤都是那么明显，让我看得很心疼，却又不能告诉他其实大家都没有真正离开，每个人都会陆续回来。仔细想想，这个地区里的老百姓跟我们组织里的人都不太熟，也没有什么来往，只有小岚一个人跟我们大家那么亲密。等到大家都回到组织的时候，小岚又会再次见到这么多张熟悉的面孔，恐怕他也会起疑心吧，到时候应该怎么跟他解释呢？难道我们全都要假装是龙毅的亲戚吗？不只是小岚，到时候这里每一个人都会感到奇怪。

"好久不见啊，颖馨，没想到小时候的你长得这么可爱。"

小岚正坐在我的左边，我肯定他没有开口说话，而且声音是从右边传来的，但周围除了我们两个以外谁都不在，只有一个可能：孟梵回来了！我心里虽然感到兴奋，却不敢在小岚面前表现出来，除非孟梵愿意现身在我们面前。这家伙没事干什么又隐身？讲话声音那么小，是故意要吓人的吧。我朝着声音传来的方向看了一眼，没有说话。

"是我啦，孟梵，龙毅刚刚把我带回来了，但暂时还不想让小岚看到我现在的样子。这孩子，居然一转眼就长这么大了，还比我们两个都高那么多，真是令人不服气！"孟梵低声说道，他的声音虽然是个小孩儿，但语气还是那么吊儿郎当，让我忍不住笑出声来。

小岚一脸奇怪地看着我："你没事自己在那里笑什么？真是个奇怪的小女孩。"

"语气真嚣张啊！真是的。"孟梵笑着说。

"小岚，我先走了，明天再找你。"我急忙跑回孟梵以前的办公室，打算在那里跟他会合。

看到孟梵的样子，我忍不住大声笑了出来，笑得我眼泪都流下来了。他对于我这个反应看来非常尴尬，脸颊变得通红，没想到这个霸气的政府高官小时候居然长得这么乖巧可爱，跟他以前高大的模样完全不一样。

"变了很多吧，这里？"我终于收起笑容，正经起来。

"嗯，霍鹏那家伙处理得不错，这里比我们离开时像样多了，总算像个人住的地方了。"孟梵看来很满意。

"打算怎么跟这里的居民交代？再过几年大家都会回来了，到时不知道会不会让别人起疑心？"我问他。

"反正大家都暂时还是小孩儿的身份，先不用理那么多啦，其他的以后再考虑，没问题的。"孟梵打了个 OK 的手势。

孟梵一直不愿意在小岚在面前现身，我也搞不懂他到底在想些什么，这半年多来，每次我跟小岚在一起的时候，孟梵都会自觉隐身，确保小岚不会注意到他的存在。也许是因为他接受不了自己疼爱的小岚现在居然比他还要年长高大那么多，男生毕竟还是比较爱面子的。要是预计没错的话，哲羽就快回来了，希望他能够顺利回到我身边，不要遇上什么意外。我这阵子每天都紧张兮兮地跑去找龙毅，问他到底探视到哲羽的消息没有，他一天不回来，我就放不下心来。

终于有一天，我独自一人在河边发呆的时候，哲羽突然出现在我面前，让我激动得说不出话来。哲羽一见到我就紧紧把我抱住，要是旁人看到这一幕一定感到非常奇怪，两个不到十岁的小孩儿那么深情地拥抱在一起，连我也觉得有些好笑。

"还好你平安回来了，你走了之后的那一年，我每一天都担心得睡不着觉。"哲羽说。

"有什么好担心的，怎么可能会发生什么事？孟梵和武雄也都回来了，小凯和虞依不久后也要到了，还有萝亚也是，大家一定都会回来的，不用担心啦。"我笑着安慰他。

终于，组织里的人慢慢又全部聚集在一块儿了，这种熟悉的亲切感真的令人很开心。虽然孟梵一直都没有正式加入我们的组织，但大家早已把他视为同伴，哲羽跟孟梵自从那次受伤后也不再那么介意对方了，终于学会和睦共处，不再让我感到为难。还有两年萝亚会回来，不知道她现在过得怎么样？其实每一世我都忍不住想起她曾经经历过的事情，她那段被亲生父亲关在笼子里虐打的过去，每次都很担心她是否会安全归来。

还有两年，一定要平安回来。

32. 消失

　　我开始有点儿担心，不只是我，哲羽和虞依最近也都静不下心来，我们几个天天愁眉苦脸，做出各种推测：也许她只是转世晚了？也许是我们记错了她回来的日子？也许龙毅真的老了，才没有办法探测到她的下落？还是说她……

　　萝亚早在几个月前就应该顺利回到我们身边的，但到现在还是没有她的下落，龙毅也表示没有办法找到她。到底怎么回事？好害怕萝亚又像那一世一样，落在坏人手中，没有办法自己回来。但为什么连龙毅也寻找不到她的下落？这根本不合常理，希望她只是转世晚了，真的希望只是这样而已。

　　哲羽不断安慰我，说萝亚已经不是从前那个弱女子，自己也有功夫，不会那么容易遭受别人伤害。哲羽说得没错，但要是她并没有落入任何人手中呢？要是她并没有转世晚了呢？要是她根本就没有成功轮回，那该怎么办？要是萝亚真的像庞德和赤义那样彻底消失，永远都不再回到我们身边，我……

这个念头一出现我就害怕得不知所措，萝亚从我第二世开始就像我的亲姐姐一样，我们一起经历过了那么多事情，全世界最了解我的人就是她，我一直都理所当然地认为萝亚一定会永远待在我身旁，从来没想过没有她的日子会怎么样。如今她有可能遇到了什么意外，而我们这群同伴却什么也不知道、什么忙都帮不上，只能够傻傻地等，等待有一天奇迹出现，等待有一天萝亚终于出现在我们面前，笑着对我们说："不好意思，各位，来迟了。"

又过了半年，萝亚始终没有出现，连龙毅也寻找不到她的下落，没有一个人有萝亚的消息。我真的不知道该怎么办了，更加无法接受萝亚已经彻底离开这个可能性，只是一直抱着希望，反复告诉自己她一定会出现。

这阵子我们四个都十分担忧，几乎没有人露出过笑容，也没有人愿意提起萝亚已经离开世上这个假设。组织里其他同伴对我们四个投来同情和怜悯的目光，仿佛在劝我们尽早接受现实，别再自欺欺人。

"怎么可能找不到，你再仔细找找看啊！"我焦急地对龙毅说。

"我能做的都做了，颖馨，不是我不想帮你，我真的找遍了地球的每一个角落，到现在还是没有她的线索。"龙毅无奈地回答我。

"到底是为什么？我们大家都平安回来了，每个人都没事，为什么萝亚会不见？"虞依激动地看着龙毅。

"为什么……会是萝亚？"说到这里，我忍不住流下了眼泪。

"颖馨……"哲羽哀伤地搂着我，对萝亚的消失他也十分难过。

"龙毅，真的没有别的办法了吗？"武雄垂头丧气地问道。

"坦白地说，要是到现在连我都找不到她，你们……真的要接受现实了。萝亚她……唉……已经离开我们了。"龙毅露出哀痛的眼神，低头叹了口气。

"你说的这是什么话！怎么能够那么轻易就放弃？我不会相信萝

亚回不来的！一定不接受这种事！"我声嘶力竭地大哭起来。

"龙毅，拜托你一定要帮忙寻找她的下落，直到找到她为止！"虞依哭着求龙毅。

我们的地球到底是怎么了？世界人口再怎么减少，也不会少到容不下一个萝亚吧？多希望萝亚能够看到她自己的未来，那样她上一世就能够清楚地告诉我们应该去哪里找她，我们就不用在这里干着急那么久。

这应该是我这一生中度过的最漫长的一年，没有萝亚的音讯，也没有头绪该去哪里找她，每天只是耐心地等，等有一天龙毅开口告诉我他终于看到了萝亚的身影，可那一天始终没有到来。

2024 年以前，全世界每一天大约出生三十七万人，因此组织成员生命的延续几乎不可能受到任何影响。我不清楚现在世上每天会出生几个人，我只知道已经低到会导致生命结束的地步，我只能慢慢接受我最亲密的家人、像我亲姐姐一般的萝亚，已经永远不会再回到我的身旁这个事实。沮丧的时候再没有她的安慰，快乐的时候再听不见她的笑声，无助的时候少了她的开导，发生了什么新鲜事，她也无法成为我第一个告知的人。

我跟虞依照样每一天都待在龙毅身旁，期盼他提供关于萝亚的消息，虽然我们早已清楚萝亚已经离开。这段日子以来，哲羽的呵护不再让我感到温暖，孟梵的陪伴也不再让我感到快乐，我到这一世才发觉，原来我一直忽略了萝亚在我生命中的重要性。

萝亚的离开让我再一次体会到失去亲人的痛，跟当时茜茜死去一样痛不欲生。我每一晚都像电视里的悲情女主角一样以泪洗面，反复回忆我和萝亚这几个世纪里经历过的一切：想起第一次见面时我是她们家的小丫鬟，想起那一世我为了寻找她而决定跟龙毅化敌为友，想起那一年我们俩终于正式加入组织，想起 2024 年灾难的时候她一直守在我的身旁。

那一年灾难发生的时候萝亚就预测到了一百年后的世界末日，要不是有她当时的预言，我们也许会以为地球以后都不会再有什么危险，认为我们能够永远都这么安逸地生活下去，也不会想办法实施离开地球的计划。霍鹏他们已经开始在尝试获取关于地外空间的信息，研究世纪末日到来的那天，应该把人类疏散到哪一个星球上。这全都多亏了萝亚的预言，她这一生不知道帮助了我们多少次，她对任何人都那么和蔼可亲，为什么上天要夺走她的生命？

我们这些轮回人士天生就注定永远都要遵守这个不合理的生命规律，要是能够像正常人那般生老病死，在分离的时候至少不会因为抱有期盼而舍弃跟大家道别的机会，恢复记忆以后也不会一直坚信大家都还会继续生存下去这个念头，要不是期望那么高，我也许不会像现在这样失望、心痛。

萝亚是真的彻底离去了，我们上一世没有机会好好跟她道别，这一世当然希望能够办一场正式的葬礼来悼念她，但她的身体已经找不回来了。她上一世的躯壳早已被焚化，撒到海里面，现在的萝亚只是存在于我们心里，她的灵魂已经完全离开了这个世界，真希望她现在处于一个安乐的地方。

"龙毅，像我们这种人，死了以后会到什么地方？"我看着手中跟萝亚的合影问道。

"我们几个世纪以来一直在默默为人类做事情，上帝应该会怜悯我们吧。我相信庞德、赤义、萝亚他们，现在全都团聚在天堂里。"龙毅说。

"我还能够见到她吗？"

龙毅回答不出来，毕竟他也没见识过死后的世界。

萝亚终于能够在另一个世界见到朝思暮想了那么久的赤义，他们两个和庞德现在应该开开心心地一起生活着吧？赤义那家伙，不知道还会不会整天欺负萝亚？不，有他在萝亚身边我也放心一些，我知道他会好好照顾萝亚的。庞德和赤义已经不在了十几年，现在连萝亚也离开了，我们这个大家庭，如今就只剩下四个人……我真的真的好想念他们三个……

也许，在世界末日来临的那一天，我们七个能够像从前那样，再次聚集在天上。

33. 识破

33. SHIPO
>>>

　　"小欣，你认识一个叫颖馨的人吗？"小岚认真地盯着我的脸看。

　　2050 年，我在这一世已经十六岁，长相自然跟上一世成人时期的我越来越相似，也难怪小岚会起疑心。这段时间他经常用奇异的眼光打量我的样貌，仿佛就快要被他看穿了一样。每一次他这么问我，我都不知道该怎么回答，只是急忙低下头说："谁？没听过。"

　　"奇怪，你跟我常提到的那位颖馨姐姐长得越来越像，实在是太像了，就像是同一个人一样！你该不会是她转世的吧？是颖馨姐派你来陪伴我的吗？"小岚总是喜欢这样开玩笑，然而他的推断理论上来说是正确的。

　　照这样下去，再过不了多久大家的样子都会变得跟上一世一样，一定瞒不过小岚。也因为如此，为了避免让别人发现我们的真实身份，组织的成员在这一世一直都跟当地居民保持距离，为了避开别人的目光而刻意用服饰遮掩自己的样貌，时间久了其实挺累人的。唯一跟小岚接触过的就是我和哲羽，我一直认为他既然早已见识过我们的能力，就算知道我们能够轮回也无所谓吧。

等了萝亚整整五年，始终没有她的音讯，本来就不太开朗的我变得更加沉默寡言，连小岚我都不太爱搭理，最近也越来越少跟他相处，反而喜欢自己一个人待着。孟梵始终没有跟小岚正面接触过，他已经开始回世界政府工作了，那里的人早已知道他的真实身份，对他的年龄突然减少了一半也不觉得奇怪。我想最经常跟小岚见面的应该算是龙毅，不过再过二十年，小岚一定也会好奇为什么龙毅的样貌完全没有衰老。

孟梵说政府那边的重建工作一直在持续进行，目前已经有越来越多的地区像我们这里一样被改建成完整的家园，现在的地球跟2024年灾难时期已经完全不同，人类的文明又开始慢慢恢复了。

以前的我一定会二话不说地随同孟梵他们到处帮忙，但不知道为什么，现在对这一切一点儿兴趣也没有，觉得自己根本没有义务费那么大的劲儿去做这些事情。反正下一世也不一定能够成功回到这个世上，又或者组织里其他成员有可能不会一直顺利轮回下去，那我们那么辛苦做这些事有什么意义？在这个地区，我们就像是一群隐形人一样，无声无息地生活在人群当中，根本没有人知道我们是谁，更不知道我们一直以来为他们所做的一切。即使帮了他们很大的忙，也不见得有谁会真的对我们心存感激，那又何必呢？还不如就轻轻松松地过完这一世。

我跟小岚一如既往地在住所附近谈天说地，虽然现在的小岚年龄比我大了许多，我还是忍不住把他当成比我年幼的小孩儿，这种感觉真的很奇妙。

"小岚，你交女朋友了吗？"我很好奇，已经三十岁的小岚，应该早就对异性产生兴趣了。

"没有。"他突然害羞起来，双颊变得通红，让我忍不住笑起来。

"有什么好难为情的，这很正常吧？我们不是好朋友吗？你可以告诉我的。"我继续试探他。

"真是啰唆，你的语气怎么突然变得像个大人一样，明明比我……"

小岚还没把话说完，周围突然发出震耳欲聋的声响，大地晃动起来，我们身后的房子也开始摇摇晃晃，仿佛随时会被摧垮。这个感觉……太相似了！跟当年那场灾难简直一模一样！隔了那么久，我差点儿都忘了我们在2024年经历过那三天三夜的噩梦。明明已经平静了那么长一段时间，为什么会突然地震？小岚搂着我想要保护我，周围的人都大声尖叫着四下乱跑，我却四肢僵硬地站在原地静静看着这熟悉的一幕，不禁感慨大自然的威力。难道世界末日提早到来了吗？人类是不是就要毁灭了？我是不是就要离开这个世界，去天堂跟萝亚他们相聚了？

"小欣，你发什么呆啊！快跑啊！"小岚用力把我推开，示意我逃跑，我转过身盯着他看，才陡然想起他根本不能像正常人一样跑，一定要快点儿找哲羽过来帮忙，不能把小岚丢在这里不管！就在我准备去找哲羽时，小岚身后的房子像是被什么力量攻击了一样，瞬间朝小岚所在的地方倒塌下来，就要压到他身上了！我什么也没想就伸出了双手，用念力把正在倒下的房子悬浮在半空中，就在这一刻，四周的摇晃停止了，大地不再震动，正在逃跑的人们停住了脚步，所有人都睁大了双眼，难以置信地盯着我双手的前方，浮在空中的房子。

"你……颖馨姐？小欣，你……你果然是颖馨！"小岚气愤地向我走来，"我就知道一定是你！不然怎么可能长得这么像？我怎么那么笨，居然猜不到。你为什么不早点儿跟我说？到现在还觉得我是永远长不大、不能够接受事实真相的小孩儿吗？害得我这么多年来不断问自己为什么你们全都一一离开，让我责备了自己这么久，哼！"小岚气愤地转身离开，一边说："别跟着我。"

怎么办？小岚发现了我的秘密也就算了，此时此刻可是有十几个平民正在围着我看，而我双手的前方正悬着一栋倒塌了的房子，我该怎么办，要怎么解释给他们听？

"听着，慢慢把房子放回地上，不然你的体力会支撑不下去的。"我旁边突然传来了孟梵的声音，他一直都在我身旁吗？我感觉到他的双手搭在我的肩膀上，他继续说："不要担心这些人，我已经安排手下过来把他们带走，其他的等以后再想办法。你现在先放松一下，不要又把自己累坏了。"

终于听到人群中开始传来稀疏的脚步声，等到确定周围的人全都离开了以后，我才慢慢把房子放回地上，接着心里突然感到很难受，我忍不住转过身抱着孟梵大哭起来。

"没事了，不要怕，有我在，一切都过去了，没事的。"孟梵似乎对我的举动感到又惊又喜，温柔地轻抚着我的背。

"跟当年一模一样……好可怕……我不想再经历一次那种噩梦……"我轻声哭泣着，脑子里不断回想 2024 年那三天目睹过的一切。"小岚知道了，他知道我是谁了。孟梵，该怎么办？他一定会怨恨我们隐瞒了他这么久，他还以为你已经死了。"

"颖馨，你没……"哲羽突然出现在我们面前，看到孟梵抱着我，他惊讶得连话也说不清楚。

我急忙推开孟梵，尴尬地看了他一眼，孟梵丝毫没有羞愧的样子，却露出了一丝心痛的神情，是我的举动伤害了他吗？他避开我的目光，把我交给哲羽，说："这家伙吓坏了，刚才很多人看到她在施力，你先照顾一下她吧，我还要去处理一些事情。"

"没事吧？受伤了吗？"哲羽恢复了平常状态，好像已经完全忘记了前一秒所看到的情景。

"到底怎么回事？灾难又要开始了吗？萝亚说是一百年以后才会发生的，不是吗？难道提前了？"我惊恐地提出一连串的问题，害怕地看着哲羽。

　　"我也不清楚是为什么，但你别着急，最重要的是你没有受伤。我先带你回去休息吧。"

　　"小岚怎么办？还有其他居民，他们全都看到……都是我不好，每次都这么不小心，要是被他们发现了真相怎么办？龙毅一定气死了。"我一边走一边喃喃自语，哲羽没有回应我，不知道他有没有听到我说话。

　　哲羽说青藏高原为中国强震多发带，因此就算海啸袭击时这里是全世界最安全的地方，也还是难以避免地震出现。情况并没有我想象的那么差，跟当年的灾难比起来根本不算什么，住所也没有受到太大影响，只是有一小部分房子被毁；伤者的数量也不多，毕竟这里没有什么高层建筑、路灯或广告牌之类会倒塌下来的东西，一切在短时间内就已经恢复了正常，我的头脑也开始冷静下来。

　　必须先找到小岚！

　　每一个地方都找遍了，他的住所、我们常去的河边、医疗大楼，连龙毅的住处我都检查过，都没有小岚的踪影，他到底去了哪里？难道他离开了？他不想再见到我们任何一个人，不愿再相信我们的话，所以选择离开吗？我不想拜托龙毅帮忙，他和哲羽都在忙着帮医疗人员把动不了的伤员送到医疗大楼治疗。换作从前，我一定会找萝亚向她倾诉，让她帮我想办法，但我已经失去她了，我到现在都想不通为什么大家都平安没事，偏偏我的萝亚回不来？不知不觉中我竟然独自走到了孟梵的住所，这不禁让我回想起上一世我们和小岚在这里度过的时光，那时候我们对小岚什么也没隐瞒，那时候的我们就像是一家人，那时候……

　　"小岚？你在这里做什么？"我没想到小岚会回到这里。听龙毅说自从孟梵在上一世离开以后，小岚一直不愿意出现在这个办公室，这间小房子有太多的回忆，对他来说，孟梵一直都扮演着他失去的爸爸的角色。

"他也回来了吧？孟梵，他跟你是一样的，是吗？"小岚试着掩饰他低落的情绪，但依然听得出他语气中的哀伤。

"小岚……对不起，很多事情……我真的不知道该怎么跟你解释，我不是有意伤害你。"我也不清楚自己到底做错了什么，但总是觉得很内疚。

小岚终于转过身，他的眼睛里泛着泪光，看着我："我的爸爸妈妈呢？他们也会回来吗？"

我控制不住自己的情绪，跑上前去紧紧把小岚抱在怀里，想要像从前那样安慰他，然而现在的他已经那么高大，我却显得那么娇小。小岚没有再说话，他终于完全放下一切戒备，就像从前那样在我的怀里放声大哭起来，这不是一个三十岁的男人应该有的泪水，他承受了多少年的痛苦？过了好一阵他才吃力地开口说话："要是孟梵已经回来了，他为什么不来见我？"

"孟梵，他……只是不愿意你看到他的模样罢了。"我不想再隐瞒他什么，再怎么解释小岚也不会相信，他其实应该早就猜到了我的真实身份。

"他的模样？你的意思是说他也跟你一样，变成小孩儿了吗？"小岚抬起头看着我。

"嗯，甚至比我还要小。你想想，孟梵的自尊心一向都那么强，上一世他一直以长辈的身份照顾你，现在却突然变得比你还小，他当然会觉得很尴尬，不知道该怎么面对你。"

"上一世……颖馨，你们到底是什么人？我知道你们拥有超能力，但……难道你们还能够投胎转世吗？"

我是不是该跟他说清楚？把我们组织的所有细节都解释给他听？小岚跟我们几个的关系那么亲密，我们有义务把事实真相告诉他。但龙毅会怎么想？花了几个世纪隐藏的秘密，难道就要从我口中公开吗？

小岚见我没有开口，又说："如果你是担心别人会发现，我向你保证我一定不会跟任何人透露消息，我只是想知道我的家人——你们大家的真实身份。"

"如果我告诉你其实我已经存在了几个世纪，你相信吗？"我小心翼翼地观察着他的表情。

小岚瞪大双眼张大了嘴，呆呆地看了我半晌，然后使劲儿吞了一口口水。

"是真的吗？你跟孟梵，还有大叔、哲羽、虞依、武雄、萝亚……你们全都生存了几个世纪？"他难以置信地看着我。

"我是清朝出生的，我们几个存在的时间不一样，但每个人都活了几个世纪。"

"那为什么你现在突然年纪变小那么多？"

"我每一世只能活三十年，死去的那一刻也意味着我的重生，只是灵魂到了另一具躯壳上，变成了一个新生儿，所以我们的生命是会不断延续下去的。"

"也就是说你们全都拥有不死之身？哲羽、孟梵、萝亚他们全都一样？"

听到萝亚的名字，我顿时说不出话来。

"怎么了？我说错什么了吗？"

"萝亚回不来了。"

"什么意思？"

"要是在呼吸断掉的那一刻地球上没有新生儿诞生的话，我们的生命就不能延续下去。以前从来不会有这方面的问题，但灾难过后世界人口太少，自然会影响到我们。我只能说萝亚太不走运了，她不应该就这么离开我们的……"说着说着，我忍不住流下了泪水。

"别哭了，你还有哲羽、孟梵，还有我。"小岚一副男子汉气概地安慰我，然后说，"为什么不愿意让别人知道你们的身份？"

　　"有什么好处呢？只会引起大众的不安。观察了那么多个世纪，我们始终觉得人类对于这些不合常理的事的接受能力很低，他们也许想研究我们的身体构造，不一定会尊重我们的生存权利。"

　　"刚才被那么多人看到了怎么办？而且这里的居民一定会有些人渐渐注意到你们的长相，不太好隐瞒吧？"小岚似乎比我还要紧张。

　　"嗯，还要看孟梵他们那边怎么处理。"我突然安静下来，沉浸在思考中。

　　这时候房门突然打开了，一个娇小的身影走进房间。

　　"你是谁？"小岚很自然地把身子挡在我的前方，充满敌意地低头望着眼前的小男孩，我忍不住笑了出来。

　　"臭小子，不认得我啦？"

34. 真相

　　小岚还是没有认出来，他一脸迷茫地看着我，试图从我那里得到一些线索。

　　"现在能够理解他为什么一直不愿意让你看到他的样子了吗？"我笑着提示他。

　　"你是孟梵？"

　　"很难接受吧？就是不想让你感到这么困惑才不愿意在你面前现身，现在换成我是小孩儿了，感觉实在是怪得不行。"第一次看到孟梵脸上露出这么不自在的神情，看来他真的很在意他现在跟小岚之间的年龄差别。

　　小岚看起来也有些尴尬，从前的他和孟梵就像是父子一般，如今却只能像朋友一样交谈，我想他们两个都有些不习惯吧。看他们聊得那么投入，我悄悄离开了孟梵的房间，不知道龙毅他们打算如何处置刚才见识到我的超能力的人？以前每次我在普通人面前做出这种举动都会被他大骂一顿，不知道为什么他这次一句话也没说。

走廊最深处的房间里传出一阵喧闹声，听起来像是有人在争执什么。我放轻脚步，朝嘈杂声的来源走去，有七八种不同的声音，每个人的语气听起来都很激动，房间里传出响亮的砰砰声，听起来像是有人用手在敲打墙壁。房间的门被关得紧紧的，我看不到里面的情况，但我知道有人被关在里面，到底怎么回事？

"颖馨！你跑到哪里去了？到处都找不到你。"哲羽突然从我背后出现。

"为什么有那么多人被关在这里？"不知道为什么，我心里有一股不祥的预感。

哲羽每次想隐瞒一些事情就会不断逃避我的目光，看他这么不自在的样子，我就猜到一定发生了什么事。

"你知道我可以打开这道门。"我威胁他。

"请你别再这么冲动了。"他一副拿我没办法的样子。

房门突然轻微震动起来，接着房间里又传出沉重的撞击声，里面的人不断朝铁门拳打脚踢，我示意哲羽不要出声，终于可以勉强听到他们的对话。

"到底要把我们关在这里多久？"

"我们什么都没有做错，凭什么把我们关起来！"

"这些人一定不是正常人，跟刚才那个女孩一样。"

"没想到我们的世界政府变得这么黑暗，难道已经被那些人控制了吗？"

"快放我们出去！你知道我是谁吗？我以前可是××市长的女儿！"

"一定要想办法逃出去，要是一直待在这里谁知道他们会对我们做些什么？"

"刚才那个女孩到底是怎么做到的？是超能力还是外星人？年纪看起来那么轻，想不到居然有那么强大的能力。"

"之前就听说过我们这一区有变种人出没，没想到居然是真的。"

变种人……外星人……拥有超能力的女孩？他们说的一定是我，没错，是刚才见识到我能力的人！

"哲羽，为什么要把他们关起来？他们没做错事，不对的人是我。"我内疚地看着他。

"我也不太清楚，龙毅他们目前好像也想不出别的办法，只能先这样暂时确保他们不会在外面乱说刚才的事。"

"把他们当囚犯一样关起来不是会更加引起他们的恐慌吗？你看看他们的反应，我本来只是想救小岚的，为什么要把我们讲得那么可怕？"

走廊远处传来急促的脚步声，打断了我跟哲羽的对话，隐约见到两个高大的身影，脚步声越来越沉重，是霍鹏和龙毅。他们看到我时没有一点儿惊讶的表情，我却觉得很抱歉，又给龙毅添了麻烦。

"你们来了。我和霍鹏跟几位长官商量过，决定暂时先安排这些人住在政府大楼的宿舍里，这段时间禁止他们跟外面的人接触，我们一定要保证他们同意不把今天所看到的一切向外透露才放他们出去。"龙毅的语气很坚定。

"虽然不是什么好办法，但这是我们唯一能够想到的让他们闭嘴的方法。唉，你们组织那么多人都有超能力，怎么没有人具有帮人清除记忆之类的超能力呢？"霍鹏的语气又开始嚣张起来，想必我的行为也给他带来了不少困扰。

"颖馨，你先走吧，他们这时候看到你不知道会有什么反应。我跟霍鹏会好好安顿他们的，你放心吧。"龙毅转身对我说，挥手示意我们先走。

虽然内心千百个不愿意，但我还能做什么？哲羽牵着我的手把我带走，面对皱着眉头的龙毅我觉得很不好意思，忍不住低声对他说："对不起，我又搞砸了。"

　　龙毅没有转过来看我，只是长叹了一口气："唉，你只是想救人，谁能怪你呢？当时要不是有你在的话，小岚可能就没救了。人们迟早都会发现我们的身份，萝亚以前曾经告诉过我的，只是没想到这么快……现在放他们出去又不大妥当，这里的居民要是知道我们的真实身份不知道会有什么举动，好不容易才让他们恢复了比较安定的生活，要是这么快又引起恐慌，那么先前的努力不就全都白费了吗？到底应该怎样跟他们达成协议呢？真是伤脑筋……"龙毅又开始自言自语，好像忘记了别人的存在一样。

　　龙毅应该知道我把一切都告诉小岚了吧？既然他没有提起就表示他不介意。这么久以来，只有他一个普通人跟我们组织里的人接触那么多，感情那么深，不只是我，武雄他们也早已把小岚视为我们的一分子，我们唯一的普通人同伴。

　　我跟哲羽又回到了孟梵房间的门口。武雄和虞依已经知道小岚已经发现我们的真实身份，他们俩都迫不及待地想要跟小岚重逢。我们四人怀着紧张又兴奋的心情站在门外，等大家都做好心理准备以后，武雄带头说："准备好了？走吧。"

　　孟梵和小岚正聊得不亦乐乎，听到房门开启的声音才停下来，小岚突然收起笑容，板着脸站起身子，难以置信地望着我们四人："小哲……你是哲羽！还有武雄和虞依，你们……你们都没死！"小岚热泪盈眶，看着我们几个，深吸了一口气，露出了笑容，对我们说："老天终于听到了我的祈祷，让我再次见到你们。"

　　虞依满怀感动地走向小岚，轻轻摸着他的脸："我的天……你已经长这么大了。"

　　武雄双手搭在小岚的肩膀上，苦笑了一声："看来我不能再像从前那样抱你起来飞了。"

　　小岚打量了我们五个人一番，突然捧腹大笑起来："哈哈哈，没想到当年被大家视为小孩子的我，现在居然比你们几个大那么多！"

　　我们五个尴尬地对视了一眼，从来没人有过这么奇特的经历，毕竟我们从没试过同时跟一个普通人连续两世都有接触。

　　"臭小子，在我们眼中你永远都是个小孩儿。"武雄不客气地推了小岚一把。

　　"好奇怪的感觉啊，原来跟普通人交朋友是这么回事。"虞依满脸笑容地看着小岚。

　　"你笑归笑，记住千万不要把我们的事说出去。"孟梵突然收起笑容，严肃地叮嘱小岚。

　　"放心吧！我一定不会告诉别人的。不过奇怪，那大叔，我是说龙毅，他怎么不像你们一样突然变成小孩儿？"

　　"龙毅跟我们不大一样，他一直以来都保持现在的年龄，从来没有衰老或变小过，以后应该也一直如此。"哲羽解释道。

　　"你的意思是他长生不老，永远都不会经历生老病死？那不就像电影里的吸血鬼一样？但时间久了外面的人也会起疑心吧。对了，颖馨！刚才……我还没来得及谢谢你救了我。但是那些人怎么办？他们全都看到了。"小岚紧张地看着我们几个。

　　"霍鹏他们对那些人是怎么处理的？"武雄转身问孟梵。

　　"我刚才看到他们被关在一间房子里面。"我也看着孟梵。

　　"不用担心，不会有什么事的，只是暂时把他们安置在那里罢了，要想办法让他们不会把消息传出去。"孟梵虽然面带笑容，但脸上还是带有一丝不安。

　　其实把他们关在这里有什么用？我们能够做什么让他们答应不把事情泄露出去？即使他们答应了，一旦离开我们的监视范围，我们也根本没有办法控制他们的行为，要是他们真的想开口，我们做什么也阻止不了。

　　"一直待在这里也不是办法，时间久了外面的人也会开始认得我们大家的样子。"虞依忧心忡忡地看着我们几个。

"虞依说得没错，过不了多久，外面的人一定会开始猜测，想必很容易就会猜出来。你们说……我们是不是到了应该离开的时候？找一个新的地方，重新开始？"我难为情地看着他们四个。

他们几个同时抬起头看着我，一脸不把我当回事的神情。

"颖馨，你看看这周围的一切，这些房子、电力、政府大楼，这些人现在拥有的生活环境，全都是我们大家提供的。不，不只是提供，是我们辛辛苦苦，花了十几年的时间一手建好的。这里有多少条生命是我们亲手挽救的？要是没有我们的协助，他们做得到吗？"孟梵的语气充满讽刺，"我们没有理由离开，因为这里是我们亲手建好的家园，是我们辛苦得来的成果。要是他们不能接受我们的身份，那他们大可以离开，我双手欢送他们。那样甚至更好，不需要整天戴着墨镜和帽子来隐藏自己的身份。搞什么东西？明明是我们一直以来暗中帮助人类提高生活品质，却搞得好像自己多么见不得人似的。"孟梵一脸不悦地点起一根烟，这个动作跟他此时的模样实在不合。

"就是！霍鹏和政府里的人都清楚我们的身份，他们不也都活得好好的，都接受了我们的存在吗？那外面的人为什么不可以？"武雄点头表示赞同。

"我不想再这么鬼鬼祟祟的了，知道就知道，他们想跟外面的人说就说去吧，我真的不在乎了。"孟梵苦笑了一声，深深吸了一口烟。

我们几个都沉默不语，直到小岚开口打破寂静。

"孟梵说得对，我知道了你们的真实身份也不觉得怎么样，因为我知道你们都是好人。只要他们能够进一步了解你们每一个人，知道你们不仅没有恶意，还帮了他们那么多忙，我相信很多人都会欢迎你们留在这里的。"小岚信心十足地说道。

这时候龙毅突然出现在孟梵的房间里，打断了我们的讨论。

　　"你们都在这儿。我跟霍鹏已经安排好让那几个目击者这几天先住在政府大楼里，还需要一段时间跟他们沟通，也要先观察一下他们的反应，应该没什么大问题了，你们放心吧。"龙毅一脸轻松。

　　"什么时候放他们出去？"我问道。

　　"直到我确定他们脑子里完全没有泄露消息出去的念头。"

　　半夜三更的，到底是谁在敲门？还那么大声，要把人吵死吗？真是太没礼貌了。

　　"他们跑了！"孟梵急促地喘着气，"这些人行动还真敏捷，居然就这样跑了！"

　　"你说什么？什么人？"我睡眼惺忪，根本听不懂他的话。

　　"那几个目击者！一定是有人放走了他们，到底会是谁？居然能自由出入政府大楼……总之，他们所有人都不见了，最奇怪的是龙毅完全找不到他们的踪影，就好像他们从这世上消失了一样！"从来没有看过孟梵这么慌张的样子。

　　"龙毅也找不到，难道他们死了？"哲羽站在我身后说道。

　　"不是只关了不到一个星期吗？怎么那么快就……有谁会有能力去救他们？普通居民是不能够进入大楼的，一定是政府里面的人，但为什么要把他们放出去？"我尝试推测，却毫无头绪。

　　抵达政府大楼的时候，部队里的人已经全都集结在大楼前方的空地上，政府的几位首脑全都站在那里，每个人脸上的神情都那么严肃，就好像在商量重大的国家政策一样，连龙毅看起来都比平时慌张。

"还是不理解为什么我会看不到他们的下落，而且是每一个人都看不到，就好像他们瞬间不存在了一样。"龙毅有些懊恼地说道。

"为什么聚集了这么多人？事情有那么严重吗？"我看着眼前的人群，有些莫名其妙。

"我们推测一定是部队里的人帮忙那人才能够顺利进来，现在首先要搞清楚到底是谁在背后操纵，也许部队里面有内鬼。"龙毅解释道。

"即使是部队里的人，龙毅你也能够探测到的吧？我想，会不会是有什么特殊能力的人？"哲羽冷静地分析。

这个念头不禁让我们几个都出了一身冷汗，有特殊能力的人，难道是我们组织里的？但有谁会背着龙毅和我们大家去帮助那些人？

"喂，阿得呢？所有人都到齐了，怎么不见那小子？"孟梵询问他的一位部下。

"这……我也不知道，一直都没看到他。喂，你们见过阿得吗？"

大家纷纷摇头。

"阿得……不会吧，该不会是那家伙。龙毅，阿得的能力你记得吧？有保护罩那位，在他的能力之下，你是不是看不到他所操控的东西？"孟梵提议道。

龙毅闭上双眼，尝试寻找阿得的下落，很快又睁开眼睛："我探测不到他的踪影，有可能是因为他！"

"怎么会？阿得为什么要帮那些人？"我不禁觉得奇怪，阿得一直都不爱跟别人接触，对什么事都漠不关心，他有什么理由帮助那些人？

"报告！这一区的住所全都找遍了，没有他们几个人的下落，外面的人也说没有听到什么动静，可是……"霍鹏的一个手下匆忙跑过来报告却又欲言又止。

"可是什么？"霍鹏不耐烦地看着他。

"长官，还是请你们亲自到外面看看吧。"

有二三十个居民，每个人手中都举着火把，聚集在稍远处，神情极度不满。这究竟是怎么回事？这些人又是谁？

"我哥哥已经不见了快一个星期，你们政府的人不是说在帮忙寻找他的下落吗？怎么到现在一点儿消息也没有？"

"还有我们的孩子，他们都在当天同时不见了，到现在还没有音讯。"

"我的几个朋友也是，怎么会那么多人同一时间消失？他们不会就这样不跟我们联络的。"

"你们部队的人最近老是神秘兮兮的，是不是知道些什么？"

"要是在你们手中的话，快把人交出来吧！不然我们就站在这儿不走！"

没想到这些人一下子就猜到了那些目击者一直待在我们这里，但要怎么跟他们解释呢？难道说他们看到了一些不该看到的事，所以政府决定软禁他们吗？这样一定会引起暴动。其实现在想起来，我们那时候的处理方式的确有些不妥当，很容易让人误会。

"各位少安毋躁，我们也正在寻找那几位失踪人士的下落，相信我，我们大家也一样着急。不如这样，你们也四处打听看看，问问周边的居民有没有看到他们，要是听到一切有关他们的下落的消息，请务必马上跟我们联系。"霍鹏解释道。

这虽然不是什么令人满意的答案，但人们也没有别的办法，只是低声埋怨了几句，就慢慢散开了，回到各自的住所。

"阿得的能力有限，不可能永远找不到他的下落，等到他体力消耗完了，龙毅就能够找到他的行踪。我们在这里瞎操心也没什么用，还是先回去休息吧。"孟梵一边打哈欠一边伸懒腰，很快又恢复平时那副什么都无所谓的样子。

部队里的人个个看起来都无精打采，想必都是在睡梦中忽然被吵醒的，霍鹏很快就让大伙儿解散回去休息，因为目前能够找到目标的人只有龙毅一个。

孟梵已经朝他的房间走去，喃喃地说："想不到居然会是阿得，唉，终究还是不能信任他们的人。"

"哲羽，这事你怎么看？"我牵着哲羽的手慢慢走回房间，一路上一直在推测各种可能。哲羽一向比我聪明，我想他应该比我更有头绪。

"如果真的是阿得的话，那我估计他背后一定有什么人在辅助甚至指导他，也许是个能力非常强大的人，而且他们应该已经合作一段时间了。你想想，阿得的能力只不过是能够自我保护，孟梵说过他的攻击力几乎是零，也没有什么别的技能，怎么可能在短时间内自己一个人静悄悄地把十几个人顺利带走，完全没有引起别人的注意？我不理解的是他能把那些人带去哪里？又有什么目的？最奇怪的是，外面这么多普通的人，为什么偏偏选这几个人？这件事情一定没那么简单，如果我没猜错的话，对方很有可能知道这些人被关起来的原因，也就是说，他们或许知道我们组织的存在。"

我停下脚步，转过头吃惊地盯着哲羽，脑子里突然想起孟梵曾经跟我说过的一段话，关于另一个跟我们一样的组织的。难道会是他们？

"怎么？在想什么？"

"哲羽，你记得有一次你和龙毅他们把世界各地的所有同类都带进组织里面来吗？"

"记得，那时候差点儿跟他们打起来，场面够混乱的。都已经隔了一个世纪了，怎么突然想起这件事？"

"那个身穿红色衣服的女人，你记得吗？差点儿伤害你的那位。"
我提醒他。

"你是说你差点儿误杀的那位吗？她怎么了？"

"她是孟梵的伴侣。但这不是重点，因为她，孟梵曾经跟另一个
组织有些不愉快的纠纷，而阿得原本就是那个组织的人，我怀疑跟
他们有关。"

"等一下，另一个组织？像我们这样的……我们的同类？"哲羽
睁大双眼瞪着我。

"没错，一个叫'白蛇'的组织。"

把孟梵跟我说过的事全都告诉哲羽以后天已经亮了，我们俩疲
惫地准备入睡，这时忽然传来急促的敲门声。哲羽不耐烦地前去开
门，这次来的人是龙毅。

"哲羽，去把孟梵和霍鹏带过来，在我房间集合。"龙毅吩咐完
就消失了。

还以为又会像半夜那样把整个政府大楼的人都聚集在一起商量，
但龙毅只找来了我们几个。大家虽然什么都没说，但都看得出来龙
毅神情中的慌张，我们也不禁有些担忧。

"那几位目击者果然是阿得带走的，他们现在跟一群不一般的人
在一起。"龙毅严肃地看着我们几个。

"什么不一般的人，是谁？"霍鹏首先问道。

"另外一群跟我们一样的人，是'白蛇'的人。"龙毅深吸了一
口气。

我一直盯着孟梵，他看起来没有我想象中的那么惊讶，只是稍
微愣了一下，很快又恢复原样，不停地打哈欠，说："'白蛇'，哼，
他们竟然还没死。"

"还有另外一群跟你们一样的人？这世上到底有多少像你们这样

的人？为什么不是你们组织的？他们的目的是什么？"霍鹏对这个答案似乎很不满。

"孟梵，看来他们是冲着你来的。"龙毅转过身认真地看着他。

孟梵还在伸懒腰，听到这话，突然停下来，莫名其妙地看着龙毅："我？关我什么事？"

"我隔着这么远的距离没办法准确看清他们的想法，但他们几次提到过你的名字，你知道怎么回事吗？"龙毅耐心地解释。

孟梵倦意全消，皱着眉头，板着脸，陷入了沉思。我们几个对望了一眼，谁也没有出声，静静地等待他的回应。

"难道他们是想报仇？哼，早该料到了。不就是个女人嘛！唉，当时怎么那么不小心。"孟梵又开始自言自语，仿佛我们全都不存在。

"什么女人？你不要习惯了当隐形人就忘了别人的存在啊。"我毫不客气地提醒他。

"当年'白蛇'的人杀了像我亲妹妹一般的小雪，我一气之下也杀了他们头领的伴侣，后来才知道那女人是他的恋人。如果他们是冲着我来的话，为的就是这个吧。"孟梵带着歉意地看着我们。

龙毅好像突然想到了什么，身子向前倾，双手抱住低下的头，表情带着几分狰狞和担忧，思索了一番以后才站起身，深吸了一口气，说："听你这么一说我才想起来他们提起过颖馨的名字，我刚开始还觉得有些奇怪，但现在想想，恐怕这才是他们的目的，那样的话麻烦就大了。"

哲羽和孟梵同时转向龙毅，仿佛听到了天大的噩耗。

"颖馨？说了些什么？"他们齐声问道。

"我没办法听清楚。"龙毅无奈地摇着头。

"该不会……一定不允许……龙毅，带我去那边吧，他们不会发现我的，让我先去打探一下他们到底在搞什么鬼！"孟梵的语气开始变得愤怒。

　　"要去也是我带你去，保护颖馨是我的责任。"哲羽不服气地看着孟梵。

　　"等我确保他们停止行动以后才可以出发。这次一定要谨慎一些，没有周详的计划谁也不准擅自靠近他们，'白蛇'头领的能力非常可怕，不是一般人能够对付的。"龙毅说。

36. 阴谋

36. YINMOU
>>>

蓝光人

终于能够好好睡上一觉了，短短一夜就发生了这么多事，感觉好像过了好长一段时间。睡醒以后才发现哲羽不在身旁，现在又是大半夜的，在这个钟点起床真不知道该做些什么。到现在都没吃过东西，肚子已经饿得咕咕叫，还是先去找些吃的吧。

奇怪，哲羽跑去哪里了？怎么没有跟我交代一声？

我疑惑地打开房门，正准备去政府大楼的食堂用餐，原本空无一人的住所门口突然出现了两个身影，吓得我身子往后仰，差点儿摔倒。

"哲羽、孟梵，搞什么！大半夜的你们两个怎么突然出现在这儿，你们……怎么了？发生什么事了吗？你们没事吧？"我只顾着指责他们，几乎没发现他们两个脸上的神情那么惊讶，应该说是害怕，两个人都大口喘着气，像看见了鬼一样。他们两个还没反应过来，我再次问道："喂，你们到底干什么？看到鬼了啊？吓成这个样子。"

他们终于平静了一些，呼吸不再那么急促，两个人对视了一眼，然后一齐点头说："一定不能让他来这里。"

"两个怪人，我肚子饿了，先吃东西去，待会儿见。"肚子又咕咕叫了起来，我已经懒得理别的事情。

"我陪你去！"他们两个像双胞胎一样齐声说。

我没有追问他们，只想先填饱肚子，等他们两个平静下来自然会跟我说。

"刚才我们擅自跑去试探'白蛇'他们一伙人了。"哲羽先开口。

我被口中的汤呛到，一边咳嗽一边大声说："你们两个太大胆了！龙毅都吩咐得那么清楚了，他没有阻止你们？"

"那家伙早就睡了。谁等得了那么久？不过龙毅说得没错，我们真的不应该在毫无计划的情况下跑去那里，还好没有被发现，不然有可能已经死在他手里了。"孟梵再次露出惊恐的表情。

"怎么？真的有那么厉害吗？"我酸溜溜地问道。

"那个领袖的身子就像……就像什么呢？真的不知道该怎么形容，从来没见过那么奇特的能力。反正他的身体能够穿过一切东西，包括人体。"哲羽的语气也很恐慌。

"我们眼睁睁看到他的身体穿过一道墙，出现在他们中的一位成员面前，然后……"孟梵闭上眼睛，看似在回忆那个场面，"然后轻易把手穿过那个人的身子，就这样穿了个洞，那个人当场死亡！最让人惊讶的是那个人是我们的同类，不是普通人！"

"就像这样，"哲羽用手顶着我的肚子示范给我看，"然后从背后出来，那个人就这样死了！"

虽然肚子非常饿，但听了他们这番话我也吃不下去了，光是想象他们描述的场面已经让我觉得反胃。这个"白蛇"到底是个什么样的组织？怎么会连自己的同伴都那么轻易地杀害？要是让我们组织里的人自相残杀，我想一定没有谁做得到。

"他们杀了自己的伙伴？"我放下餐具，认真地听他们说。

"双方不知道起了什么冲突，那个头领一气之下就把他解决掉了。真残忍，居然连自己人都能眼睛也不眨一下就这么杀了，我活了几个世纪还没看过这种杀人方式，他的能力果然很可怕。"平时吊儿郎当的孟梵现在居然很畏惧的样子。

"你以前不是跟他们打过交道吗？"我还以为孟梵早已见识过他们的本领。

"当年我去的时候没有见到他们的头领，要是知道他的能力这么强大，我这次也不会这么鲁莽地跑过去。"

"那你们打听到了什么吗？他们的目的到底是什么？"

"零零碎碎听到了一些，那些人提到了我们的组织，跟那些目击者说什么我们是来自其他星球的异族，还说现在政府已经被我们控制，叫他们不能信任我们，都是些荒唐的谎言！"哲羽说。

"外星生物？但他们明明就跟我们一样！人类有什么理由相信他们？"

"也许他们还没有在那些人面前暴露自己的真实身份吧。不过你们想想，那几个目击者一开始就对我们不满，外面的居民也说我们是外星生物，还有不少关于我们的负面传言，再加上当时我们那么草率地把他们软禁起来，他们自然会认定我们是什么来路不明的恶势力。而'白蛇'的人又刚好在最敏感的时期把被关起来的所有人救了出去，那些人一定理所当然地认为他们才是好人。但让人费解的是，'白蛇'的目的到底是什么？要是他们纯粹想报仇的话，直接把你们俩杀了不就得了吗？为什么要费那么大的劲儿，带走一群对我们不满的人，再火上浇油地给我们塑造那么负面的形象？我认为他们的目标也许是我们整个组织，而不只是你，孟梵。"哲羽提出假设。

听到哲羽的推理，再想象那个头领的能力，我不禁觉得毛骨悚然。要是他连人体都能够穿过的话，那他一定能够轻易杀死我们这些同类。而且……

"那个头领，他的身子要是能够穿透一切东西，那是不是代表连子弹和其他武器对他都不奏效？"我忍不住问，这个设想实在是让人感到害怕。

"应该是这样，难怪连龙毅也不想招惹他。"哲羽点头。

"他一定有什么弱点，就像我们一样，每个人都有，这就要靠孟梵你去探查一下了。"我抬起头对他说。

"那些人如何处置？该救回来吗？"孟梵皱着眉头思考。

"救回来对我们也没有多大好处，本来就是想要他们保密，远离了这里反而是帮了我们一个忙。不救回来嘛，又好像太不负责任了，毕竟是因为我们才把他们软禁在这里，他们才会变成被挟持的对象。"哲羽冷静地分析道。

"也许他们认为自己不是被挟持而是被拯救，要是那样的话，我们的出现不就更容易被误会了吗？他们已经认定我们是恶势力了，加上'白蛇'那样描述我们，那些人说不定还很庆幸能够远离这里呢。"我苦笑了一声，继续喝汤。

"'白蛇'是想要利用这些人对我们的反感这一点去达到什么目的，至于到底是什么现在还说不清楚，但一定是冲着我们来的。孟梵，你以前跟他们接触过，你有什么想法？"哲羽问道。

"这还真是考倒我了。你说他们要是单纯想报仇，这我完全能够理解，但带走那群人做什么？要引诱我们去那边再一次性解决我们？他们应该不至于把我们想得这么愚蠢吧。再说了，那些人其实也不是那么重要，我们还不一定会冒险去救他们。如你所说，'白蛇'应该是冲着我们组织来的，但他们想要得到什么？这我就说不清了。但我可以告诉你们，'白蛇'的成员没有一个是好东西，都是些狂妄自大、横行霸道、目中无人的家伙。"

"你们不觉得阿得很奇怪吗，怎么会参与这次的行动？他是被威胁呢，还是自愿帮助'白蛇'？他们又是怎么联络的，竟然一直都没有被人发现？是突然找到对方，还是阿得其实从一开始就在默默帮助'白蛇'？那么他一直待在孟梵身旁又有什么目的？"哲羽又提出一连串问题，我认为他实在是有潜力成为一名出色的警员。

"不会吧……怎么越来越复杂。要是阿得真的一直偷偷在协助'白蛇'，难道他当年是故意落在孟梵手中的？他们到底想干什么？"我不安地看着他们两个。

听了哲羽的推测，孟梵像是陡然领悟到了什么一样："监视我们……这就是阿得的作用！这么多年以来，他一直在暗中观察我们部队的一举一动。从世界政府成立以前，到现在你们组织的加入，这一切他们都看在眼里。'白蛇'头领虽然狂妄自大，但他也是个极其狡猾的人，这一切他早已计划好，也都安排得很周详。从监视到救人，再诋毁我们的名声，令普通人与我们对抗，信任他们，我想目的只有一个，'白蛇'想聚集普通老百姓，得到他们的信任和支持以后，合力推翻我们的整个制度，包括世界政府，还有你们的组织。"

哲羽似乎完全同意孟梵的判断，不住点头，又说："灾难过后政府变得支离破碎，大家都忙着进行重建工作，还没来得及做什么大幅度的整治，也完全没有应付战乱的对策或办法。这也许是世界政府最不堪一击的时刻，也就是'白蛇'他们的大好机会！"

37. 匿迹

LAN
GUANGREN
蓝光人

他们一定是猜到了我们的行动，观察了那么长时间，想必早已对我们每一位成员的能力和性格了如指掌。乍看之下还以为是敌明我暗，实际上他们一定猜测到此时此刻龙毅已经找到了他们的踪迹，哲羽已经带孟梵去过他们的营地，而孟梵也已经开始监视他们的一举一动，所以到现在还按兵不动。

孟梵独自一人在"白蛇"那边观察了好一段时间，但什么情报也得不到。他们清楚这位隐形人虽然看不见，但一定在附近，成员之间开始用暗语沟通，孟梵不懂得破解暗语，自然对他们的想法和行动毫无头绪；而阿得则清楚龙毅听得到别人的想法，也早已设下保护屏障，导致龙毅几乎什么信息也得不到；我们其余成员的能力目前根本派不上什么用场，只能在旁静静地等，别的什么也做不了。这位"白蛇"头领的确精明，这一切他都早已计划好，目前控制局面的就是他一人。

直到昨天，事情才开始有些进展。

"白蛇"组织的所在地不大，就在一座荒废的大楼里，但他们的看守非常严密，几乎每个入口都有他们的人。原本还以为"白蛇"跟我们组织一样全都是轮回人士，没想到他们有不少成员只是普通人，个个看起来都高大魁梧，每一个时时刻刻都全副武装，巡逻四周，他们过去的身份应该是军人或特工之类。

通常龙毅把孟梵带到"白蛇"的基地以后，就必须马上离开，以免被他们发现，但孟梵说昨天的情况比较不一样，巡逻的人明显少了很多，他们看起来也不像平常那么忙，彼此之间讲话也开始变得正常，不再只用暗语沟通。

就在孟梵觉得奇怪的时候，他终于见到了阿得，前阵子一直都见不到他的踪影，就好像"白蛇"故意把阿得藏起来了一样。孟梵见到阿得的时候按捺不住内心的气愤，一气之下从背后袭击他，阿得在毫无防备的情况下被孟梵用力按在墙上，动弹不得。

"说！你们到底想做什么？"孟梵使出全力按着阿得的头，大声质问他。

"孟梵兄，没想到过了这么久还是用同一招啊！当隐形人还真是方便。"阿得的语气比平时还要傲慢，丝毫没有想要还击的意思。

"哼！臭小子！枉我辛苦栽培了你这么多年，还傻傻地把你当自己人，当我的兄弟看待，真是看走眼了！"孟梵慢慢松开手，把阿得转过身来面对着他问道，"当年你是故意落在我手里的吧？是你们老大的安排？那家伙为什么选择在这个时候突然出现？把那群人带来这里又有什么目的？"

"你真的以为大哥会那样抛下我不管吗？要是他真的那么不讲义气，我们这帮兄弟又怎么可能跟他那么久？呵呵，是你自己太大意了。那些人对你们来说也不重要吧？把他们带走，反而帮了你们一个忙不是吗？"阿得得意地看着孟梵。

孟梵怒气冲天地把阿得推到墙角，用力揪住他的衣领说："我问你目的是什么，说那么多废话干吗！"

"只是传达个信息，没什么特别的。你自己也看到了，我们对他们做什么了吗？没有嘛，只是聊聊天罢了。"

"只是聊天，需要费那么大的劲儿把人救出来吗？你在放屁！"孟梵右手用力掐着阿得的脖子，把自己的脸贴近阿得，瞪大眼睛对他说，"跟你那位狗屁老大说，他女人的事要报仇的话来找我，要是敢动颖馨一根汗毛，我们都不会放过你们任何一个。世界政府跟'零'合并的实力有多强大，你这小子也心知肚明！要是不想'白蛇'每一个人都死在我们手中的话，就给老子滚远点儿！人抓来了你们就留着吧，我们也不再追究，要是还不满意的话，大不了老子留下来陪你们玩玩。记住，伤害颖馨的话，你们全都别想活了！"

阿得从来没见过孟梵这么凶的模样，他收起笑容，脸颊通红，惊慌失措地看着孟梵。寂静的房间里突然传来拍手的声音，接着就是一阵狂妄的大笑。

"不愧是长官啊！讲话那么有气势，吓得这小子都说不出话了。""白蛇"头领拍手笑道。

孟梵惊讶地松开手，阿得这才喘过一口气来，急忙跑到他大哥的身旁，跪在地上大声咳嗽。

"你就是'白蛇'的老大吧？哼。当年小雪死在你们手中，我杀了你的女人也只是为了报仇，现在你又打算动我的人，那这场恩怨什么时候才能了结？我现在人在这里了，也没打算活着回去，我的命你就拿走吧，杀了我以后我们以前的恩怨全都一笔勾销，不要再来骚扰我的人，我也保证政府和'零'不会对你们动手。"孟梵深深吸了口气，然后向前踏了一步，张开双手示意对方扣押他。

"报仇？哦，你是说凌儿的死啊？咳，我早就不在意了，那么久以前的事了，人都已经死了，也回不来了，报仇还有什么用呢？是吧？不过那位颖馨嘛，她的能力倒是挺有意思的，跟你们家小雪还真是像极了，让我也忍不住想邀请她加入我们'白蛇'，哈哈。报仇，我可不会做那么幼稚的事，以你对我的了解，你真的以为我会执着于要你跟颖馨两个人的命而已吗？呵呵，你把我想得太简单了吧，啊？孟梵长官！"

他话还没说完已经朝着孟梵急速冲了过去，右手向前伸，准备穿过孟梵的身体！孟梵还没来得及反应，已经被瞬间出现在他面前的一道身影挡住了。"白蛇"头领惊讶地看着突然出现的人影，急忙缩回右手，手臂上滴着对方的血。孟梵的身上并没有伤口，而龙毅的肚子却穿了个洞。身体从来没有过任何伤口的龙毅，居然流下了鲜血！

龙毅出现在我们面前的时候没有任何人说一句话，没有尖叫或哀号，也没有人提出疑问，什么举动也没有，"零"的几位成员呆呆地望着肚子上穿了个洞的我们的头领，一片寂静。

我脑子里的第一个想法是："他是龙毅吗？不可能吧。"

直到孟梵大喊出来我们才反应过来。

"你们几个还发什么呆？脑子进水了啊？人都快死了还站在那儿一动不动！"孟梵吃力地支撑着龙毅的身子，愤怒地指责我们。

"龙毅！你怎么了？"

"他怎么会受伤？怎么可能，他是龙毅啊！"

"他从来没有受过伤，到底发生了什么事？"

"谁做的？居然敢伤害我们'零'的领袖，活腻了！"

"血流得太多，快去找虞依他们过来，快！"

"龙毅跟我们不一样，他要是死了……"

我们一群人围着龙毅，每个人脑子里都充满了担忧和疑问。龙毅要是真的死了，他也能够像我们一样投胎转世，回到大家身边吗？他可是龙毅啊，几个世纪都不曾受过伤、生过病的龙毅，他真的有可能死掉吗？身子穿了那么大一个洞，流下的血已经染红了整个房间的地面，原本就脸色苍白的龙毅此时此刻脸上已经没有一丝血色，仿佛随时会断气一样。龙毅的表情跟我们一样充满了惊讶和不解，他几个世纪以来一直认为自己刀枪不入，任何人也伤害不了他。

小凯终于赶到现场，他一时也反应不过来，只是慌忙把双手按在龙毅身上尝试给他治疗，但已经太迟了，这不是一般的伤口，小凯跟龙毅两个人的脸色都越来越难看。小凯已经快要消耗完体力了，身子完全动弹不得，而龙毅的情况却丝毫没有好转。就在小凯昏倒的那一刻，龙毅也断气了。接着就是一阵哭号声，"零"的每一位成员都跪在龙毅的身边，惊慌失措地看着他一动不动的身体。

"哭什么！你们不是还有虞依吗？搞什么啊你们，怎么大家都突然变成傻子了！哲羽你还不快去把虞依带过来，现在就只能靠她把龙毅救活了。"孟梵目前是最冷静的一个，他似乎很不理解我们的反应。

虞依当然能够救活他，这我们是知道的，但当你眼睁睁看着一位像父亲一样的人在你眼前断气，那一刻，只要是正常人都会暂时失去理智。在虞依的努力下，龙毅的呼吸终于变得正常，我们大家总算松了一口气，难为了虞依，又要昏迷好几个星期才能清醒。

龙毅醒过来以后，变得沉默寡言，不愿意跟任何人说话，他把自己关在房间里不知道在思考什么，我想他需要一些时间去理解整件事吧。这么长时间以来他一直以为对自己的身体机能了如指掌，直到今天才发现自己也跟别人一样能够伤亡，活了几个世纪的他到现在才第一次对"死亡"两个字有不一样的认知。

"到底发生了什么事？"我们几个当然是先质问孟梵。

"'白蛇'头领，他本来是要对我下手的，我也没打算活着离开那里，没想到龙毅这家伙竟然就在那一瞬间突然出现，挡在我前面。他可能以为'白蛇'的能力在他身上不会奏效吧，没想到……"孟梵歉疚地低下头。

"那个混账那么快就开始行动了？他真的打算把你杀了？"我气愤地握紧拳头。

"他的目的不只是杀了我那么简单，哲羽的推理应该是正确的，我想他的目标是整个政府，还有你们'零'。我现在还不确定那家伙到底想要做什么，但以我对他的了解，那个猖狂的疯子，说不定是想趁世界这么混乱的时候聚集人群，一起把政府打倒，消灭'零'，统治全世界。"孟梵点起一根烟说道。

"这都什么时代了，还有人眷恋君主制度？他脑子有问题吧！"我不客气地说。

"如果真的是这样的话，'白蛇'他们把那些人带走只是第一步，他们一定会聚集更多人，灌输同样的信息，让他们不要相信世界政府和我们组织的人。不知道他们接下来还会做什么。"哲羽有些担忧地说。

"哼，不就是个什么狗屁小组织吗？我就不信杀不了他们的头领。他们也就二三十个人有特殊能力，我们组织这么多人，难道还怕他们不成？哲羽，你现在就带我过去，我让他们见识见识我们'零'的实力！"武雄愤慨地站起身子。

"我同意，他们实在太嚣张了，以为我们是好惹的吗？我们不应该等到他们采取进一步行动才后悔没有事先把他们消灭。"我手搭着武雄的肩膀说道。

"你们冷静一点儿行不行？看看你们的头领，坚不可摧的龙毅都差点儿被他杀死，你们这么鲁莽地去那边又有什么用？不管拿什么东西穿过他的身子都没有用，而他要是想取你们的命却是轻而易举。'零'有虞依和小凯的帮助是你们的福气，但虞依刚救了一条人命，要休息几个星期甚至几个月才能清醒，你们要是谁又发生了什么事，还有别人能够救你们吗？要是死在他们手上，就再也回不来了。千万不要意气用事，对付那么强大的对手，一定要先商量好完整的计划才能采取行动。要是我们现在就乱了阵脚，那不就让他们得逞了？"孟梵理智地跟我们解释道。

虽然对这个事实很不满，但不得不承认孟梵说的很有道理。要是我们现在这么冲动地跑过去，说不定大家一下子就被"白蛇"解决掉了。看来用武力对付他是没有用的，一定还有什么别的办法……

"'白蛇'不好对付，有什么致命武器是他们无法抗拒的吗？"我问道。

"武力这些快捷的办法都没用的话，只能慢慢来了。他虽然刀枪不入，但不至于百毒不侵吧？要是能够有什么病毒侵入他的体内让他慢慢病死，那不就得了？"哲羽提出。

"就算生病死掉了，他还是会继续轮回的啊。"我说。

"但要是病毒来自我们当中的一个同类，那可就不一样了。"哲羽神秘兮兮地说。

"你是说吴韩？"武雄听到这句话脸上不禁露出一丝笑容，但很快又收了起来，接着说，"吴韩啊吴韩，全世界最可怕的生物武器，却也是这世上最慈悲的人。连一只小蚂蚁都不愿意伤害的他，又怎么可能杀害自己的同类？"

武雄这番话令大家再次陷入沉默。的确，吴韩花了几个世纪的时间研究各种拯救人类的疫苗和药物，他这一生完全贡献于医学，一向都只懂得帮助他人，从来不愿意伤害任何人，他又怎么可能同意我们的想法？我们还在沉思当中，突然被急促的敲门声打断，孟梵不耐烦地前去开门，是小岚。

"那些人也走了！"小岚气喘吁吁地叫嚷着，"我是说那群被你们关起来的人，他们的家人和朋友全都不见了！"

"你说什么？你怎么知道的？"我站起身惊讶地看着他。

"我去找小泉的时候发现他和他哥哥都不在家，他们的邻居说一直都没有看到他们。小泉、小雨兄弟俩才七八岁，他们的父母之前被关在你们这里，他们年纪那么小，不可能敢擅自离开这个地区。

后来我打算去问问住在小泉家附近的珊珊，她跟那兄弟俩关系好，而且她弟弟也是被关起来的人中的一个，没想到珊珊也不见了。我心里觉得奇怪，不会这么巧吧？于是打探了几个被你们关起来的人的家属，全都不见了，这里的居民全都说没有见到他们，你说这事怪不怪？"小岚还在大口喘着气。

"我在'白蛇'那边的时候就发现他们的人今天有些不对劲，也说不上是哪里不对劲……感觉他们好像松了口气似的，不再用暗语沟通，巡逻的人变少了，大家看起来也比较自在。会不会跟他们有关？"孟梵突然说，"哲羽，你再带我过去看看。"

我还没来得及阻止哲羽，他们两个就在我眼前消失了。哲羽怎么回事？平时他不会这么冲动的，明知道"白蛇"不好对付，为什么还要冒这个险？孟梵是隐形人，就算去了那边他们也不会发现，但哲羽不一样，他出现在那里随时有可能被人发现，要是他遇上麻烦该怎么办？我要怎么办？我……

"好险！"哲羽突然又出现在房间里。

"孟梵性子急，你也跟着他糊涂吗？要是被对方发现怎么办？连龙毅都被伤成那样，你们太鲁莽了！"我气愤地瞪着哲羽。

"我没事，倒是那家伙……唉，还真是不方便啊。龙毅现在还在养身子，没有理由去麻烦他，但我不能预先探测那里的情况，很难知道在哪里现身比较合适。刚才恰好有他们的人在现场，我一放下孟梵就马上先回来了，好在没有被看到，但现在不知道该什么时候去把那家伙带回来，也不确定他会在哪里。"哲羽内疚地看着我们。

"我早就已经恢复了。我最后再说一次，你们都给我听好了，在没有准备的情况下，任何人不许擅自去'白蛇'那里，明白了吗？"突然现身在房间里的龙毅把大家都吓了一跳，面无表情的他冷冷地看着我们，凌厉的眼神令大家都不敢吭声。

他闭上眼睛，似乎在寻找孟梵的下落："我一个人去就好。"

人果然是在"白蛇"那里，跟上一批被带走的人一样，这群人也被"白蛇"的成员灌输了同样的信息：关于世界政府的无能，以及"零"这个地下组织的邪恶。

孟梵原本只是计划前去打听那些人的下落，并没有打算逗留，但在见识到"白蛇"一个女成员的能力以后，他决定留下观察。"白蛇"的基地虽然不大，但藏有许多阴暗的秘密通道，孟梵一时也找不到出口，只能在走廊里摸索。阴暗的环境让此地显得阴森幽邃，但让孟梵吓破胆的不是这里诡异的氛围，而是突然出现在他身前，又马上凭空消失的一个黑衣女子。

不是因为他没见过如此离奇的景象，相反，正是因为他对这项特殊能力极为熟悉，才会惊讶这世上除了龙毅和哲羽以外，居然还另有他人拥有瞬间转移的能力。那个女子没有意识到孟梵的存在，只是不断重复消失又出现，每一次现身在通道里时手中都扛着几个纸箱，看似是在忙着搬运东西。过了好一段时间，女子终于停了下来，没有再消失，一脸倦意地坐在一个纸箱上歇息了一阵子，恢复精力后站起身向后走了几步，然后一动也不动，全神贯注地盯着堆积在她面前的零乱的箱子。

孟梵以为她在计算箱子的数量，没想到几秒钟后，其中一个箱子慢慢向上升起，"飞行"到通道的角落里，然后放在地上；接着其余的箱子也接二连三地被无形的力量抬起飘浮在半空中，然后整齐地被排放在地上。这是另外一项孟梵目睹过无数次的特殊能力，跟我和武雄一样的惊人超能力，也正因为如此，孟梵顿时对此女子产生了前所未有的恐惧感。

在不到半小时的时间里，孟梵就在这个陌生女子身上见识到了两项如此强大的能力。让他觉得匪夷所思的是，这世上除了龙毅以外，居然还有人能够同时拥有一样以上的能力，而这两种特殊能力又刚好都是"零"的成员所拥有的。这个头顶蓝光的黑衣女子到底是谁？她是跟我们一样的轮回人士，还是像龙毅那样的不死之身？她会不会还有什么能力是孟梵还没有见识到的？把那群人从政府基地那里带过来的，一定就是这个女子！

孟梵打算留下来观察这个神秘的女人，摸清楚她的底细以后再想办法回去。女子从地上捡起一根铁棒，随意挥动了几下，然后一脸得意地拿着铁棒走到一个明亮一些的房间，孟梵静悄悄地跟在她背后。房里有另外三个"白蛇"的成员在争执什么，他们一看到女子出现马上停止了争吵，其中两个急忙敬畏地对她点了点头，低声下气地跟她打招呼："黛妃。"

"怎么？你又有什么不满的了？"那个黛妃随意地挥动着手中的铁棒，对唯一没跟她打招呼的男子说道，语气中带着挑衅。

男子没回答黛妃的话，只是高傲地"哼"了一声，看也不看黛妃就转身离开。

"站住！"黛妃明显对男子的举动非常恼火，眼神犀利地瞪着他的背影。

男子没有理会黛妃的命令，抬起头继续往前走，黛妃气得瞪大了双眼凶狠地盯着他，聚精会神地注视着男子的双腿。这时候男子突然停下脚步，以非常不自然的方式站立着，双腿就好像被什么隐形的力量踢了一脚似的，不自觉地向前弯曲。男子用力挣扎着，口中大喊："哼，臭娘儿们，就凭你那点儿小功夫也配当我们的老大？老子绝对不会服从你！你这贱……"他还没把话说完，已经不知道被什么压倒在地，跪在了那里，他的头抬到高得不合理，就好像……有别人在操控着他的四肢一样。

"小雪？"在一旁观看的孟梵对眼前的景象感到不可思议，一不小心发出了声音。

"谁？是谁在那里？"黛妃机警地朝孟梵所站的位置望过去。

孟梵屏住呼吸，丝毫不敢移动，专心注视着黛妃和那几个看似是她手下的男人，内心责骂自己怎么这么不小心，暴露了身份。他脑子里充满了疑问，如果他没猜错的话，这个黛妃刚才正是在用自己的脑力控制那个男人的身体，但有这项能力的人，不是只有小雪一个吗？就在孟梵还在思考的时候，黛妃顿时从众人眼前消失了，但这一次孟梵很确定黛妃并没有转移到别的空间去，因为她手中握着的铁棒依然浮在半空中，停留在同一个位置，也就是说黛妃一步也没有走动，依然站在原位，只是身子看不到了。

有好一段时间没有人说话，每个人都安静地看着浮在半空的铁棒，黛妃的声音又再次出现："呵呵，你能做的，我也做得到。"

铁棒被扔到了地上，但黛妃依然处于隐身状态，既然不愿意暴露自己的行踪，那就代表她正准备攻击。虽然孟梵清楚黛妃应该没办法找出同样是隐形人的他的位置，但他依然感到备受威胁，这是孟梵生平第一次领悟到隐形人的可怕。他敛声屏气，专心致志地聆听黛妃的一举一动，但什么收获也没有，她就像一个鬼魂一样在他身旁盘旋。

打破这寂静的，是一双突如其来、从身后搭在孟梵双肩上的手。他知道已经被黛妃逮到了，只是没想到居然那么容易，他知道这将会是他这漫长人生的终点。他苦笑了一下，身体恢复了正常的状态，他不希望连临死的前一刻都没人看清他的模样。

孟梵闭上双眼，他最后说的话是："一命抵一命，该还的迟早还是要还的。"

当孟梵再次睁开双眼的时候，他以为自己会看见白茫茫的传说中的天堂，又或者是小雪和小智他们久违的脸庞，但他看到的是一张张熟悉的面孔：我、哲羽、霍鹏和龙毅。

"你们……也都死了？"孟梵难以置信地盯着我们看。

"兄弟，这一招时空穿梭你也见识过不少次了，何必这么惊讶，还诅咒我们？"哲羽对他说。

孟梵呆呆地看着他们，这才意识到龙毅神情里的不安："那双手不是黛妃的，是你的？你把我带回来的？不是还在疗伤吗？怎么……"孟梵对龙毅说。

"差那么一点儿，就那么一点点，我要是晚一秒钟到那里，你就死在她手上了，虞依还没醒过来，没有人能够救回你。"龙毅的语气中带着一丝后怕。

听到龙毅这番话，我的心好像瞬间停止了跳动，孟梵永远死去的念头让我感到浑身不自在。他们口中的"她"是谁？这个"她"又怎么看得见孟梵？

"你们说的是谁？到底发生什么事了？"我按捺不住内心的好奇，第一个提出疑问。

"那个女人不一般，她像你一样拥有多种不一样的能力，你探测到了吧？但她跟我们一样有蓝光，到底是什么人？你知道吗？"孟梵没理我的问题，把注意力完全集中在龙毅身上。

"那女人叫黛妃，是'白蛇'老大最得意的手下，能力甚至比他还强大许多。"龙毅看了我们几个一眼，接着说，"只要是她见识过的能力，她都能够记住、模仿，然后重复运用，最终成为她自己的能力。也就是说，黛妃的超能力就是她能够'拷贝'每一个人的能力，她不仅拥有几样能力，我们每个人分别拥有的特殊能力，她全都做得到。"

"这也算是一种能力吗？太没天理了吧！"霍鹏不悦地说。

"这么说，黛妃当年一定是见过我才盗用了我隐形的能力，所以才能在没有人看到的情况下擅自闯进我们政府大楼，然后学习并掌握了你们'零'每一位成员的特长，因此才会轻而易举地把那些人带走……"孟梵说到一半就不愿再想下去，他的脸上充满了愧疚的神情。

"她为什么要杀你？"我问道。

"他们杀人并不需要什么特别的理由，这就是'白蛇'一贯的作风。"

"你在那里看到什么了吗，那些人是不是真的在'白蛇'手上？"霍鹏接着问。

孟梵把他所看到的一切都跟我们描述了一遍，大家没做什么评论，只是静静地听着。以前一直觉得龙毅是天下无敌、世界上最全能的人，直到那次他被"白蛇"头领击伤，才知道原来这世上存在更强大的能力；现在听龙毅这么形容这个叫黛妃的人，相比之下又觉得"白蛇"头领可怕的程度跟这个女人根本没法儿比！再想想我们"零"，攻击力最强的庞德和赤义早已离开我们，能够预测未来帮助大家提前做好准备的萝亚也已经消失了，虞依正处于昏迷状态，还不知道什么时候能够醒过来，连我们最钦佩的龙毅也轻易地被"白蛇"头领击败，顿时深切地感到我们"零"的渺小。即使我们有世界政府的支持，即使我们在人数上占有优势，但这个"白蛇"组织的成员拥有如此无懈可击的能力，我们会是他们的对手吗？

　　"目前知道的就这么多了，以后不要再去'白蛇'那里。"龙毅打破沉默，他见我们没有回应，接着说，"'白蛇'的实力你们现在也清楚了，我们'零'此时处于比较脆弱的阶段，跟他们起正面冲突对我们一点儿好处也没有。虞依和小凯他们的能力也有限，要是再有谁被击伤了，很有可能没办法马上复原，你们也不希望'零'再失去任何成员吧？"他又看了我们每个人一眼，确保大家都没有异议后继续说："我预测到他们这段时间内不会再来骚扰我们，至于他们未来还会不会做出一些别的举动，我目前还不能确定，但以后的事以后再说吧。别忘了，我们现在的首要任务仍然是重建这里的生活环境，其他的事就别再想了。"

　　哲羽见没人回应，开口说："龙毅，我认为他们的目的是……"

　　"我知道你的想法，你的推理没错，'白蛇'他们的确是想对抗我们整个组织和世界政府。"龙毅还没等哲羽说完就打断了他的话，然后深深叹了口气，"这件事情萝亚从来没有跟我提起过，我也跟你们一样是到这一刻才得知'白蛇'他们的目的，所以现在没办法确切地告知各位该如何对付他们，毕竟对方的实力非常不一般。我想我们大家都需要一些时间冷静一下，慢慢消化整件事情的经过，才能够想出完善的对策。在拥有百分之百的把握以前，一定不要再冒险前去跟他们的人打交道。'零'已经失去不少成员了，要是你们再有什么事……你们也见识到了，我实际上也不是那么无敌的。"

　　这是我们第一次听龙毅以这么感性的语气说如此伤感的话，也是我们"零"几个世纪以来首次为我们首领的生命安全感到担心。

39. 重演

39. CHONGYAN

"白蛇"的事暂时告一段落，没有人再擅自前去他们的基地，大伙儿也尽量避免提起这个话题。我们又一如既往地继续重建工作，夜以继日地分工合作，如今这一地区住所的环境和生活条件跟当年相比已经是天壤之别。简陋的木屋几乎都没了，居民们现在都住在用石头和水泥盖好的坚固的房子里。多亏了华生他们的努力，电力已经完全恢复，再加上我们四处寻找回来的机械零件，电器用品在这里逐渐变得普及。医疗方面也不断进步，吴韩利用我们从外面带回来的医疗器材，使医疗大楼提供的服务近乎完善。木村继续细心地为大家栽培农作物，粮食方面的问题已经妥善解决，我们也成功开办了几个大型的食堂，现在大家不必再像当年那样在街上找罐头食品或猎杀动物了。

这里的环境以及人们的生活水平以惊人的速度改善，当下所有人的起居饮食都已经越来越接近灾难发生前的状态。人类似乎渐渐忘却了 2024 年那场三天三夜的大灾难，已经极少听到有人提起那场噩梦，也越来越少有人为那一年的损失哭泣或感到悲伤，就好像那早已成为一段不会再上演的历史，人们仿佛已忘记那段历史中令人恐惧的种种细节。

原本还以为经历过那场大灾难以后，人类的想法和行为会有所改变，会开始珍惜地球上仅剩下的珍贵资源，会减少对自然生态的破坏。但他们又回到了从前熟悉的生活方式，很快就忘却了当年失去所有的感觉是什么样的，依然没有特别珍惜周围的一切，反而很快又恢复了从前浪费资源和破坏自然环境的种种行为。我们将一切都看在眼里，因此设立了几条简要的规则，但这些制度只能暂时约束人们的某些行为，并不能够彻底改变他们的思想。

我和哲羽刚刚忙完搬运工作，坐在幽静的河边聊天，却被忽然出现的龙毅打断："邻近地区有大型龙卷风，伤亡十分惨重，带上武雄马上去救人！"

我还没做出任何反应，就已经被龙毅带到了事发现场。眼前一片朦胧，但隐约看得见场面十分混乱，要不是龙毅用尽全力拉着我的手臂，凭我自己的力量根本没办法站稳。前方的龙卷风就像是一道天梯一样，从地面延伸到天空，天上布满乌云，不时还来几道刺眼的闪电和震耳的雷声。用肉眼看，龙卷风在地面的直径接近一千米，在空中的范围更是大得惊人。它完全不顾人们凄凉的哀号，持续以惊人的速度横扫周围的一切。这里简直就像是地狱，这是跟三十年前那场灾难一模一样的噩梦！

"颖馨！"龙毅忽然大声叫我的名字，指着一道迎面而来的巨大铁块，铁块朝前面一个双手紧抱铁柱的女孩砸去，在那样的冲击力下，她肯定活不了！我回过神来，及时令铁块在女孩面前停下，她缓缓睁开眼睛，不可思议地望着浮在她眼前的物体。她还没来得及做出任何反应，龙毅已经出现在她身旁，双手搭在她的肩上，然后同她一起消失在这如同地狱般的灾区。

　　哲羽和武雄也随后出现在我们身旁，大家一句话也没说就开始行动。我和武雄负责防止一切危险物品伤到灾民，而哲羽和龙毅则忙着把他们带离现场。没过多久，半空中已飘浮着各式各样的物体，汽车零件、粗壮树干、铁棍等，再加上暴风雨的摧残，此时此刻的景象简直像是世界末日。

　　还以为他们已经成功地把所有灾民都安全转移了，我也等不及想离开了，不料龙毅依然站在原地，闭着眼，紧皱着眉头，丝毫没有要离开的意思。我们三个莫名其妙地看着他，他伸手示意我们不要说话，看似在专心地寻找什么。

　　"还有几个人，但我看不清他们的位置。"龙毅懊恼地说，依然闭着眼一动不动地寻找，我们不敢打扰他，站在一旁静静地等，过了一会儿，他终于睁开双眼露出一丝笑容，"找到了！"

　　暴风雨来得快去得也快，龙卷风的风速已经渐渐降低，体积也越来越小，我们总算能够勉强看清这个地方的轮廓。不需要龙毅亲自指出，我们已经清楚看到前方那个外形奇特的金属物体，称它为"物体"，是因为实在不知道这是什么东西，体积虽然不是太大，但还是让我们惊讶刚才居然完全没有注意到它。形状有些像飞机，每一面皆是由金属制成，但四面都完全密封，根本看不见有任何像是入口的地方，也不见有什么开关。没想到受到如此强烈的摧残，这台机器也只是表面稍微受损，其余的基本上没有什么大碍，简直称得上是奇迹！

　　"这是什么东西？宇宙飞船？真的有外星人？"武雄一手敲打着机器，把脸贴近物体尝试听里面的情况。

　　"找不到入口，也没有按钮，不如直接进去吧？"哲羽征求龙毅的意见。

　　里面有些黑暗，一开始几乎什么也看不到，要不是那么快就听到对方的尖叫声，我们也不能马上确定这里面有人。

"谁？你们是谁？"一个成年男子的声音，他努力保持冷静，但语气中充满了恐惧。接着是小孩子的声音："爸爸，他们是谁？是外星人吗？"

"不要害怕，我们没有恶意，是来救你们出去的。"龙毅上前走了一步，蹲下身子客气地跟他们说道。

"我们哪儿也不去，也不需要你们的帮忙！我不知道你们是怎么进来的，但请你们快点儿走吧！"那个男人的语气很不友善，他身旁又传出另外一个声音，这次是个小女孩："可是爸爸，你的腿……"

"这位先生，你先冷静一下，我们是世界政府派来的人，绝对不会伤害你跟你的孩子。你的右腿明显受了重伤，要是不及时治疗的话恐怕会有生命危险，让我们帮你吧。"龙毅再次尝试说服他。

我的眼睛渐渐适应了这里的黑暗，原来里面什么也没有，只有一些空的食品罐头瓶和矿泉水瓶，还有一个简单的驾驶舱，这么一看还真的有些像小型的宇宙飞船。那个男人拥有一头金色的鬈金发和蓝色的眼珠，戴着一副破了的眼镜，看起来斯斯文文的，没想到说话的口气那么不客气。

我见他还是不开口，走上前去蹲下身子说："就算你不介意自己受伤，也要替你的孩子想想，要是你死了，谁来照顾他们？两个孩子都还那么小，再怎么样也需要吃些东西。"

他看了两个小孩儿一眼，脸上露出极为痛苦的表情，看来他受的伤不轻，有可能需要小凯帮忙。他看着我们四个，有些难为情地说："我走不动了，我知道自己就快要不行了。我希望能够死在这艘船内，请你们把孩子带走吧，务必要好好照顾他们，拜托了！"

两个孩子同时抬起头看着他，大声哭嚷着："爸爸，你不要我们了吗？"

"把这飞船一起带走就可以了吧？"龙毅伸手搭在男人的肩上。他一脸疑惑，完全听不懂的样子，龙毅诚恳地笑了笑："交给我们吧，你们只需要闭上眼睛，五秒钟就好。"

他们一定是饿坏了，不到五分钟就把我们准备的食物狼吞虎咽地吃光了；两个小孩儿脸上露出了满足的笑容，他们的父亲却仍然以不信任的眼神打量着我们和四周。

"这是什么地方？"他终于开口了，还没等我们回答又问，"这些全都是你们在这三十年内建好的？"

"我们和世界政府合力建造的，还在改进中。"龙毅的语气很谦虚，"不如先自我介绍一下吧，我叫龙毅。这位是霍鹏，世界政府的高官。这位是他的搭档孟梵。这几位是我的伙伴，武雄、哲羽和颖馨，还有小凯，刚才你晕过去之后，你的腿就是他治好的。"

"多谢了。但是……为什么一点儿伤痕都没有？难道这么快就已经痊愈了？"他大惑不解地看着自己的腿，然后注意到角落里停放着他的飞船，"你们怎么把它运过来的？"

"这到底是什么东西？怎么从来没看见过，你从哪里弄来的？"孟梵没理他的一连串问题，反问他。

他对孟梵的回答似乎有些不满，扭过头看着他的孩子，并没有要回答的意思，反而说了句："你们不是一般人吧？有超能力，是吗？"

听他这么一问，我们几个倒是愣住了，虽然原本就没有打算隐瞒他们，但对于他的态度却感到非常意外，难道他曾经接触过我们的同类？

"怎么，你不认为我们是外星人？"我觉得他的反应很有趣，笑着问他。

他大笑起来："哈哈！你想吓唬我？外星人长什么样，我会不知道吗？"他一脸得意地看着我们，又道："什么外星人，不过是有异于常人的超能力罢了，实实在在的地球人。"

这世上知道我们真实身份的人类并不多，遇到像他这种反应的还是头一次。哲羽和孟梵似乎对于他那么镇静而开放感到很欣赏，笑嘻嘻地对他说："终于找到比较通情达理的人了！兄弟，你到底是什么人？"

"叫我安东尼吧。2024 年的灾难发生以前，我是美国太空总署的工程师，你们看到的那艘飞船，就是我亲手建好的，也就是因为有它，我们当时才能够生存下来。"安东尼深情款款地看着他的飞船，"她有一个美丽的名字，叫'银河'号，是我们太空总署最新的研究项目。实体还没来得及建造出来，你们眼前的这艘只是实验版本，所以体积才这么小。我们用了最坚固的材料来建造这艘飞船，当然，距离实际产品完成还需要许多年的时间，但这艘实验品也一样是用顶级的材料制成的，因此坚不可摧。当时的灾难来得太快，我的住所转眼间就已被摧毁，我连忙带着妻子回到太空总署，躲进这艘迷你'银河'号里，她比什么都坚固，躲在这里面一定是最安全的！"他一脸自豪地看着自己的作品。"我们从政府那里得知这片高原的地点，毫不犹豫就朝这里进发。不幸在飞行的途中，被一架大型客机撞上，坠落到海中，幸好机身没有太大损伤，我们才能够在海上漂浮，那架飞机就没那么幸运了。等我们确定灾难结束以后，才走出船外探察情况，到那时候才知道地球已经彻底改变，跟我们以前所认识的完全不一样。周围一个人也没有，仿佛全世界只剩下我和安娜两个人。在爱情故事里，那也许是浪漫的情节，但在现实生活中，却是那么吓人！我们俩花了好几年时间尝试找回我们的家人、朋友、同事，但到现在还没有任何人的消息。不知道该如何回到当初的家园，只好乘着这艘船四处漂泊，后来终于抵达了你们发现我们的地方，建了一间简陋的房子居住下来。安娜后来为我生下了这对双胞胎，我们一家四口过着无忧无虑的生活，我和安娜也渐渐忘却当年那场可怕的灾难，直到这次龙卷风袭来。"安东尼突然不再说话，低下头，身体微微颤抖，发出轻轻的哭泣声，"我没来得及救她……"

听了安东尼这番话，我们几个心里都特别不好受。原来外面还有别的生还者，我们却没来得及去帮助他们，要是我们早一步到达，或许能够拯救安娜和其他受难者。

"我的故事说完了，该你们了吧？"

既然已经让他们见识过我们的能力，这个安东尼也丝毫没有畏惧或质疑的心态，我们决定把一切关于组织的信息都告诉他。华生他们除了研究重建地球的计划以外，同时还不停在探索迁移人类至其他星球的方案，但他们对于建造宇宙飞船的知识极其有限，要是能够得到安东尼的帮助，凭他专业的知识和华生的技术，再加上我们提供的材料，政府也许真的能够建好一艘完善的宇宙飞船，在灾难来临时成功把人类运送到别的星球。

安东尼对于我们的真实身份不仅完全没有感到害怕，反而很兴奋："我在太空署待了大半辈子，什么怪事都见过，不过像你们规模这么大的超人类的组织，我还是第一次接触！"

我们对于他的反应也感到很欣喜，到目前为止，除了小岚以外，安东尼算是第一个欣然接受我们的存在的普通人。

"别高兴得太早，刚才我们救回的人都还在医疗大楼里，到现在还不理解我们的超能力，不知道他们会如何反应。"龙毅突然板着脸说道。

龙毅把幸存者安置在医疗大楼内进行治疗，听说不少人都伤得不轻，有几个必须靠小凯的能力才能得救。我跟哲羽忧心忡忡地来到医疗大楼，他们刚刚亲眼见识过我们的能力，不知道这时候见到我们会有什么反应？我们缓慢走到病房门口，还没进去就听到一个熟悉的声音，是小岚。

"当年我们一群人被困在下水道里，根本一点儿希望也没有，大家都在等死，要不是他们及时出现把我们救出去，我失去的就不仅是这条腿了。我那时候才四岁，还以为是超人或者X战警来拯救地球人了呢！你们也见识过他们的能力，真的很酷吧？"小岚激动地跟他们聊着天，没想到他居然把我们的事随便跟外人讲，我突然感到一阵恼火，正准备进去教训他，却被哲羽制止住了："你没听到他们的笑声吗？里面的气氛很轻松，小岚是在帮我们，听听吧。"

"是很惊人！我当时整个人已经被龙卷风卷上了天，突然有人从身后抱住我，差点儿把我吓死！我还没反应过来就已经从风眼中消失了，然后来到了这里，整个过程就只有几秒钟！这是我这辈子经历过的最不可思议的事，没想到这世上真的有超人！"青年男子的声音听起来很兴奋。

"他们就像是电影里的超人特攻队！真是太神奇了！当那辆朝我迎面撞来的车子突然静止、浮在半空中时，我简直不敢相信自己的眼睛。要不是因为他们，我们没有谁能够在那样的环境下存活下来。"一个女子说道。

"他们救了我们以后就消失了，我们连一句谢谢都没来得及说，真是遗憾。"另外一个声音听起来有些沮丧。

"他们真的是人类？是好人？你真的认识他们，没骗我们？"一个稚气的声音问道。

"我用自己的生命保证，他们不只是好人，还是我见过的最讲义气、最正直、最善良的人。从不滥用自己的超能力去伤害人，反而一直默默地保护我们，他们真的很伟大。"小岚从来不会对我们说这么煽情的话，现在听到他这么说，我和哲羽心里突然有股说不出的感动，不约而同地发自内心地笑了。

"谁在外面？"小岚的语气变得机警，小心翼翼地打开房门，看到我们先是松了口气，然后露出难堪的表情，"你们……你们怎么站在外面偷听！"

"哈哈，这小子，没想到也会有这么肉麻的时候。"哲羽忍不住嘲笑他。

　　"是他们！"房内突然传来一阵惊叹，里面的人全都站了起来，盯着我跟哲羽看，让我们有些难为情。哲羽看见我别扭的样子，就出言打破了尴尬："各位身体都没大碍了吧？务必好好休息，吃的住的都由政府提供，你们就安心在这里休养吧。我们先不打扰了，有事的话……"

　　哲羽还没把话说完，他们一群人突然拥上来围住我们，有些人握着我们的手，有些人热泪盈眶地给我们鞠躬，他们不断道谢，热情的反应让我们不知所措。除了小岚，几个世纪以来我们一向对普通人没有什么感情，也不愿意跟他们有太多接触，这是我生平第一次感到这么被普通人重视，实在是受宠若惊！

　　也许我们以后真的不需要再这么遮遮掩掩的了？

40. 婚礼

L A N
GUANGREN
蓝光人

40. HUNLI
>>>

安东尼很快就适应了这里的生活，他跟华生和另外几位科学家也经常交流，彼此似乎都非常欣赏对方的学识，经常见到他们有说有笑地一起做研究。跟安东尼一起被救回来的人也已经在这一地区安顿下来，开始全新的生活。这里很快又恢复了原样，我、哲羽、武雄和龙毅依然四处寻找有用的零件和废弃物品，再把它们运回来给华生和安东尼他们改造，提供给这里的居民们使用；孟梵和霍鹏他们则联合政府一起继续进行城市规划的工作。

2024年灾难刚过的时候，许多生还者都在世界政府的管理下在这个地区居住下来。但也许是因为地球已经慢慢恢复灾难前的模样，有些人开始认为不再需要政府的保护和照看，不少人已经离开世界政府提供的住所，选择靠自己的能力创造更适合他们个人品位的生活方式。世界人口的数量也在持续上升，单凭政府的能力，要照顾世上所有人已经是不可能的事。从前我们习惯了在法律的约束下生活，做什么事情都必须先考虑社会制度，如今政府的能力范围只局限于这个区域，一旦离开这里，任何人都能够过上逍遥的生活，理所当然地越来越多的人选择自由。

继两年前的那场龙卷风之后，龙毅陆续探测到其他地区的灾难，而我们每一次都尽己所能地救回受难者。见识过我们能力的普通人有不少都像安东尼他们一样欣然接受我们的存在，也在这一地区居住了下来；当然也有一部分人对我们的身份感到反感和不安，不愿意跟随我们。龙毅探测到"白蛇"基地的人数在持续增加，我们已猜到他的目的是什么，但实际上我们不能够做任何事阻止他们，现在跟"白蛇"起正面冲突对我们一点儿好处都没有，我们只能睁一只眼闭一只眼，暂时忽略对方的存在。

至于我们组织，这段时间并没有发生什么特别的事情，唯独小岚，他谈恋爱了。对方是当初救援安东尼时，被我们带回来的一个生还者，是一个跟小岚一样拥有绿色眼睛的漂亮女孩，名叫瑞莎。一直以来，小岚唯一的依靠就是我们几个，我和孟梵一直都把他当成亲生孩子一样照顾，但我们知道自己身份特殊，没办法确定下一世是否能顺利轮回，继续陪伴小岚。如今他身边多了一个依靠，有个人帮我们照顾他，他也不用再那么寂寞，我由衷地为他高兴。

听龙毅说小岚准备跟瑞莎求婚，却完全没有举行婚礼的打算，2024 年过后大多数人都排斥庆祝任何特殊的日子，也许每个人都失去了太多，不愿意回想起痛苦的过去吧。小岚今年三十六岁，早就到了生儿育女的年龄，眼看我在这一世的时间已经所剩不多，我和孟梵决定帮小岚和瑞莎筹备一场简单的婚礼。这是我唯一能够替小岚做的，或许我们有谁下一世不能够顺利回来，但至少小岚现在能够得到我们所有人的祝福。

当然我们没有能力筹办什么盛大的婚礼，只能够在住所附近的河流旁边那块草地上稍微布置一下，搭起帐篷，安排一些座椅来招呼客人。"零"的成员大多数都没有筹备婚宴的经验，因此请求安东尼来帮我们的忙。他建议我们先确定赴宴人数，再计划场地的大小和装饰。小岚性格开朗、交友广泛，跟他感情要好的朋友简直是数不胜数，虽然婚礼不会豪华到哪里去，但一定无比热闹。

邀请宾客那方面只好拜托龙毅了，只有他才清楚小岚曾经接触过的人，以及他们每个人现在的下落，再交由哲羽去把他们带过来；我和武雄则负责场地的布置，就好像当初一起营建这一片区域一样，轻而易举；孟梵带领他的手下策划婚礼当天的仪式、餐饮、表演和行程；而虞依和小凯则负责准备所有人当天要穿的服饰，包括新娘的婚纱、新郎的礼服以及双方的结婚对戒。

大家忙碌了一个多月，终于到了婚礼当天！

我和孟梵一大早就把小岚叫醒，骗他说有急事要他帮忙，把他带到了孟梵的房间以后，用一块布蒙住他的双眼，再让孟梵快速帮他换上礼服，他一路上一直乱喊乱叫，提出一连串的问题，完全不知道我们在做什么。当他穿好礼服时，我和孟梵对视了一眼，想不到当年那个古灵精怪的小男孩，转眼间已经变成了眼前这个身材魁梧的大男人，如今他就要步入人生的新阶段，我们俩实在是感慨不已。

"恭喜你，新郎官。"孟梵突然解开他眼前那块布，小岚终于睁开眼睛，一脸惊讶地望着我手中拿着的戒指，"你们怎么知道……龙毅偷听了我的想法？"

我没理会他的问题，把对戒放在他的手中，紧握着他的双手说："你真的打算隐瞒我们大家，随便结个婚就算了？我们能够做的也不多，这场婚礼，就当作大家送给你们的礼物吧。"

小岚含泪看着我和孟梵，低下头来，说不出话，我和孟梵两个突然感到尴尬，这么感性的场面，跟我们想象中的完全不一样。

"颖馨、孟梵，真的……真的很感谢你们……我从小就没有爸爸妈妈，你们两个一路上就像我的亲生父母般照顾我，真的谢谢……还有武雄、哲羽他们……大家……"小岚忍不住流下了泪水，说不出话来。

"臭小子，男子汉哭什么？今天可是你大喜的日子，不许哭！"孟梵虽然这么说，语气中却夹杂着哭腔。

"好了，小岚，我们最希望的就是见到你快快乐乐、健健康康，这样我们就满足了。瑞莎是个好女孩，你一定要好好照顾她。时间也差不多了，快去洗把脸吧，你的婚礼就要开始了！"

我没参加过什么婚礼，这也是灾难后第一次见到那么多衣着整齐的人聚集在一起。场地布置得非常出色，称不上华丽，但简约又温馨，一旁还有乐队伴奏，在场的人们全都有说有笑的，这场婚礼出乎意料地成功。小岚站在前方等待新娘子的到来，我和孟梵站在他身旁都感受得到他内心的兴奋！

钟声终于响起，瑞莎缓缓走进场地，身穿婚纱的她，看起来简直像个天使。证婚人是龙毅，他的神情看起来有些不自然，也许是独自站在那么多人面前，感到有些难为情吧。在交换戒指的那一刻，全场的人都站起来为这对新人欢呼，看到他们两个幸福的样子，我也忍不住流下了泪水。婚礼圆满结束了，欢乐的气氛也随之快速消失，人群中传来窃窃私语，我这才陡然理解龙毅为什么从头到尾都显得那么不安。

"你们不觉得他们很眼熟吗？"

"我记得那个证婚人！就是当年灾难过后，常出现在我们住所地区的一个男人，都过了几十年了，他还是老样子，保养得真好。"

"那位伴郎也是！我记得他是某位政府高官，上一次见到时他看起来有三十岁左右，现在怎么好像……反而变得更年轻了？"

"不对不对，他不是死了吗？你们不记得，他后来不是消失了吗？"

"那位伴娘也是跟他们一伙的，我记得清清楚楚，当年在住所附近见过她好几次，后来也是突然销声匿迹，还以为她也死了，怎么又突然出现了，而且完全没有变老？"

"你们觉不觉得有些奇怪？你看看我们，现在比他们老那么多，当年我们跟他们年龄应该是差不多的啊！"

　　该死，我们忙着准备婚礼，全都疏忽了这一点！当年居住在这里的居民很多都已搬离，如今这个区居住的人也比当时多了好几倍，我们早已忘记哪些人曾经见过我们，也根本没有考虑到小岚跟他们会是好朋友，现在我们那么多人突然出现在这里，当然会引起别人的怀疑。

　　"啊！是他们！他们还没死！"一阵刺耳的尖叫声吸引了所有人的注意，这个声音似乎在哪里听过，这个口吻也非常熟悉……莫非又是他们？

　　那个发出尖叫声的女子跌坐在地，把身旁的椅子弄得东倒西歪，她惊恐地望着我们，哲羽走上前去打算扶她起来，她却不停地向后退，唯恐被我们任何一个人碰到，口里重复着："不可能……不可能……他们应该死掉了……那个声音早已消失，这一定不是真的！"

　　果然是她，那对烦人的夫妇。我想她指的是当年她在脑中听到的可可的声音吧，可可的声音消失了那么久，她一定知道我们已经没有继续监视他们的行动。那么长时间没见到我们，难怪她笃定地认为我们早已死去。真是个麻烦的家伙，为什么每次反应都这么大，让在场的所有人都注意到我们？她这么一喊，让先前早已心存怀疑的人马上证实了我们的身份，气氛顿时变得紧张。

　　这时候，人群中突然传来一阵狂妄的笑声，是一个女人的声音："哈哈哈！各位心里也觉得奇怪吧？眼前这几个人，是不是看起来特别眼熟呢？"

　　我从没见过这个女人，她自信满满地朝人群走来，看起来非常高傲，孟梵见到她时突然神情大变，一脸惊讶地看着她："黛妃？"

　　"三十年前，大家都见过他们吧？老是跟世界政府的人神秘兮兮地不知道在做些什么，后来一个接着一个消失不见了，几十年都没有他们的音讯，现在他们又突然出现在大家面前，而且丝毫没有衰老的迹象，反而更年轻了。你们说，是不是？"黛妃看到大家恐慌的眼神，似乎很满足，继续说，"这不是很奇怪吗？完全违反大自然的规律，根本就是超乎常理的事。他们究竟是什么人？你们也许搞不清楚，那么就由我来告诉你们：这群人，不，这群生物，是来自地外空间的异类！"

我从来没有见过这么荒唐的事情，居然被自己的同类说成是外星人！这个黛妃是不是神志不清？竟然说出这么离谱儿的话。

"你们看看周围的环境，一切发展的速度都那么快，普通人有可能在这么短的时间内完成吗？只有来自地外空间的高智能生物才做得到！"黛妃继续说，"这群生物，早在2024年的时候就在世界各地制造多起天灾来摧毁我们的家园，消灭了全球一半以上的人口，接着控制世界政府里的人，为的就是要统治我们的星球！"

"你这个女人，到底在胡说八道些什么！"孟梵懊恼地走向她。

原本是一场温馨的婚礼，居然在黛妃的一番话下，演变成这般难堪的情景。群众眼中流露出无比的惊讶和害怕，对于黛妃的指责感到难以置信，却又不能确定是否该相信我们。

"你们别听这女人胡言乱语！难道你们忘了，我这条命是怎么捡回来的吗？"小岚突然走到人群中间，大声道，"如果他们真是想要毁灭人类的外星人，那为什么不早把我们杀了？他们不但没有做出任何伤害我们的事，还帮助我们修建了那么完善的住所，难道你们真的相信这女人的疯言疯语吗？"

"留着我们，就是为了让人类给他们效力呀。难道这些住所，不是世界政府的人帮忙建立的吗？他们的目的并不是让我们有生存的地方，而是想要借这个理由，把所有人都困在这片高原上，还让你们误以为他们是出于善意！在场有不少人，都曾经见识过他们的超能力吧？比如说新郎官你。"黛妃慢慢朝小岚走去，对他说，"你说你的命是他们捡回来的，那你倒是说说看，他们当时究竟是如何把你救出来的？"黛妃看着小岚，露出狡诈的笑容。

"这……"小岚欲言又止，要是他这时候说出实情，那么大众就会知道我们的确拥有超能力，有可能导致大家误会，以为我们真的像黛妃说的那样狡猾。

"你不想说也没关系。那么这位女士，不如你来告诉我们吧，当年你跟新郎官同样被困在下水道里，就是这几个人运用超能力把你们救出来的，是不是？"黛妃指着刚才那个害怕得摔倒在地的女人问道，"不仅如此，那时候他们还叮嘱你不准把事情的经过透露出去，甚至监视你的想法，还威胁你们说要是敢开口，一定会对你们不客气，是不是？"

"那只是误会！你怎么能够把白的说成黑的？"我忍不住开口。

那个女人被吓得说不出话来，只是瞪大双眼看着我们，她那恐惧的神情也感染了周围的人，不少人脸上流露出恐慌的表情，全都不知所措地望着我们。

"这个疯女人满口胡言，一个人跑来我们这里撒野，她是不是活腻了！"武雄怒气冲冲地瞪着黛妃，已经做出准备打斗的动作，却被龙毅及时阻止："要是你现在对她动手，那就正中了她的下怀，这些人也会相信她口中所说的一切，认定我们是恶势力，你冷静一点儿！"

哲羽也上前制止武雄，他这才总算安静下来。

"我是龙毅，请问你今天来我们这里有什么事吗？今天是小岚大喜的日子，有什么事往后再说吧。我们欢迎你留下来一起庆祝，但要是你的目的只是想扰乱人心的话，那么麻烦你马上离开。"龙毅朝黛妃走过去。

"久仰大名了，龙毅先生。可惜我今天还有别的事，不能久留。对了，还没向这对新人送上我的祝福呢，恭喜你们两位啊！那么我先走一步了。"黛妃傲慢地笑了一声，然后独自离开了现场。

"真是莫名其妙的家伙，她到底来干什么？在这么重大的日子，突然跑来说一些不知所云的话，然后又匆忙离开，她的目的到底是什么？"我气愤地埋怨道。

"她早已知道今天这里将会聚集大量曾经见过我们的人，所以才特别选在今天出现，目的纯粹是煽风点火，并没有要跟我们打斗的意思。相反，她几次挑衅我们，就是为了让我们先动手，这么一来，就能够轻而易举地让大家误以为我们是凶恶的一方。黛妃今天自己一个人前来，跟'白蛇'先前所做的一切，目的都是一样的，都是为了引起人们的注意，呼吁他们与我们对抗。真正想要统治世界的人，是他们。"哲羽冷静地分析道。

婚礼的仪式才刚结束，还没开始进餐，已经有不少人纷纷编出各种不同的理由，先走一步了。看来黛妃说的话多少影响了在场的人，我们看在眼里，却没有办法改变他们的想法。小岚的眼神中带着几分失落和懊恼，自己的婚礼忽然被外人搅乱，再加上他视为亲人的我们被黛妃这么污蔑，当然会感到气愤。尽管他想为我们辩护，却知道他所描述的事情很有可能不但帮不上忙，反而会火上浇油。

这时候，安东尼突然走到台上，大喊了一声："你们这些愚蠢的人！"

在场的所有人，包括我们几个，都困惑地看着他，他继续说道："什么外星人，什么统治地球，这是我这辈子听过的最荒诞的指责，你们不会真的相信那个女人的话吧？要是这些人真的是外星人，他们来我们星球做什么？统治我们人类对他们有什么好处？他们根本从来没有尝试过管制我们，只是不求回报地为我们提供资源，改善我们的生活。是，他们的确不是像我们一样的普通人，但确实是实实在在的地球人，只不过拥有特殊的能力罢了。"他说到一半，突然指向我们说："你们也不要再掩饰身份了，救了那么多的人，总要给个机会让别人跟你们道谢吧！"

　　这个安东尼也疯了吗？为什么选择在这个时候在那么多人面前说这些话，毫不保留地暴露我们的身份？人群中先是传来了惊叹声，接着就是一片沉默，所有人都难以置信地盯着我们看。

　　龙毅突然独自走上台，站在安东尼身旁，犹豫地打量着人群，接着低下头深吸了一口气，然后瞬间凭空消失在众人面前！

41. 公开

41. GONGKAI
>>>

　　"人类最害怕的，就是未知的东西。有一丝头绪却又不完全理解，在这种情况下最容易做出各种推测、产生怀疑。一旦了解了，就只有两个选择：一是接受，二是不认同。要是他们愿意接受我们的存在，那就继续生活在这里，日子毫无变化地照过；要是他们不接受我们的存在，那么大可以离开，凭自己的力量生存，又或者去追随'白蛇'，这是他们的选择。我们的义务只是把事情交代清楚，越尝试去保护他们，越容易让人产生误会。如今地球的生命只剩下不到一个世纪的时间，再隐瞒下去也没有意义了，是时候让世人认清我们的存在了。"

　　这是龙毅那天对我们说的话，就在小岚的婚礼过后。

　　说起来简单，但当时亲眼看见龙毅超能力的人，每一个都被吓得魂飞魄散。我到现在还不能完全理解当时龙毅为什么突然产生这个念头，决定公开我们的身份。虽然不是太认同，但既然事情已经发生了，也只能够顺其自然。前几年比较不好过，走到哪里都被路人议论纷纷，还被众人投以好奇和害怕的目光；大多数人一见到我们就像是看到了妖魔鬼怪一般，马上掉头就走，或者刻意保持距离；甚至有人发起抗议游行，要求政府把我们组织的所有人都迁移到别的地区，当然政府没有理会他们，而那些心存不满的人也随后被"白蛇""召集"了过去。

那已经是几年前的事了，如今世上大部分的人都知道我们这个组织的存在，一部分人对我们所做的贡献心存感激，并在世界政府的带领下生活着；而另一部分人则完全不能够接受我们的存在，因此加入了"白蛇"的团队，想方设法要推翻"零"以及世界政府。"白蛇"至今仍然没有对我们采取什么武力方面的行动，只是一再呼吁世人远离世界政府，加入他们的行列。为了得到人们的信任，他们的成员甚至到现在都还没有公开展示过自己的特殊能力。

这几年来，我对"白蛇"的事情一点儿兴趣也没有，因为我的生命中多了一个重要的角色——小岚的女儿安安。也许是因为我太向往当母亲了，照顾安安竟成了我生活中最大的乐趣，就像那时候对待茜茜一样，我几乎一步也不离开安安，每天只想陪伴在她身旁，看着她长大。2064 年，安安已经六岁，我在这一世的时间要结束了，又到了该告别的时刻。

华生跟我一样是在这一年离开，在食堂遇到他的时候，他看起来心神恍惚，不知道在想些什么。

"担心回不来吗？"我坐在他身旁问道。

"不，现在世界人口急速上升，想成功回来应该不难。"他叹了一口气，说，"真正难的，是回来以后的日子。"

"这怎么说？"

"我从没跟任何普通人交过朋友，一直认为那些科学家只是工作上的同事，从来不会跟他们有太多交流。安东尼是我唯一的普通人伙伴，我们已成了知心朋友，我也把他那两个孩子视为己出，但等我下一世回来，安东尼就六十多岁了，他的那对双胞胎也将成年，而我呢？则成了个八岁的毛头小孩儿！我现在终于理解，为什么当初你们花了那么长时间才愿意面对小岚。"华生又苦笑了一番，无奈地摇了摇头。

"是很难习惯，没错，但我相信他们也不会介意的，安东尼是我见过的思想最开放的人，主要是你自己要做好心理准备。"我尝试安慰他。

"我们才刚刚找到适合做宇宙飞船的材料，连个计划都还没有，我就必须先走一步，而且这一走就是八年，剩下安东尼自己一个人做研究，不知道他行不行。"华生的语气很不甘心。

"政府那边的人也能够帮他的啊，别担心了。"我笑着提醒他。

八年后安安就十四岁了，不能够亲眼看到她成长的过程，是我最大的遗憾。

看到龙毅的时候就觉得有一股说不出来的怪异。隔了八年没见，他通常来接我回去时总是跟我有说有笑的，这次却格外沉默，眼神中透出一丝忧伤。还以为是我多心了，回到政府大楼后才肯定自己的直觉是正确的，四周都被一股哀伤的气氛笼罩着，完全听不到任何笑声，一定是出事了，难道在我们离开这段时间，"白蛇"动手了？

"龙毅，是不是发生了什么事？"我内心惶惶地问道。

龙毅稍微动了动嘴唇，却没出声，只是皱着眉头看着我，然后低下头叹了口气，说："安东尼他……死了。"

我有些反应不过来，呆呆地看着龙毅，我知道他不可能开这种玩笑，却觉得难以接受，上一世离开时安东尼还好好的，才五十几岁，身体也很健康，完全看不出来有什么大碍，怎么突然就死了呢？

"死了？！怎么死的？难道是'白蛇'他们干的？"

"肝癌，发现的时候已经是晚期，我们也无能为力。"

"怎么会？小凯和虞依……"我还没把话说完已经知道答案了，小凯跟虞依这一世的记忆还没有恢复，能力还使不上，他们根本做不了什么。我又问："那木村呢？他不是有能治百病的药草百灵吗？"

"癌症这种东西怎么可能随便吃个草药就医治得了，百灵也没有神通广大到那个地步。不只是木村束手无策，连吴韩也无能为力。唉，一切都是天注定。"龙毅一边摇头一边叹气，接着说，"上个星期的事，他的两个孩子一时还接受不了，几天都没有进食，我也拿他们没办法。"

"华生回来了吧，他怎么样？安东尼生前是他最好的朋友。"我有些担心地看着他。

"唉，他比那两个孩子好不到哪里去，这几天都没跟任何人说过一句话。你跟华生关系不是挺好的吗？不如你去安慰安慰他吧。"龙毅抚着我的肩膀，诚恳地请求。

我带着沉重的心情，独自朝住所走去，一路上情绪有些不稳定。安东尼竟然死了，虽然跟他不算太熟，但再怎么说也共同生活了好一段时间，而且极少有人像他一样跟我们那么亲近，失去了一个这么开朗、热心又博学多闻的朋友，实在是让人悲伤。哲羽和孟梵还没回来，我心里难过却又不知道该跟谁倾诉，也没准备好面对小岚，上一次转世以后，我跟他的年龄相差了十四岁，已经觉得非常怪异，此时的他已经五十几岁了，不知道见到八岁的我会有什么反应？还有安安，她大概已经忘记我了吧，从年龄上来说，我还应该叫她一声姐姐呢。

"华生，是我，颖馨。你在里面吧，我能进来吗？"我走到华生的住所门口敲门。

华生刚开始没有回应，等我持续敲了一段时间，他才缓缓打开房门。他的眼睛毫无神采，看到我也只是点了点头，萎靡不振地说了句："回来了。"

"华生，我……唉，我不懂得安慰人，但希望你能振作一点儿，安东尼也不想看到你现在这个样子的！"我的双手搭在他的肩膀上，努力安抚他的情绪。

华生没有回应我，黯然无神地盯着他凌乱的书桌；我不想打扰他，静静地坐在他身旁，等待他主动跟我开口说话。过了好久，他依然没有要说话的意思，我想他暂时需要一个人冷静一下，于是站起身准备离开："你现在不想说话也没关系，我先去帮你弄点儿吃的，等你情绪好一些再来找我吧。"

我正要打开房门，华生突然转过身对我说："他留下了一份文件。"

我轻轻关上门，朝他走过去，看了一眼他的书桌，上面摆满了各式各样的文件，其中有一份特别厚，我的视线停留在那儿。他留意到我的目光，把那份厚厚的文件递给我，上面写着两个字：华生。

42. 变动

安东尼留给华生的那份文件，也许是帮助人类延续的唯一希望。

原来他早已把一切都考虑得那么周到，已经选定了几个可能适合人类居住的星球，但结果还有待华生往后的研究，目前没有办法肯定。宇宙飞船的设计图，他也已经自己一个人完成了，我们只需要按照他的指示去寻找合适的材料，就能够顺利建造完成。

"就叫'银河'号吧，这艘宇宙飞船。"华生建议，为了纪念安东尼当年未完成的作品。

得到计划书之后，我们很快就启动建造"银河"号的工作。没有了安东尼的帮助，我们只能把希望全部寄托在华生身上，他的压力想必非常大，还好安东尼对他的儿女教导有方，他们两个对于建造宇宙飞船的工程学知识也都非常丰富，因此成了华生的得力助手。

我们几个根据安东尼留下的文件，夜以继日地四处寻找适合的材料，提供给华生带领的工程师进行筛选和加工。这样分工合作了将近二十年，每天的日子都过得非常平淡，除了工作以外，也没有什么比较特别的事情发生。我们大家已经习惯了这种平凡的生活方式，只要能够继续在一起就很满足了，并不想改变什么。

小岚现在已经是个年近八十的老爷爷了，早已不是当年我们认识的那个小男孩，我们跟他一家人的关系依然非常亲密，到现在还是把他们当成家人一样看待。霍鹏在十几年前去世了，他过世的时候已经老得动弹不得，只能静静躺在病床上等待死亡的来临。既然我们有能力比安东尼和霍鹏他们活得更久，当然就有义务帮助他们完成使命，确保人类得以延续。

在孟梵的带领下，世界政府变得越来越强大，对世人的影响力也不断增强，因此龙毅建议政府开始对外公开关于2124年世界末日的消息，告知世人世界政府已做好应变的对策，呼吁他们向政府注册加入星球疏散的计划。2024年灾难发生以前，我们很少跟政府内的有关人士打交道，即使提前发布消息，因为缺少有力的后台，也没有人愿意相信我们的话。但现在不一样了，世界政府不但跟我们合作，其中一位高官还是我们的同类，再加上人类现在已经知道关于我们组织的信息，对于我们的特殊背景有一定的了解，我们也不需要再躲躲藏藏，我想在这种情况下，应该能够成功得到人类的信任吧。

万万没想到，"白蛇"居然会选择在这个时候采取行动！

一定是"白蛇"的人擅自潜入我们的基地，偷偷拍摄了我们正在建造当中的宇宙飞船，然后把影像对外公开。这原本应该是没什么好担心的，但他们居然说：世界政府被外星组织"零"所控制，开始建造大型宇宙飞船，准备挟持人类离开地球，到其他星球做研究。

除了"白蛇"以外，这世上没有其他人有能力做这种事，也只有他们才有意消灭我们的组织。"白蛇"那么神通广大，难道他们预测不到2124年地球的毁灭吗？是不是因为黛妃没有遇到过萝亚，所以不具备她那么精准的预言能力？为什么三番五次地阻止我们帮助人类延续生命，难道他们想要统治一个灭亡的星球？

经"白蛇"这么一闹，部分人再次产生对我们的恐惧感，认定我们就像"白蛇"所说的，是要挟持人类的外星种族。最让人心寒的是，有些原本支持我们的民众，受"白蛇"的谣言蛊惑，居然也开始立场动摇，离开我们的阵营。

这十几年来，地球上天灾出现的次数寥寥无几，再加上亲身经历过上一场世纪灾难的人，如今大部分都已经去世了，生活在这个时代的人，很多都已忘却了2024年的灾难，因此对于我们口中所说的世界末日，他们认为根本是天方夜谭，不可能发生。

这阵子街上到处都是各式各样针对我们组织的抗议游行，原本几乎恢复原样的世界，转眼间又变成了一个混乱、危险、到处都充满暴力和不满的地方。"白蛇"现在的势力很大，他们的追随者人数持续上升，要对付他们绝对不是一件容易的事。在"白蛇"的煽动下，反对我们的民众要求政府解散，支持"零"的覆灭，甚至认为"白蛇"才应当成为人类的领袖。

对于民众发起的这一系列极端行动，我们选择视而不见，因为目前的首要任务是尽快完成"银河"号的建造工作。

我们一如既往地在基地里工作，突如其来的一个人影分散了大家的注意力，每个人都提高戒备，小心翼翼地往前走，探查出现的人影究竟是谁。还没看清样子，已经清楚地听到了高跟鞋的声音，是个女人，她正在朝我们走近，前方太暗，以致我们过了片刻才看清楚她的脸。

是黛妃！

我们几个马上摆出迎战的姿势，准备随时出击，没想到黛妃居然先高举双手，做出投降的动作："等等，我是来找你们帮忙的！"

43. 死亡

GUANGREN
蓝光人

>>>

　　黛妃主动来找我们帮忙？太阳今天是从西边升起的吗？我才不相信她的鬼话！但龙毅让我们先听听她说的，之后再采取进一步行动。

　　"哼，你也会有求别人的时候！"武雄不无讥讽地说。

　　黛妃走到了光线下，我们终于看清楚了她的脸庞，直到这一刻才相信她这次真的是有求而来。平时那副高傲的神情没了，取而代之的是充满害怕和恐慌的眼神，她看来像是受到了什么惊吓，额头冒着冷汗，轻声道："我看到了一些景象……我不确定……"她语焉不详地说了一半，语气中掺杂着困惑和恐惧，深吸了一口气后她接着说："我运用龙毅的预言能力看到了可怕的画面：人类在逃亡，世界各地的天灾，还有死亡……世界末日，难道是真的？"

　　"我们在 2024 年就已经预测到了，千真万确。"龙毅点头。

　　戴妃先是一愣，紧接着马上收起畏惧的神情，嘴角微微向上扬，又变回平时那副骄傲的模样，用狂妄的目光看着我们说："哦，原来如此。那麻烦你们把宇宙飞船的设计图交给我吧，‘零’。”

"来找人家帮忙，也不收敛一点儿，你以为你是谁？"我终于忍不住开口。

"对不起啊，我从来没有低声下气地请求过任何人，不太懂得规矩，还请见谅啊。通常嘛，我都是这样做的。"她话刚说完，忽然消失在我们面前，一秒钟后又突然出现在华生附近，右手用力掐着一个女孩的脖子，单手就把她拎了起来。那个女孩是安东尼的女儿安妮！她使劲地挣扎着，脸颊已经涨得通红，双脚不停乱踢，就像是垂死前的挣扎。

黛妃连看都没看她一眼，依然微笑着面对我们："再拖下去，这个女孩就没命了哦。"

我无法冷静思考，用念力举起一根粗重的铁棍，让它急速朝戴妃的方向射过去，她刚开始有些惊讶，但马上恢复了平静，铁棍从她的腰间穿了过去，然后跌落在地上。这个场面实在是极其恶心，我们大家都目瞪口呆地望着黛妃，而她却一丝痛苦的表情也没有，一滴血也没流，一点儿伤口也没有，还笑着说："你的招数对我是没有用的，颖馨。"

龙毅瞬间移动到戴妃的身后，重击了她一拳，戴妃大叫一声，被迫松开右手，安妮才被放开，哲羽马上把她带离现场。武雄知道自己的能力跟我一样不能伤到黛妃，于是加入了龙毅的行列，跟黛妃以武功打斗了起来。

没想到黛妃又凭空消失了，还以为她打算挟持下一个人质，但她迟迟没有现身，隐形了！我们屏住呼吸，聚精会神地观察周围的一切动静，尝试寻找她的踪迹。就在这时候，华生发出了痛苦的叫声，身子不由自主地往后仰，脖子像是被什么勒住了一样，完全无法呼吸，这次换成哲羽出现在黛妃身后，狠狠地踢了她一脚，她才放开华生。

　　就在这时候，我感觉到身后站着一个人，还没来得及做出反应，脖子被一只强壮的手臂勒住，勒得紧紧的，完全呼吸不了，奋力挣扎，却无济于事！她终于不再隐身，我清楚地看到她手臂上的饰物，果然是黛妃。哲羽大喊一声，正准备来我这里，就在这时候，在场的每一个人突然都停了下来，身体全都僵硬起来，以极其不自然的动作弯曲双腿，一个接一个跪倒在地，全都动弹不得。

　　黛妃既然挟持着我，也就表示她此时此刻对我的防备心应该是最低的，我一副快要断气的样子，她一定认为我完全没有反击的余地，不能够做出任何行动。正因为如此，现在最有机会攻击她的人，其实是我。我注意到她似乎不能同时运用几种能力，在控制他们的身体以前，黛妃选择了先现身，也就是说，如果现在有一样东西穿过她身体的话，她也许就会死！

　　我刚想到这里，耳边就传来一阵震耳欲聋的狂笑："哈哈哈！你们这些愚蠢的人，真的以为那些无聊的伎俩能够打败我吗？我……"

　　黛妃还没把话说完，身后忽然受到了大力的重击，导致我也被震到。她一时反应不过来，跪倒在地上吃力地喘着气，双眼凶狠地寻找攻击她的人，却连一个人影也没有，我猜是孟梵。

　　必须趁现在！我重新拾起扔在地上的铁棍，以最快的速度移动到黛妃的身后，用力把棍子穿过她的心脏。黛妃发出了刺耳的哀号声，铁棍插在她的身子上，血流不止。她面目狰狞，难以置信地望着我，我还以为终于成功制伏她了，不料黛妃却举起双手，握紧插在她胸口的铁棍，口里发出可怕的叫喊声，慢慢把铁棍拔了出来。

　　她左手用力按住自己流血不止的胸口，吃力地喘着气，眼神凶狠地瞪着我，一副想要把我的皮活生生剥了的样子，令我感到惧怕。片刻过后，黛妃的血止住了，脸色也慢慢恢复了正常，胸口上的伤竟然也逐渐痊愈了！她再次消失在众人面前，所有人又陷入一片慌张，四周寻找她的踪迹，我心里忽然有股不祥的预感。

刹那间，我的身后忽然感到一股凉意，接着就是一阵撕心裂肺的剧痛从我的背部传来。我清楚地感觉到一只手插入我的背部，穿过我的脏腑，接着由我的胸口穿出。那份痛不欲生的绞痛令我叫不出声也欲哭无泪，我的眼前突然一片漆黑，全身上下冒着冷汗不停发抖，视力渐渐变得模糊，耳中隐约听到哲羽和孟梵歇斯底里的吼声。

我一动不动地躺在哲羽怀里，孟梵在一旁不断晃动我的身体，虽然清楚地听见周围的一切动静，却毫无力量做出任何反应。血不停地由胸口涌出，然而疼痛的感觉却已经消失，取而代之的是身体的麻木和天寒地冻般的冰冷。

我的四肢逐渐僵硬，脑子一片空白，完全没有预料到自己漫长的一生居然会以被同类杀害这种方式结束。

安东尼跟霍鹏的心愿还未达成，只差一步就可以完成疏散人类的计划；还没来得及跟小岚道别，就这么无声无息地离开，他也许会再次受到精神打击；龙毅他们还需要我的帮助，没了我武雄一个人会不会支撑不住？虞依自己一人，谁来陪她？还有孟梵，他会怎么样？最重要的是哲羽，我还没准备好离开他。

这是我第一次在面临死亡的时候，脑子里塞满纷乱的思绪。想到这里，我内心传来一阵刺痛，忍不住流下一滴眼泪，静悄悄地从我的脸颊滑落。

哲羽突然停止哭泣，把我放在孟梵的怀里，然后站起身，消失在我的眼前。

44. 反击

L A N
GUANGREN
蓝光人

44. FANJI

就在我倒下的那一刻，龙毅瞬间出现在黛妃背后，使尽全力重击了她一拳，导致黛妃骨头破裂，瘫倒在地。虽然黛妃拥有自我治疗的能力，但龙毅这一击使得她痛不欲生，暂时没有力量为自己治疗，只能躺在地上，痛苦不堪地呻吟。龙毅接着快速消失，过了片刻又把吴韩带到现场，而哲羽也就在那一刻把我交到孟梵的手中，然后离开。

吴韩刚开始一副不情愿的样子，直到看到瘫在地上、胸口穿了个洞的我，他惊恐地大叫我的名字，正想朝我走近，却被龙毅阻止。

"只有你能够彻底结束她的生命，快动手吧。"龙毅从后面按住他的右肩。

吴韩一脸不舍地看着我，却又不忍心对同类下手。

"你真的愿意放过她吗？你看看颖馨！难道你想看到别的成员被她杀害？"武雄气愤地对吴韩大喊。

孟梵依然抱着我的身体，他突然停止抽泣，对吴韩嘶吼："王八蛋！这时候还当什么活菩萨？！快杀了那个女人！"

吴韩像是突然被骂醒了一样，不再犹豫，露出我从未在他脸上见到过的凶狠表情。他一步一步朝着黛妃走去，右手摊开，像是捧着一颗隐形的炸弹一样，看似是在排放某种病毒。他缓缓蹲下身子，右手用力捂住黛妃的脸，不过两分钟，黛妃的身子突然发了狂似的抽搐起来，双眼翻白，口吐白沫，脸色发紫，到最后一动也不动了，瞪大双眼停止了呼吸。渐渐地，她头顶上的那道蓝光也消失了。

哲羽突然又出现在我的身旁，这次他带来了虞依，我总算是松了口气，疲惫地闭上了双眼。

黛妃死了，"白蛇"最可怕的成员被我们消灭了，他们的实力也会因此迅速下降，但杀了黛妃，"白蛇"一定不会轻易放过我们。

早料到"白蛇"很快就会因为黛妃的事来找我们，但没想到居然只来了一个人，而且还是他们的首领。看来他并不是来报仇的，一脸悠闲的样子，一见到我们就客气地露出笑容："好久不见，朋友们。"

他那次差点儿把龙毅杀死，现在居然称我们为朋友？即使他一点儿恶意也没有，我们依旧警惕万分地瞪着他。他见现场的气氛那么紧张，不禁露出尴尬的神情，然后大笑起来，摊开双手说："放心，我今天不是来找麻烦的，反而还要谢谢你们呢！"

除了龙毅以外，大家都露出疑惑的神情，明显没有人听懂他这话的意思。他又开口说："那个黛妃呀，唉，真是个麻烦的女人，你们说是吧？高傲嚣张、自以为是，仗着自己的能力强大就到处找别人的麻烦，连我也管不住她。要不是有你们出手，她就快要骑到我头上了！所以我要感谢你们，帮我除去了一个麻烦，哈哈！没想到你们'零'的实力那么强，居然轻而易举就把黛妃这个人给解决掉了。"他的笑容总是给人一股说不出的阴险的感觉。

"她袭击了我们多位伙伴，在逼不得已的情况下才……"龙毅终于开口解释，但只说了一半就被"白蛇"首领打断："真的不需要解释，都是她自作孽，要不是她那么狂妄地找上门来，你们也不会找她的麻烦。好了，我只是来跟你们说声谢谢，谢谢你们帮我除去那个眼中钉，先走一步了！"他看了在场所有人一眼，然后跟龙毅握了握手，转身准备离开，突然又停下脚步，转过半边脸，微笑着说："哦，对了，美若天仙的黛妃生前可是我们'白蛇'的大红人呀，深受老百姓的爱戴。我对她的死是无所谓，但其他人会做出什么反应，我可就不知道了，你们可要做好心理准备。"然后大笑了一声，心满意足地走出了门。

"他这是什么意思？杀了他们的人还跑来跟我们道谢，这是什么逻辑？"孟梵气愤地问龙毅。

"他实际上只是想来亲眼看看我们的实力，以便做好准备将来对付我们。至于那些人的反应，他既然说了，就是在挑衅我们。"龙毅解释道。

"他的意思是我们杀了黛妃，表面上他应该感到愤怒，替她报仇，但实际上我们倒帮了他一个忙，而且我们的举动很有可能引起公愤，那么'白蛇'他们就毫不费力地达到了目的，不需要亲自出手就成功地让部分普通人反抗我们，是这样吗？"哲羽推理道。"没错。"龙毅点头，转过身面向我，"但我们无须感到气馁，要反抗就让他们反抗吧，对我们心存不满的人太多，对我们采取抵制行动是迟早的事。黛妃这么麻烦的人物早一点儿解决对我们也是有利的，少了她，'白蛇'的实力一定大幅度地减弱，所以他们老大才会不安地亲自前来察探我们的实力。"龙毅的语气充满自信，让我们大家都松了一口气。

"那些普通人什么时候会找上门来？"华生突然提出疑问。

"具体时间我不清楚，但为了尽快建好'银河'号，我们必须转移到别的地方。少了黛妃的协助，'白蛇'也就没有了预言或读脑能力，铁定没办法轻易找出我们的下落。大家今天开始收拾东西，两天之后出发。"龙毅吩咐。

我是被浓烟的味道呛醒的，全身上下汗流浃背，睁开眼睛后才看到房间内一片火红，我急忙叫醒熟睡中的哲羽："着火了！快醒醒！"

哲羽很快就把我带到屋子外面，看到眼前的景象我们两个都惊讶得说不出话来。花了几十年建好的住所，正被烈焰吞噬！四处都是尖叫和哀号声，一张张熟悉的面孔慌忙地逃离、救火，人群中还有些陌生的面孔，不断将火把扔向民众的住所。这究竟是怎么回事？

哲羽已经不见了人影，忙乱地解救被困在火中的人们。我吃惊地看着这个场面，耳中隐约听到那些纵火的人喊道："替黛妃报仇！""烧死这些外星人！"

转眼间，半空中突然浮现数不胜数的火把，放火的人惊讶地看着自己的手，又看了一眼空中的火把，接着传来一阵尖叫："啊！他们出来了！"

武雄已经比我抢先一步采取了行动。他向我打了个手势，示意我离开现场，但我没理会他，而是跟他一起阻止这些愚昧的人自相残杀。武雄无奈地跑到我身旁说："这里交给我，你去帮龙毅他们把'银河'号运送到安全的地方！"

飞机我是操纵过，但宇宙飞船的体积比飞机大了几十倍，我真的做得到吗？

龙毅双手搭在我的肩膀上，说："只要让它离地，呈现为在移动中的状态就行了，剩下的交给我。"

我的视线集中在"银河"号上，脑子里出现了小岚、安安、安东尼以及他一家人的样子。虽然有部分人对我们怀恨在心，甚至想置我们于死地，但世上仍然有许多像小岚他们一样，认同、爱戴并支持我们的人。为了他们的生存，我们必须守护人类的生命，这就是我们存在的意义！

"银河"号慢慢离地了，随之龙毅和它消失在我的面前，也就在那一刻，从我鼻子中淌出的鲜血滴到地上，染红了地面，渐渐地，我失去了知觉。

等我完全恢复意识，已经是几天以后了，第一个看到的人是哲羽，他看起来很憔悴，应该是好几天都没睡好，一直在这儿照顾我。

"你第一次昏迷这么长时间，四天了，我还以为你……"哲羽握着我的手，怜惜地看着我。

"这是哪里？"我问他。

"龙毅找到的地方，还需要改造，但足够让我们大家一起生活。"他松了口气。

"大家都没事吧？都在这儿吗？"我看了看四周，是一间破旧的房子。

哲羽没有回答我的问题，一边喂我吃东西，一边反复问我有没有哪里不舒服，精神是否已经恢复；然后又聊起"银河"号，说龙毅把它完整无缺地带到了这里，华生他们也开始安装设备。哲羽不停地说东说西，很明显他在有意避开那个话题，我终于忍不住坐起身，一脸严肃地看着他："跟我说实话，是不是发生了什么事？"

哲羽叹了口气，放下手中的碗筷。他看着我，眼神哀伤，他张了张口却没说出话，一副不愿意揭开真相的样子。他紧握着我的手："先答应我，一定要冷静。"

45. 变迁

　　小岚本身行动就不方便，再加上他的年龄已经一大把，要以自己的能力逃出来实在很困难。大伙儿当时都忙着救眼前的人，小岚自己一个人被困在房子里，安安根本进不去，其他人也没有注意到他们的情况，等到哲羽进去救他时，已经太晚了。

　　得知小岚的死讯后，我好几个星期都不愿意跟人说话，满肚子的怒火不知道该往哪儿发泄，所以选择沉默。我气愤是因为放火导致小岚死亡的人，正是跟他一样的普通人，一群偏听偏信的无知的人！更让我气愤的是，我竟然就是为了保护这些愚蠢的人才去挽救"银河"号，因此才没有机会抢先一步去救小岚。

　　每当想起跟小岚之间的点点滴滴，我就觉得难过。第一次见面时，他是被救出来以后唯一主动跑过来跟我们道谢的人；他也是第一个让我感动，跟我们组织的成员成为好朋友的普通人；当别人对我们心有顾忌时，他总是主动站出来为我们辩护。这么好的一个人就这么孤零零地被大火吞没，我们连道别的机会也没有，只能无奈地接受事实。

孟梵也不比我好过，他对小岚的感情跟我一样深，小岚的死对他的打击也非常大。哲羽一直担心我跟孟梵会突然发怒跑去替小岚报仇，对"白蛇"那边的人大开杀戒。其实我是有过这种念头的，但我知道这么做也无济于事，滥杀无辜并不会让我心里好过一些，而且小岚一定不会认同我们这种做法。

日子一天一天过去，安安的儿女都已经十几岁了。小岚从小就没有真正的家人陪他长大，安安他们是他唯一有血缘关系的亲人，所以我必须帮助小岚的子孙传宗接代，这也是我继续协助建造"银河"号的唯一动力。

自从那次火灾之后，我们已经离开世界政府原本的所在地，在高原上的一个偏远地区隐居起来，专心建造"银河"号；直到这一世转世以后，我才再次接触外面的世界。

世界政府如今已经完全被"白蛇"掌控，变成了他们的傀儡，"白蛇"的追随者更是数不胜数，他们依然坚信"零"是外星来的恶势力，不断在寻找我们的下落。没想到"白蛇"真的达到了他们的目的，统治了全世界，而我们却被逼得像见不得光的逃犯一样，还要隐藏起来，偷偷摸摸地为人类建立宇宙飞船。"白蛇"现在居住的地方和所拥有的一切科技，都是我们当初一手建立的，真是讽刺！

如今"银河"号已经建成，但现在最大的问题是愿意登船的人比我们预期的少了许多。建造好那么大的飞船，就是想尽可能地拯救更多人，但当下大多数人根本就不相信世纪末日之说，又有谁会愿意听我们的指示，登上"银河"号，离开他们唯一熟悉的星球？

"零"一直派人四处散播关于"银河"号的消息，吸引了一些人前来投靠，就算是引起"白蛇"的注意也无所谓。据我们所知，

"白蛇"根本没有哪位成员有能力摧毁"银河"号，实际上他们如今的实力的确没有我们强大，唯一让我们感到威胁的，就是他们多年来跟普通大众之间建立的信任，这导致我们难以说服民众加入我们的行列。

直到近几年，全球气候再次开始恶化，人类的想法才开始有所改变。

从2110年起，世界各地多次出现极端天气，飓风、洪灾、地震、干旱等自然灾害，屡次摧毁我们的家园，夺走人类脆弱的生命。虽然每次探测到灾害，我们都会不顾一切地去救援受难者，但世界人口在不知不觉中已经上升太多，而"零"的成员人数则越来越少，即使尽了全力，我们能够做到的还是极为有限。在这十年内，光是灾难引起的伤亡，就已经导致全世界人口减少了40%以上，情况跟2024年的时候一样严重，只不过当时只有短短的三天，如今却是漫长的十年。

到目前为止，全世界大概有三成的人支持末日论，其中受过"零"帮助的人普遍都相信我们的预言，也都决定参与疏散计划；其余的人依旧深信这一切都只不过是气候变化的结果，认为只是暂时的，因此并不太在意。

"白蛇"沉迷于他们此时拥有的强大势力，生怕越来越多的人参与我们的疏散计划，那样追随他们的人将会大幅减少，因此三番五次地劝世人不要相信末日论，还承诺保证所有人的安全，条件是他们必须拒绝"零"的邀请。我们跟"白蛇"早已势不两立，一方眷恋权威，追求统治全人类，而另一方的目标则是保证人类种族的延续，这场斗争，就像是一场永远打不完的仗。

2120年，我在这一世的时间已经不多了，再过四年就是真正的世界末日。该做的事我们都已经做完，现在唯一能够做的，就是极力劝导人们加入我们的行列，要是到时候真的无计可施，我想我们有必要动用龙毅跟哲羽的能力，即使人们不情愿，也要强行把他们带过来。

　　或许到了地球毁灭的那一刻，人们才会完全相信我们一直以来都没有恶意，一心只想帮助他们。到了那时候，他们会不会对我们心存感激？

46. 人心

2123 年，离世界的毁灭只剩下不到一年的时间。

这天，我们围坐在餐桌边，其乐融融地享受安安为我们准备好的一桌饭菜，就好像从前那样，仿佛一切都没有改变过。正当大家有说有笑时，龙毅突然警惕地站起身，示意我们小点儿声，而他则全神贯注地聆听外面的动静。武雄和哲羽照例站在龙毅身旁，等待他发下号令，还没等他开口，房子外面数不清的脚步声已经打破了屋内的寂静。

"是谁？'白蛇'？"孟梵急迫地问道。

"只是普通老百姓，看来是想投靠我们。"龙毅探测了他们的想法以后回答道。

这几年，地球多次经历了可怕的地动山摇、东冲西决，到处都是房倒屋塌，满目疮痍，人们全都居无定所、四处漂泊。全球的死亡率每天都在上升，就连存活下来的少数人也都屡遭疾病侵袭，世界各地都变得多灾多难。世界政府早已被大自然的威力瓦解，连

"白蛇"也无力整治环境或减低自然灾害的破坏力，唯独"银河"号一直都没有半点儿损伤。人们都看在眼里，心里自然清楚这才是他们存活的唯一道路。

我们走到屋子外面，并列站成一排，准备迎接前来投靠的人，没想到这个举动却引起众人的惊恐，他们小心翼翼地放慢脚步，惶恐不安地观察着我们的一举一动。人群中一个高大的男子突然向前一步，先认真地打量了我们一番，然后大声说："你们这里，真的有能够拯救我们的飞船？"

"没错。"龙毅简洁地回答他。

那个男人似乎松了口气，脸上露出笑容，转过身对身后的人们点了点头，人群中顿时传来一阵欢呼声。有些人激动得抱头大哭，有些人开心得大声叫喊，也有的人一点儿反应也没有，只是无神地望着前方。我想他们这几年来一定都经历了可怕的生离死别，现在终于找到一线生机，才让他们有噩梦初醒的感慨吧。这里狭小的住所只能勉强让我们"零"的成员居住，突然多了几千人前来投宿，我们只能先安排他们入住在船舱内，那里更加宽敞安全。

"银河"号非常宏伟，长一千三百零四米，宽六百五十八米，比历史上最大的船"诺克·耐维斯"号还要宽敞。总面积约八十五万八千两百五十二平方米，船舱里有上万个房间，既能飞行又能在水面上滑行，灾难来临时是最适合逃难的工具。多亏了华生，我们才能够那么快完成如此大的工程。

虽然"银河"号内一切设施齐全，但大家平时还是喜欢待在室外呼吸新鲜空气。孟梵和哲羽他们正在空地上跟几个孩子踢足球，我跟虞依和安安她们在厨房里准备晚饭。这些人已经在这儿有一段时间了，大家相处得非常融洽。经历过那么多灾难，尽管失去了不少，但人们对于目前平淡的生活也感到满足。我们几个正忙着把碗筷放在室外的桌上，突然被砸到头上的物体吸引了注意力，抬头一看，天上正落下成千上万颗冰雹，每颗的直径至少六厘米，有些甚至比大号苹果还要大！

人们尖叫连连，有的慌忙逃跑，有的已经被击中，晕倒在地，我们立刻放下手中的事展开行动，迅速组织空地上的人撤离，将他们带回"银河"号内，关上舱门。所有人都气喘吁吁又紧张兮兮地观察四周，屏息聆听外面的动静，同一时间那么多冰雹快速打在船体上，巨大的声响就像是被大炮袭击一样，十分可怕，不少幼儿已被吓得大哭，人群中渐渐传来议论声。

"快开船吧！为什么还停留在这里？"

"待在这里面真的安全吗？要是玻璃被击破怎么办？"

"请立即带我们离开这里！"

"地球快要不行了，我们应该尽快撤离！"

渐渐地，震耳欲聋的撞击声停止了，人们的喊叫声也逐渐停了下来。龙毅站到人群中间，示意大家静下来听他说："各位，请冷静一些。既然来到我们这里，我们就会保证你们所有人的安全，这一点你们可以放心。但我们现在还不能开船，请你们见谅，先回去休息吧。"

龙毅说完准备离开，却被其中一人拦住："为什么？你们到底还在等什么？为什么不能现在就带我们离开？"

龙毅看了一眼这个男人，说："我们现在走了，那么地球上其余的人怎么办？"他看了一眼周围的人，大家都默不作声，他接着说："建造'银河'号，为的就是拯救人类，现在船舱内还剩下那么多空间，难道我们就要自私地放下其他人不管，只顾自己离开吗？我们哪里也不去，必须守候在这里。相信我，接下来会有越来越多的人像你们一样前来投靠我们的，要是我们去了别的地方，外面的人如何知道该去哪里找我们？你们当初也是听到消息，才千方百计找到这里的吧？"

龙毅的猜测没错，这一年来陆续有人来到我们这里。另外，我们"零"也凭自己的力量带回不少受难者,"银河"号内的居民日渐增多,已经占据了近四成的空间。

龙毅又侦测到灾害,带领我们一行人前往救难。这次是地震,一抵达现场就听到一个女人的哭喊声:"救命啊!救救我的孩子!"我们急忙赶到那个妇女身旁,她的身子被一个巨大的石块压着,完全动弹不得,她身子底下藏着一个孩子,她用自己的肉体保护了自己的孩子。我把石头移开,看到她的双腿已经血肉模糊,她一面流泪一面向我们道谢,然后低头安抚她的孩子。那个男孩头顶上的蓝光顿时吸引了我们所有人的注意,大家都停下手中的工作,惊讶地盯着他看。龙毅一副哭笑不得的样子,说:"猜猜这孩子是谁?"

我们茫然地对视了一眼,龙毅接着说:"这可是大名鼎鼎的'白蛇'老大!"

虽然周围一片混乱,面对眼前的男孩,我们几个却不约而同地大笑起来,笑得喘不过气来,笑得眼眶含泪。那个妇女见我们如此反应,气愤地对我们嚷道:"都死了这么多人了还笑得出来!你们到底安的什么心?"

"怎么样,救不救?"武雄收起笑容,严肃地看着我们。

"他现在不过是个小孩儿,连自己的真实身份都搞不清楚,如果就这么置之不理,似乎有点儿说不过去。"哲羽首先发表意见。

"哼,这种坏心眼的人,现在救了他会养虎为患。"孟梵不悦地说。

"说不定末日到来之前,这小子的记忆还恢复不了呢。"我低头看着他。

"凡是有困难的人都必须救。别说那么多了,我先带他们走,你们快去帮助其他人吧。"龙毅严肃地嘱咐我们,随后离开了。

虽然此时此刻这个小男孩还未恢复记忆,但他的性情已经非常古怪，长期不跟任何人打交道，也不像正常的孩子一样爱玩耍，总是独自坐在角落，远离所有人，我们也懒得搭理他。直到有一天，他突然主动走向我们的桌子，神情跟平时很不一样，好像变了个人似的。他一脸惊奇地看着我们，然后转过身对龙毅口齿不清地说："是你……是你救了我？"

"想起来了？嗯，没什么，吃饭吧。"龙毅递过一碗饭给他。

他低头看了一眼碗中的饭，似乎一点儿兴趣也没有，又抬起头注视着龙毅："为什么？你为什么要救我？我跟你势不两立，你为什么要假装好心肠，捡回我这条命？你是想要我感到内疚，欠你一个人情是吧？"他的语气很激动。

武雄突然不耐烦地站起身，毫不客气地推了白蛇一把："什么态度！救回你的狗命，一句谢谢也不说还血口喷人，你有病啊！"

白蛇忽然恢复他一贯的凶神恶煞的表情，怒气冲冲地伸出右手准备对付武雄，却及时被龙毅制止住。龙毅的一只手从背后搭在白蛇的肩上，俯视着身材矮小的他说："再动一下，我就让你粉身碎骨。"

龙毅凶狠起来的样子，连我们都感到畏惧，"白蛇"头领虽然不服气，终究还是松开了手，耸了耸肩。他收起敌意，诚恳地看着龙毅，说："你是个不平凡的人，拥有如此强大的能力，却依然能够保持一颗仁慈的心，这一点你远远超过了我。我承认，我并不是什么善类，也永远都没有办法成为一个行侠仗义的人。你救了我一命我会记住，但我也不可能成为你们的伙伴，有缘再见吧。"

白蛇说完就匆匆离开了船舱，之后再也没有人听闻过他的下落。他的养母得知孩子失踪的消息后精神崩溃，变得神志不清，日夜盼着儿子归来，却不知她自认为最了解的儿子，正是当年那个唯恐天下不乱，不择手段推翻政府、扩张势力，无视人类灭亡，杀人不眨眼、心狠手辣的"白蛇"组织头领！

　　不知道从什么时候开始，前来投靠我们的人已经多到超乎我们的意料，"银河"号内已经挤满了人，根本没有多余的空间供他们居住，我们也无计可施，只能够先安排其余的人暂时住在船舱外的空地上，以后再想办法。当年动工的时候，不管是人力、能力、材料还是学识都极其有限，要在设备那么不齐全的情况下建造一艘大型宇宙飞船，已经觉得非常吃力，根本没有能力去考虑多建几艘同样的船以便能够多带走些人。

　　如今情况变得这么紧急，我们也不知道该如何决定谁应当上船、谁又该让出位置。最早来的那批人一开始就住进了"银河"号，理所当然地认为他们最有权利待在船舱内，丝毫没有让步的意思，这一点引起了公愤，大家常常刻意刁难甚至威胁他们。暂住在空地上的人已经等得越来越不耐烦，群体之间就像仇人一样水火不容，为了争夺地盘时常打斗，一有机会就发生争执。其实最难做的始终是我们，无论帮哪一方都不合适，对于救不了的人感到万分愧疚。

　　这天，我们几个照常在船内巡视，外面又传来凶狠的吵闹声，看来又有人想打架，但普通人之间的事就让他们自己去解决吧，我们选择不插手。突然，人群中传来一阵惊悚又刺耳的尖叫声，是个女人的声音，接着有人大喊："别打了！出人命了！"我们顿时紧张起来，立马赶过去察看。

　　一个年轻孕妇虚弱地躺在地上，双腿之间流出大量鲜血，脸色极为苍白，全身颤抖，满脸泪水与汗水，已经有些神志不清，半闭着双眼虚弱地说："我的孩子……我的孩子。"

　　龙毅马上把她带出来让小凯帮忙，但我们都清楚她的孩子一定没救了。先前打架的两个男人满脸愧疚，低下头轻声说："我们不是故意的……没看到她站在那里。"

　　我们虽然生气，替那位母亲感到惋惜，却不知道该对他们说些什么，再教训他们也没用，孩子终究救不回来。正当我们准备回船上帮忙时，一个中年男子忽然叫住我们："请问……"

我转过身看着他："什么事？"

"有一个请求，不知道能不能麻烦你们。"他诚恳地看着我们。我对他点了点头，他露出笑容，客气地说："我的太太也大着肚子，恐怕这几天就要生了，能不能麻烦你们让她进去？要是灾难真的来了，至少她跟孩子能够平安无事。我在外面就好，不会占你们多大位置的，就她一个人，求求你们了！"

我跟哲羽对望了一眼，回过头对那个男人说："交给我们吧，放心，你的太太和孩子会安全的。"

哲羽先带那个妇人上船，我准备走路回去，突然又被其他人拦住，人们朝我拥挤过来，我被夹在人群中，完全动弹不得。仔细一听，他们说的大都一致：

"还有我的孩子，也请带他们走吧！"

"我的妹妹也大着肚子，怎么就不帮她呢？"

"多带一个人吧！我的老婆也怀孕了！"

我脑子里突然一片空白，觉得自己好糊涂。原来船舱外有那么多怀有身孕的妇女和年幼的孩子，他们这段时间里，一直都生活在外面那么混乱的环境下，而"银河"号却住了许多年轻力壮的男子汉！

我还没来得及回答他们，就被突然出现的哲羽带回了"银河"号。看着船内的人们那么悠闲地生活，我突然替外面的人感到不平，决定找龙毅谈谈。龙毅一见到我就点了点头，看来他已经看穿了我的想法，也同意我的建议。

他走进广播室，对住在"银河"号里面的居民说："今天发生了一件让我心痛的事，一名胎儿在母亲的肚子里面夭折了。要是这位母亲早被我们安顿在船内照顾的话，孩子或许能够顺利生产下来。先到先得，这的确是天经地义的道理，但那些有需要的人，不是更应当优先被照顾吗？外面的环境恶劣，住在船上的人平时连踏出去一步都不愿意，而同时却有不少孕妇和幼儿正住在那里，不知自己还能够生存多久。地球所剩的日子不多了，而建造'银河'号的目的，就是延续地球人的生命。我想说的就是这些，希望你们能够慎重考虑。"

龙毅的一番话让船内的人安静了好长一段时间，"银河"号还是第一次这么宁静。讲完话后，龙毅提着行李，第一个走出了"银河"号，孟梵和武雄也随之离开，还有虞依、木村、小凯、华生、吴韩……我微笑着看着哲羽，牵起他的手走向外面，没过多久，"零"的所有成员都已聚集在船舱外的空地上。

"人类，我们就帮你们这最后一次了。"

"就这么最后一次，以后就要靠你们自己了。"

"活了几个世纪，终于是时候走了。"

"好好活下去，别让我们失望！"

片刻之后，"银河"号的几个入口突然站满了人，他们全都提着行李，一个接着一个，慢慢走出来。空地上的人群顿时传来一片欢呼声，妇女和孩子们笑中带泪地跟家人告别，满怀期待地登上了"银河"号。

突然，漆黑的夜空被一股强烈的光线照亮，所有人都遮住双眼。过了一会儿才稍微看清楚，一颗巨大的、炽热的火球，正快速朝我们逼近！大家全都吓得叫不出声，只是呆呆望着眼前的景象。火球就像一架失去控制的飞机一样，冲击到远处的地面，发出剧烈的声响。

转眼之间，天空中布满了一颗又一颗像太阳一般灿烂的火球，黑暗的夜晚亮如白昼。

2124年，这一刻，终于到来了！

47. 末日

47. MORI

早在 21 世纪，科学家就指出每天都有超过五十万颗来自地外空间的陨石进入地球的大气层，虽然大部分陨石都会在大气层内被燃烧殆尽，但某些陨石依旧能够穿过大气层坠落到地面上。2000 年成立的"行星撞地球专责小组"证实地球附近有一千多颗直径大于一千米的小行星，它们被称为物种终结者，原因是任何一颗都有可能造成地球毁灭。那时候的科学家预计其中一颗名为 1950DA 的小行星，很有可能在 2880 年朝地球撞过来，没想到那一天来得那么快，居然提前了七百多年。

人一旦被逼急了，理性就会在一瞬间完全消失。

一块接一块的陨石像炮弹一样掉落到四周，转眼间，我们已被团团大火围困，谁也逃不了。空地上的人们瞬间变得像热锅上的蚂蚁，惊慌失措地哭喊，朝同一个方向奔跑——"银河"号。扶持幼弱、谦让妇女的念头，似乎一下子全被抛到了脑后，每个人都不顾后果地拼命推挤他人，自顾自地朝着登船口跑去。有的被推倒在地，像地毯一样被成千上万个人踩着；有的跟家人失散，发了狂似的大喊大叫；有的像得了失心疯一样，对身边每个人拳打脚踢；也有的人已经放弃了求生的念头，闭着眼睛跪在地上祈求神明的庇佑。

在这种危急的情况下，我们必须在最短的时间内让"银河"号载满人，然后才能够关上船舱，正式起飞。

陨石一波接一波袭击着我们，眼看其中一块就要落到"银河"号上，我急忙在半空中止住它，再交由龙毅处理；紧接着又来了好几块，即使已经筋疲力尽，但只要还有一口气，就必须防止任何物体损伤到"银河"号！

正当我忙着掌控浮在半空中的石块时，地上忽然传来一阵剧烈的震动，每一个人都停了下来，惊恐地望着踩在脚下的大地。就在一瞬间，一条宽大的缝隙从地上裂开，一直延伸到"银河"号前，大地就这么被分成了两半！人们一个跟着一个跌落到深渊，震撼人心的哀号声回荡在四周，我们却只能眼睁睁地看着他们坠落。

突然间，我看到一个身影正竭尽全力地紧抓着悬崖边，却怎么也爬不上来，我急忙冲过去抓住她的手："虞依！抓住我的手，千万不要放开！"我惊恐地看着就要掉落到深渊的虞依，使尽全力还是丝毫没有办法把她拉高一些，我拼了命地喊哲羽和龙毅的名字，他们却没有回应我。这时候，一双强壮的手突然从身旁伸过来，搭在我的手臂上，跟着我一同尝试把虞依向上拉，是吴韩！

"抓紧了！一、二、三！"吴韩使出全力，终于稍微有些进展，没想到这时候虞依的双手居然放松了，我们俩紧紧抓住她，惊讶地问："你干什么？别松手！"她露出微笑，眼神却充满哀伤："快去救别的人，我已经不行了，庞德还在等我呢，让我走吧。"说完她便松开了手，无声无息地跌进了深不见底的黑洞内。穿着一身白衣的虞依，很快就消失在一片黑暗中。我歇斯底里的哭喊声产生刺耳的回音，却没有任何人听得见。

吴韩呆呆望着从地底下不断传出的嘶喊声，泪流满面，不停地发抖，终于忍不住发出痛苦的叫声。这时候华生突然在我们身后大喊："颖馨、吴韩，小心！"

我们转过身，几根粗壮的树干正急速朝我们撞过来，我还没来得及做出反应，吴韩就迅速站起身，勇敢地挡在我的前方。我惊恐地尖叫出声，树干突然间停了下来，全都静止浮在半空中。我站起身往前方望去，看到武雄正吃力地控制着树干的去向，他瘫倒在龟裂的大地上，行动极其困难，仔细一看，武雄左边的小腿居然不见了！他按着左腿，鲜血涌出，忽然露出笑容，朝我大声喊了句："师傅最后帮你一次！"接着无力地垂下了头。

吴韩与我呆呆望着眼前的景象，眼泪流下脸颊，我的脑子一片空白，全身不受控制地哆嗦，武雄、虞依，两个我最亲密的伙伴就这么死在我面前，而我却什么也做不了！我痛苦地发出哀号，就在同一时间，一块巨大的石板突然急速飞起来，眼看就要撞到站在前方的华生！我回过神来，屏住呼吸，总算成功控制住石板的移动。华生感激地看着我，然后钦佩地对我点了点头，接着转过身对站在他身旁的几个小孩儿说："你们几个，站到石板上，快！"

孩子们惊恐地看着他，而华生则转过头看了我一眼，示意我展开行动。我猜到了他的意思，看到孩子们已经迅速依照华生的指示站到了石板上，我大声对他们喊了一句："抓紧了，不要往下看，一定要抓紧！"然后石板就像块飞毯一样，把孩子们送到了"银河"号的入口。

我跟华生、吴韩合力用同样的方法，陆续将陆地上的人送上船。突然间，周围卷起一阵可怕的狂风，吹得我连站也站不稳，吴韩跑过来紧紧拉住我。我眯着眼看着四周，眼睛没有办法完全睁开。在大风的影响下，我的方法恐怕行不通了，只能掌控被风卷起的物体，防止他们撞到人身上。突然，华生像长了对翅膀似的快速朝空中飞去，他惊恐地叫喊出来，声音却一下子就消失了，身体也随之无声无息地消失在风眼当中。

我跟吴韩仰望着天空，同时痛心地大叫。刹那间，吴韩像是从后面受到了什么撞击一样，身子突然朝前方倒下，我急忙朝他跑过去，却不慎被地上的石块绊倒。片刻过后，大地再次震动起来，吴韩的身体也随之掉下了深渊，他却完全没有叫喊出来。

我的小腿已经失去知觉，坐在地上完全动弹不了，孟梵在身后大声喊我的名字，接着快速跑到我身旁。他用力把我抱起，我忍不住在他怀里大哭起来，同伴们一个接一个在我面前死去，而我却没有能力挽救他们的生命。

"他们全都死了……一个个都死了……孟梵，我……等等，你的腰！"我只顾着哭泣，这时才注意到孟梵身上的伤，他的腰部被严重刮伤，不停地流血！"快把我放下！"我终于回过神来，在他的臂弯里用力挣扎，他总算停下脚步，小心翼翼地把我放在地上。我双手按着他的伤口，血却依旧不住地渗出来，我惊慌失措地看着他，他脸上已经毫无血色，看来快要不行了。

孟梵伸出手抚摸着我的脸颊，脸上丝毫没有痛苦的表情，居然还露出了笑容，轻轻拭去我脸上的泪水："第一次看到你为我流泪，我还是喜欢你笑的样子，别哭了。"一股钻心的剧痛从我的心脏传来，我泣不成声，把头埋在他的胸口，不料他突然快速站起来，身体挡在我的前方。

我吃惊地抬头望着他，孟梵慢慢转过身，表情痛苦地看着我说："小……小心。"然后无力地倒在我身上。

"孟梵？你怎么了？"我急忙接住他的身体，呆望着他一动不动的身体，右手捧着他的脖子，突然感到一阵温热，抬手一看，满手是血！

"孟梵！"我一面痛哭，一面用力摇晃他的身子，孟梵却一丝生气也没有，只是不断地流血，静静躺在我的怀中，到最后，他头顶上的蓝光完全消失了。

"银河"号发出声响，船身似乎正在移动，所有人都站起身，望着眼前的景象。船身正下方的大地裂开了，恐怕是刚才的地震引起的，失去平衡的"银河"号发出震耳欲聋的巨响，船身的后半部分急速下沉，眼看就要掉下去了！船舱还没关门，可怕的地心引力再次带走了一大批人类，他们使尽全力抓住"银河"号，却一个个掉进了深渊里。

我放下孟梵的身体，用尽全力抬起下陷中的"银河"号，它才缓缓停止下沉。龙毅加入到我的行列，急忙出现在"银河"号下沉的那一方，双手支撑起船身，过了好一会儿，我们才总算安放好"银河"号。

我突然感到一阵眩晕，眼前一片漆黑，哲羽在这一刻出现在我的面前，接住我正要倒下的身子。这时候，船舱入口处的人突然大喊："快关门啊！有人要生了！快起飞吧！"这声音顿时吸引了我们的注意。

我对哲羽说："带小凯来，我不能在这个紧要关头晕倒，快让他来帮我。"

哲羽欲言又止地看着我："小凯……小凯他……"

不用他说出口，我已经猜到他想说什么。我胸口感到一阵闷痛，闭上眼睛深深呼了口气，没想到我们"零"在这一刻，居然变得那么脆弱，拥有再强大的特异功能，终究也抵不过大自然的威力。

我咬紧牙关，深吸一口气，吃力地用单脚站起来，紧握着哲羽的手："我没事，快去帮他们带人，快点儿起飞吧。"

哲羽看了我一眼，双眼含泪地紧抱着我，不舍地说："你的腿……都是我不好，只顾着带人，没好好照顾你。"

"不是你的错，就只有你跟龙毅有这种能力，你们当然责任重大，是我自己不小心，别自责了。"我勉强笑了笑，安抚他的心情。

"不管发生什么事，我都一定会在你身旁。如果还有下辈子，还是一样！"哲羽亲吻着我的额头。

我的心里突然涌上来一阵温暖，含笑带泪地对他说："不需要下辈子，有你这句话就够了。"

片刻之后，飞船开始启动，就在所有舱门快要关上的那一刻，从"银河"号的入口传出了一阵响亮的婴儿啼哭声。船舱外的所有人停止推挤，全都不约而同地望着那个方向，眼中露出了一丝希望。

记得第一次见到龙毅的时候，他说过我们的存在背负着重要的使命，那时候我听不懂他那番话的意思，这一刻，我终于完全明白了。

我们大约从 14 世纪就开始陆续出现，起初大家都不明白自己生存的目的到底是什么，也不清楚为什么只有我们具有轮回的能力，而且每个人还拥有一项独特的能力。如今我们陪地球走到了终点，这一刻才领悟到在我们多次轮回的过程中，大家都不断积累经验、锻炼能力，所以才能够在 2024 年灾难过后帮助人们重建家园，随后又在 2124 年到来以前成功建造好"银河"号，带领世人逃离地球，防止人类灭绝。

医治百病、种植作物、起死回生、预测未来、穿梭空间、建造机器、搬移物体……其实我们拥有这些超能力，不都是为了帮助人类生存吗？

虽然地球上不少人对于我们的存在持质疑态度，甚至有些人怀疑我们是地外空间来的生物，但实际上我们是世上生存了最长时间的一个种族，几百年来亲眼见证周遭的变化，对于地球的感情比任何人都要深。所以虽然建造好了宇宙飞船，我们还是决定留在这个生活了几个世纪的星球上，跟随它一起面对毁灭。我们的使命已经完成，接下来就要靠人类凭自己的力量去延续他们的生命了。

"银河"号渐渐升空，我们不顾从四面八方袭来的各种灾害，全神贯注地注视着移动中的宇宙飞船。它载着死里逃生的生命，坚强地从这片可怕的大地升起，脱离地狱般的苦海，满载生机，朝着浩瀚无际的地外空间飞去。

从远处涌来的巨大水墙冷酷无情地吞噬着一切，地球已经沦陷，这是地球上的最后一个夜晚，我们也许再也看不到太阳升起的那一刻。

人们一个接一个沉到深不见底的海里，然而那个新生儿的啼哭声，依然回荡在四周的空气中，深深地印在地球上仅存的人心里。

　　地球在四十六亿年前诞生，起初这个星球上没有任何生物存在。约五亿年前，鱼类出现在海洋里。到了两亿五千万年前，三叠纪出现，恐龙从其爬行类祖先中分离出来，在侏罗纪时期发展成地球的统治者，生存了一亿六千万年，于白垩纪灭绝。六百万年前，黑猩猩和人类的祖先类人猿开始出现在地球上，五百万年后进化为智人，开始有精神活动；而人类文明的形成则是在公元前四千年，于古希腊的美索不达米亚，地球人开始了农业和畜牧业。

　　人类是最后一个统治地球的种族，人类社会经历了五千多年的农业文明时代，又经历了三百多年的工业文明时代，他们在 2124 年的新文明时代从地球上消失，前后一共存在了约六百万年。

　　从宇宙中眺望，地球显得前所未有的明亮蔚蓝，从前的一片片陆地已经消失得无影无踪，所有土地都沉入了深不可测的海底；地球只剩下无边无际的浩瀚海洋，彻底变成了一颗浸在水中的星球。

　　地球最后生存下来的一万多人口，惶恐地在"银河"号上，看着他们家园的毁灭。随着陆地的消失，"银河"号上的人类发出痛苦的哀号，他们再也没有办法回到自己的星球上居住。虽然已脱离危险，但对于往后的日子却感到既害怕又迷茫。被困在地球上的人已经没有机会再见面了，就连那群建造了这艘宇宙飞船的蓝光人也难逃死亡的命运。

　　刚刚诞生的那个新生儿已经收起了哭声，慵懒地打了个哈欠，好奇地四处张望。

　　如今宇宙间能够看清楚他头顶上那道蓝光的，只有他自己。

（全文完）